Von Mary Scott und Joyce West
sind als Goldmann-Taschenbücher außerdem erschienen:

Lauter reizende Menschen. Roman (1465)
Das Rätsel der Hibiskus-Brosche. Roman (3492)
Tod auf der Koppel. Roman (3419)
Der Tote im Kofferraum. Roman (3369)

Von Mary Scott liegen als Goldmann-Taschenbücher vor:

Das waren schöne Zeiten. Mary Scott
erzählt aus ihrem Leben (2782)
Es ist ja so einfach. Heiterer Roman (1904)
Es tut sich was im Paradies. Heiterer Roman (730)
Flitterwochen. Heiterer Roman (3482)
Fremde Gäste. Heiterer Roman (3866)
Fröhliche Ferien am Meer. Heiterer Roman (3361)
Frühstück um Sechs. Heiterer Roman (1310)
Geliebtes Landleben. Heiterer Roman (3705)
Hilfe, ich bin berühmt! Heiterer Roman (3455)
Das Jahr auf dem Lande. Heiterer Roman (3882)
Ja, Liebling. Heiterer Roman (2740)
Kopf hoch, Freddie! Heiterer Roman (3390)
Macht nichts, Darling. Heiterer Roman (2589)
Mittagessen Nebensache. Heiterer Roman (1636)
Na endlich, Liebling. Heiterer Roman (3913)
Oh, diese Verwandtschaft! Heiterer Roman (3663)
Onkel ist der Beste. Heiterer Roman (3373)
Das Teehaus im Grünen. Heiterer Roman (3758)
Tee und Toast. Heiterer Roman (1718)
Truthahn um Zwölf. Heiter Roman (2452)
Übernachtung – Frühstück ausgeschlossen.
Heiterer Roman (6316)
Und abends etwas Liebe. Heiterer Roman (2377)
Verlieb dich nie in einen Tierarzt. Heiterer Roman (3516)
Wann heiraten wir, Freddie? Heiterer Roman (2421)
Zärtliche Wildnis. Heiterer Roman (3677)
Zum Weißen Elefanten. Heiterer Roman (2381)

MARY SCOTT

JOYCE WEST

Das Geheimnis der Mangroven-Bucht

Ein amüsanter Kriminalroman

Wilhelm Goldmann Verlag

Ungekürzte Ausgabe
Aus dem Englischen von Monika Eckert
Titel der Originalausgabe: The Mangrove Murder

1. Auflage November 1974 · 1.–15. Tsd.
2. Auflage Juni 1975 · 16.–45. Tsd.
3. Auflage April 1977 · 46.–65. Tsd.
4. Auflage September 1980 · 66.–73. Tsd.
5. Auflage November 1982 · 74.–83. Tsd.

Made in Germany

Umschlagentwurf: Atelier Adolf & Angelika Bachmann, München
Umschlagfoto: Dell Books, New York
Satz: Presse-Druck Augsburg
Druck: Elsnerdruck GmbH, Berlin
Verlagsnummer: 3354
Lektorat: Martin Vosseler · Herstellung: Harry Heiß
ISBN 3-442-03354-3

1. Kapitel

Vor dem schäbigen Hotel stieg Pauline Marshall aus dem Bus und stand zitternd im Freien. Es war ein düsterer, typischer Wintertag. Der Himmel hing grau und tief über der engen Willesden Street, durch die der Wind heftig blies. Das größte Hotel dieser kleinen Stadtgemeinde wirkte düster und unansehnlich. Am Ende der Straße erblickte sie einen Ausschnitt des öligen Meeres, über dem traurig einige Möwen kreisten. Warum war sie nur an diesen gottverlassenen Ort gekommen?

Sie sagte sich, daß die Antwort auf diese Frage eigentlich sehr einfach war. Ihr Verlobter hatte sie sitzengelassen, und jetzt wollte sie möglichst allein sein. So hatte sie schnell einige Kleidungsstücke in einen Koffer geworfen und gerade noch den Willesden-Bus erreicht. Sie war dankbar, daß der Arzt, für den sie arbeitete, am Vortag zu einer wichtigen Konferenz verreisen mußte und sie gebeten hatte, eine Woche Urlaub zu machen.

Aber noch dankbarer war sie dafür, daß es einen Ort gab, an den sie gehen konnte, und wo sie niemand belästigen würde. Sie dachte dabei an eine kleine Hütte ihres Bruders, die ungefähr hundert Meilen von der Stadt entfernt lag. Sie war zwar noch nie dagewesen, wußte aber, daß es dort sehr einsam war.

»Ziemlich unheimlich und bestimmt nicht ganz nach deinem Geschmack, meine Liebe, aber du kannst hinkommen, wann immer du willst«, hatte David ihr versichert. »Man muß schon ein eingefleischter Fischer sein und eine Vorliebe für seltsame Orte besitzen, um sich dort wohl zu fühlen. Man kann nichts anderes tun, als zu fischen, wenn die Gezeiten günstig sind, oder zu reiten, wenn sie ungünstig sind.«

Es hatte einmal eine Zeit gegeben, in der sie geglaubt hatte, daß sich David von diesen einsamen Orten auch nicht sehr angezogen fühlte; aber er schien sich in letzter Zeit ziemlich verändert zu haben, er war ruhiger und ernster geworden. Er war immer schon ein begeisterter Reiter und Fischer gewesen; aus diesem Grunde hatte er vermutlich auch diese fünf Acker Land mit Hütte in einem Küstengebiet gekauft. Er hatte ihr erzählt, daß er zwar kein Pferd besäße, aber mit einem benachbarten Bauern vereinbart habe, eines seiner Pferde benützen zu dürfen, die dafür auf seinem Grundstück grasen konnten.

»Das ist für uns beide angenehm. Bob Walker ist versessen auf Pferde, und dieses braucht er gerade nicht. Na ja, und so springt Joe eben munter auf meiner Wiese herum, und ich reite ihn, wenn ich gerade da bin.«

Pauline war das alles ziemlich merkwürdig erschienen, aber andererseits war David ein etwas eigenwilliger Mensch, und sie hatte ihn noch nie ganz verstanden. Sie waren sehr gute Freunde, wohnten aber nicht zusammen, da David als Inspektor sehr viel unterwegs war und weil jeder es vorzog, seine eigenen Wege zu gehen. Pauline war viel geselliger. Sie arbeitete als Sprechstundenhilfe bei einem bekannten Arzt in der Stadt. Beide waren der Meinung, daß ihre Freundschaft besser gedeihen würde, wenn sie nicht zusammenlebten; und bisher hatte sich dieses Übereinkommen als richtig erwiesen.

Aber was Davids Vorliebe für Willesden anging, so war sie nicht seiner Meinung. Warum nur hatte er so einen düsteren und traurigen Ort gewählt? Sicherlich, seine Hütte lag zwar nicht mitten in der Stadt, sondern einige Meilen außerhalb, und sie gab auch zu, daß sie Willesden unter den schlechtesten Bedingungen gesehen hatte, an einem vor Nässe triefenden, deprimierenden Tag, der genau zu ihren brütenden Gedanken paßte.

Sie betrat das Hotel, wo sie von Fred Lloyd, dem Wirt, begrüßt wurde. Natürlich könnte sie eine Tasse Tee bekommen, wenn sie etwas warten wollte. Durch diese Aussicht ermutigt, erklärte ihm Pauline ihr Reiseziel. Sie fragte ihn, ob er David Marshalls Hütte kannte und wie sie am besten dorthin gelangen könnte.

»Hm, ein bißchen schwierig. Bei Ebbe ist es kein Problem. Da können Sie bis zum Ende der Straße fahren, den Wagen dort parken und zu Fuß die Weide überqueren. Dann müssen sie durch die Bucht, obwohl es dort ziemlich schmutzig ist. Aber jetzt kommt gerade die Flut und . . . halt, warten Sie einen Moment. Bob Walker ist hier, schon den ganzen Tag. Er wartet, bis sein Wagen fertig ist. Er bewirtschaftet das Land, das in der Nähe der Hütte Ihres Bruders liegt. Er könnte Sie mitnehmen und Ihnen den Weg zeigen. Die andere Möglichkeit wäre das Boot des alten Dibble.«

»Walker? Das ist doch der Mann, dessen Pferd mein Bruder reitet. Fährt er heute abend zurück?«

»Ich nehme es an, vorausgesetzt, daß sein Wagen in Ordnung ist. Da kommt er gerade. Gehen Sie in die Lounge, Miss; ich werde inzwischen die Lage auskundschaften.«

Pauline betrat das düstere Zimmer, über dessen Tür die Aufschrift ›Lounge‹ stand. Es war jedoch unmöglich, das auf dem Gang stattfindende Gespräch zu überhören.

»Hör zu, Bob, hier ist ein Mädchen, das zu David Marshalls Hütte möchte. Sie ist seine Schwester, sagt sie. Will heute abend noch bei dem Schuppen sein. Kannst du sie mitnehmen?«

Darauf eine knurrende Antwort: »Weiß ich noch nicht. Wie will sie denn durch die Bucht?«

»Ich habe gedacht, daß sie vielleicht bei dir bleiben könnte, bis die Flut nachläßt. Scheint ein nettes Mädchen zu sein, und immerhin ist es ziemlich schwierig, dorthin zu gelangen.«

»Es ist schon längst finster, bevor sie die Bucht durchqueren kann; außerdem denke ich gar nicht daran, ihr den Weg zu zeigen. Bin den ganzen Tag hier herumgelungert und habe auf dieses verdammte Auto gewartet, das noch immer nicht repariert ist. Eine verflucht ärgerliche Sache, weil das Düngeflugzeug fällig ist. Die Burschen sind vielleicht schon dort. Warum kann sie nicht mit dem Boot fahren? Ich habe eben Dibble zum Kai hinuntergehen sehen.«

Paulines Wangen glühten. Eine derartige Behandlungsweise war sie nicht gewöhnt. Mit erhobenem Kopf betrat sie den Gang. »Schon gut«, sagte sie, wobei ihre spitze Bemerkung an Lloyd gerichtet war. »Ich nehme viel lieber das Boot. Dibble heißt der Mann, nicht wahr? Ich gehe jetzt zum Kai hinunter und rede mit ihm. Vielen Dank für den mir angebotenen Tee, Mr. Lloyd, aber ich glaube, ich möchte nicht darauf warten. Dibble hat es vielleicht eilig.« Dann warf sie dem Farmer einen giftigen Blick zu, drehte sich um und verließ das Hotel.

Der Anlegeplatz war verlassen – mit Ausnahme eines Mannes

in Ölkleidung, der gerade aus einem kleinen Boot kletterte, das unten angebunden lag. Sie winkte ihm zu und erklärte, daß sie zu David Marshalls Hütte wolle.

»Die liegt im Flutgebiet. Die Totenbucht, so nennen sie sie, glaube ich. Wohnen Sie dort in der Nähe?«

»Weiter unten in der Bucht. Wenn Sie dahin wollen, dann müssen Sie sich aber beeilen. Die Flut fällt. Ist das Ihr Zeug? In Ordnung. Das Boot ist bei den Stufen angebunden. Und Vorsicht bitte. Die Stufen sind glitschig, und ich habe keine Lust, Sie aus dem Wasser zu fischen.«

Sie hatte auch nicht die Absicht, hineinzufallen, dachte Pauline verärgert.

Er war ein wenig einnehmender alter Mann, schmutzig und unrasiert, mit heiserer Stimme und einer Abneigung, einem ins Gesicht zu blicken. Er war ebenso unliebenswürdig wie dieser Farmer. Sie hoffte nur, daß die Überfahrt nicht sehr lange dauern würde. Das Boot war ebenso schmutzig und verwahrlost wie dessen Besitzer.

Sie kletterte hinein, während er ihren Koffer und den Karton mit Lebensmitteln hinuntertrug, den sie mitgebracht hatte, da sie sich an Davids Bemerkung erinnert hatte: »Wenn nicht gerade Ebbe ist, bekommt man dort nichts. Natürlich habe ich ein Boot, aber das Wasser zwischen der Bucht und Willesden ist ziemlich heimtückisch; deshalb benütze ich das Boot meistens nur zum Fischen.«

»Und wie kommst du dann an deine Sachen?«

»Ich wate durch die Bucht, wenn Ebbe ist – meine Schuhe um den Hals geschlungen. Und dann ist es noch ein ziemlicher Marsch über die Weiden bis dorthin, wo ich meinen Wagen stehenlasse. Am besten ist es, alles was man braucht, gleich mitzunehmen. Wenn man den ganzen Tag fischt, wird man ziemlich hungrig.«

Sie würde jedenfalls nicht hungrig werden. Bei einer eben in die Brüche gegangenen Verlobung ist man nicht hungrig, weil man an gebrochenem Herzen leidet.

Aber das tat sie auch nicht. Pauline war ein ehrliches Mädchen, und sie wollte sich nicht einreden, daß ihre Gefühle besonders verletzt waren – eher ihr Stolz.

Sie breitete die Zeitung, die sie im Bus gelesen hatte, auf dem nassen, schmutzigen Sitz aus und bereitete sich auf eine unangenehme Reise vor, wobei ihr Davids Bemerkung über das heimtückische Meer einfiel. Sie hoffte, daß es nicht unruhig sein würde. Der Regen hatte zwar aufgehört, aber der Himmel sah ziemlich bedrohlich aus, und es war sehr kalt. Auf dem Boot gab es keine ordentliche Kabine; außerdem war ihr die frische Luft lieber als dieses gräßliche Mäuseloch, das nach Fisch stank. Zunächst zeigte sich Dibble nicht gerade sehr redefreudig, und Pauline saß da, blickte über die graue See hinweg und überlegte, was sie für eine Närrin gewesen war.

Warum, warum nur hatte sie ihre Verlobung mit Lionel Roberts nicht schon vor Wochen gelöst? Aber abgesehen von dieser Tatsache – warum hatte sie sich überhaupt je mit ihm verlobt? Es hatte nicht lange gedauert, bis sie erkannt hatte, daß sie töricht gewesen war. Aber es hatte ihr einfach der Mut gefehlt, dies zuzugeben. Natürlich war sie etwas geschmeichelt gewesen, als dieser ehrgeizige junge Rechtsanwalt sie zu Partys mitnahm und sich anscheinend in sie verliebte. Anscheinend? Nein, das war eigentlich nicht richtig. Lionel hatte eine Zeitlang wirklich den Kopf verloren.

Aber er war sehr schnell wieder zu Vernunft gekommen, als Linda Marvell auftauchte – mit ihrem Charme, ihrer Schönheit und ihrem Geld. Insbesondere ihrem Geld! Pauline besaß keines. Statt dessen hatte sie einen nicht besonders gutbezahlten Job und eine kränkliche Mutter, die in einem Erholungsheim lebte und der sie immer wieder einen Teil ihres Geldes schickte, sobald sie sich etwas ersparen konnte. Zugegeben, sie war nicht gerade ein guter Fang für einen ehrgeizigen Mann.

Und jetzt war ihr klar, daß Lionel schon sehr bald seinen Fehler erkannt haben mußte. Sie konnte sich sein Bedauern gut vorstellen; wenn er nur gewartet hätte . . . , und so hatte sich allmählich, aber stetig, sein Benehmen geändert; bis gestern abend auf einer Party Pauline mit ihrem Partner ins Mondlicht hinausgetreten war und dort Linda in seinen Armen entdeckt hatte. Natürlich war damit alles beendet. Es tat ihr nur leid, daß nicht sie den ersten Schritt getan hatte.

Denn sie hatte schon vor Lindas Auftauchen gewußt, daß alles ein Irrtum war, hatte jedoch ihre Verlobung aufrechterhalten, weil sie dumm genug war, sich einzubilden, daß Lionel sie wollte, sie brauchte. Sie brauchte? Pauline lachte bitter. Was Lionel brauchte, war Geld, und das hatte er jetzt.

Der alte Dibble wandte sich um, als sie lachte, und fragte: »Was los? Ich seh' hier nichts Komisches. Kalt und naß und irgendwo eine Leiche.«

Pauline erschrak. »Eine – eine Leiche«, stammelte sie. »Wie meinen Sie das? Ist jemand ertrunken?«

»So sagen sie. Waren heute den ganzen Tag mit Booten draußen. Haben auch die Strände abgegrast. Meiner Meinung nach ist das alles Quatsch.«

»Wieso? Glauben Sie nicht, daß der Mann ertrunken ist?«

»Weiß nicht. Er ist einfach verschwunden. Vermutlich ausgerissen. War auch das Beste, was er tun konnte, der elende Stinker. Wirklich das Beste, wenn Sie mich fragen.«

»Wie meinen Sie das? Glauben Sie, daß er abgehauen ist, weil er in Schulden war, oder in sonstigen Schwierigkeiten?«

»Schulden? Du lieber Gott! Der und Schulden! Die halbe Stadt gehört ihm. Nein, der war weder in Schulden noch ist er ersoffen, wenn Sie mich fragen.«

»Aber warum wird dann nach ihm gesucht?«

»Dieser alte Milward glaubt, daß er ertrunken sei. Behauptet zumindest, daß er seine Leiche im Wasser sehen kann.«

»Sehen?«

»Ja. Er sieht sie in einer seiner verdammten Visionen. Er nimmt dazu irgendeinen kleinen Stock, so wie die Kerle, die nach Wasser suchen.«

»Rutengänger? Aber was hat das denn mit einem Ertrunkenen zu tun?«

»Fragen Sie mich nicht. Ich nenne ihn den Hexendoktor, aber die Leute hier behaupten, er sei ein Hellseher. Sie gehen zu ihm, wenn sie Bauchweh haben oder wenn eines ihrer Tiere krank ist. Er machte alles mit Baumwollfäden.«

»So? Farbtherapie. Davon hab' ich schon gehört.«

»Ja, so sagen die anderen; aber das ist es nicht. Er macht alle möglichen Dinge. Ein komischer alter Kauz. Hält sich für allwissend. Lebt allein mit einem alten Hund und sagt, ›er gibt sich selbst für die leidende Menschheit hin‹. Meiner Meinung nach spinnt er.«

»Und als dieser Mann verschwunden war, haben die Leute ihn befragt?«

»Ja, und er behauptet, die Leiche beim Wasser unten sehen zu können. Sie glauben ihm und beginnen sofort zu suchen. Aber bisher haben sie noch nichts gefunden – und wahrscheinlich werden sie auch nichts finden. Angenommen, er ist ertrunken, dann ist er vermutlich in die Zuflußströmung gekommen und wird nie wieder gesehen.«

»Wird er denn schon lange vermißt?«

»Seit zwei oder drei Tagen. Er war zwei Nächte nicht zu Hause, die kommende ist die dritte. Ein angenehmes Untertauchen, meiner Meinung nach.«

Pauline schüttelte sich. Was war das doch für ein gräßlicher, alter Mann, und wie gesprächig er plötzlich geworden war, als er über diese Tragödie berichten konnte. Es wirkte jetzt alles noch viel düsterer, und der Gedanke, daß ein ertrunkener Mann vielleicht in der Nähe von Davids Hütte angeschwemmt werden könnte, gefiel ihr gar nicht. Sie wünschte erneut, nicht so voreilig gewesen zu sein. Wäre sie doch nur woanders hingefahren – überallhin, nur nicht an diesen verlassenen Ort.

Sie blickte nervös um sich. Bis jetzt hatte sich Dibble noch ziemlich nahe an das Ufer gehalten, um die ersten Klippen zu umfahren. Jetzt aber hatte er sich dem offenen Meer zugewandt. Es war einfach zu begreifen, warum: Die Felsen wurden steiler, und eine gefährliche Strömung umwirbelte sie.

»Uuh! Wie scheußlich das aussieht, diese abfallenden Klippen und das tödliche Gewässer«, rief sie aus, zwar mehr zu sich selbst, als zu dem Schiffer.

»Ja, das ist ein grausiges Stück. Da muß man sich verdammt gut heraushalten. Diese Felsen sind teuflisch. Und wenn man in die Strömung kommt, dann gibt's nicht mehr viel Hoffnung.«

Pauline zuckte zusammen. Kein Wunder, daß David sein Boot hier draußen nicht verwendete. Die Behauptung, daß es sich um ›heimtückisches Wasser‹ handelte, war bei weitem untertrieben. Es war tödlich. Sie konnte sich sehr gut vorstellen, wie ein Boot da hineingeriet und hoffnungslos ins Meer hinausgetragen wurde. Dibble schien an ihrem Unbehagen Spaß zu haben; er fuhr dämonisch fort: »Man sagt, daß einmal ein Bursche über die Klippen gefallen ist und nie wieder gesehen wurde. Einfach verschwunden, ohne jegliche Spur. Die Strömung hat ihn einfach hinaus aufs Meer getragen, und die Haifische haben dann den Rest besorgt. Auf jeden Fall konnte man sich für diesen Kerl die Kosten für den Sarg sparen.« Er grinste widerlich bei diesen Worten.

Pauline blickte ihn sehr abweisend an – und dann zögernd auf die hohen finsteren Klippen, die wilden Felsen, das turbulente Wasser. Wie sehr wünschte sie doch, daß diese Reise zu Ende ginge. Warum nur hatte David diesen Ort ausgesucht?

Dann fiel ihr ein, daß David ja immer zu Land hierherkam über trockenes Gebiet, und daß er anschließend über die Bucht marschierte. Sie erinnerte sich an seine Worte ›ziemlich verschlammt‹, aber Schlamm und Sumpf waren noch tausendmal besser als diese Seereise rund um die Küste.

Einen Augenblick später war das Schlimmste vorbei. Das Boot hatte die Klippen umfahren und schwenkte in die Mündung des Flutgebietes ein. Sie fuhren gerade jenes ruhige Gewässer hinauf, von dem sie glaubte, daß es die unangenehme Bezeichnung ›Totenbucht‹ trug. Sie fragte sich, warum, aber um kein Gold der Welt hätte sie Dibble diesbezüglich befragt. Wahrscheinlich war das wieder mit einer anderen grausigen Geschichte verbunden, die er ihr mit größtem Vergnügen erzählt hätte. Er murmelte jetzt vor sich hin. »Lauter Unsinn. Wie konnte denn dieser Kerl hier jemanden sehen, der gar nicht da war. Aber niemand sagt dem alten Milward seine Meinung.«

Pauline wollte ihm eigentlich beipflichten, daß alles Unsinn sei; aber jetzt, nachdem sie aus dem gefährlichen Gewässer heraus in ruhiges geraten waren, konzentrierte sie sich wieder auf ihre eigenen Angelegenheiten. In ihrem Gedächtnis hallten noch immer Lionels Worte nach: »Es tut mir leid, furchtbar leid. Solche Dinge geschehen ganz einfach. Aber natürlich würde ich keine Sekunde lang daran denken, mein Versprechen zu brechen. Ich bin schließlich verlobt.«

Darauf hatte sie gelacht und gesagt: »Anständig bis zum Letzten. Der perfekte Gentleman. Du würdest mich niemals sitzenlassen, das überläßt du mir. Aber hab keine Angst. Ich werde dich nicht beim Wort nehmen. Schade ist nur, daß ich das jemals getan habe.« Und darauf hatte sie ihm höflich seinen Verlobungsring zurückgegeben. Diese Erinnerung freute sie ganz besonders. Es war ein Segen, daß sie der Versuchung widerstanden hatte, ihm den Ring an den Kopf zu werfen. Zumindest hatte sie Ruhe bewahrt, die sie sonst sofort zu verlassen pflegte.

Das Gewässer wurde jetzt enger. Im Halbdunkel konnte Pauline Mangroven sehen, die sich auf jeder Seite der Bucht ausbreiteten. Sie hatte Mangroven noch nie gemocht. Das waren häßliche, düstere Gewächse, die sich hier zu ungewohnten Höhen entwickelten, mit verschlungenen Strünken und spärlichem Laub. In diesem geheimnisvollen Licht sahen sie aus wie eine Herde von Tiergerippen, die sich in dem zähen Schlamm wälzten. Was für ein entsetzlicher Ort – und, nochmals, warum war sie nur hierhergekommen?

Dibble brach das Schweigen mit den Worten: »Ihr Bruder schon zurückgefahren?«

Sehr überrascht wandte sie sich von der Betrachtung der tristen Landschaft ab. »Wer, David? Der war doch in letzter Zeit gar nicht hier, oder?«

»Hab' ihn vor zwei Tagen gesehen.«

Vor zwei Tagen? Das wäre Samstag gewesen. Na ja, sie wußte, daß er sich, wann immer nur möglich, an den Wochenenden verdrückte. Aber normalerweise teilte er ihr das mit oder rief sie nach seiner Rückkehr an. Sie sagte: »Ich wußte nicht, daß er vor kurzem hier war. Ist er mit Ihnen hergefahren?«

»Nein. Das macht er nicht. Fährt mit seinem Wagen; aber ich weiß nicht, wie er hergekommen ist. Hab' ihn nur einmal gesehen, als er über die Bucht zurückkam. Aus dem Kamin stieg Rauch auf, aber zum Reiten ist er diesmal nicht gegangen. Auch nicht fischen. Weiß nicht, warum er gekommen ist, oder was er vorhatte.«

Pauline überlegte irritiert, ›wie dieser alte Mann doch jeden Menschen beobachtet. Warum sollte David denn schließlich nicht hierherkommen, zu seinem eigenen Haus?‹. Laut aber sagte sie nur:

»Ich vermute, daß er nur kurz vorbeischaute und etwas suchte. Wie eng doch diese Bucht jetzt ist, und wie schnell die Flut fällt.«

»Verdammt viel zu schnell. Wir werden es gerade noch schaffen. Vielleicht muß ich Sie etwas unterhalb Ihrer Hütte absetzen. Jetzt fahren wir gerade bei meiner vorbei.«

Neben dem sumpfigen Ufer konnte sie undeutlich einen eingefallenen Schuppen entdecken. Ein kleiner Bootssteg ragte einsam in den Kanal hinaus. Bei Flut würde das Wasser vermutlich sehr nahe an den sich senkenden Zaun herankommen. Dieses Heim war für den alten Mann wie geschaffen. Sie sagte: »Versuchen Sie, mich so nah wie möglich heranzubringen. Ich habe diese Kartons.«

Er murmelte unwillig vor sich hin und widmete seine volle Aufmerksamkeit dem Steuern seines Bootes, wobei er ihr erklärte, daß er keine Lust habe, für nichts und niemand am Ufer aufzulaufen.

Schließlich gelang es ihm aber doch, sie nahe an ihr Ziel heranzubringen. Nach einer Biegung in der Bucht erschien eine häßliche, zur Bucht hin fensterlose Hütte, mit einem großen, eisernen Kamin, der von dem sehr schrägen Dach aufragte. Sie dachte wieder: ›Wie konnte David nur hierherkommen? Das ist ja entsetzlich. Man kann nur hoffen, daß es bei Tageslicht und in der Sonne anders aussieht. Na, wenn schon . . .‹

Aber es war ihr klar, daß sie einen Fehler begangen hatte, hierherzukommen.

»Sie müssen sich Ihre Schuhe und Socken ausziehen. Ich kann nicht näher ans Ufer heran, sonst laufe ich auf. Aber schnell jetzt. Ich habe keine Zeit, hier lange herumzutrödeln.«

Pauline zog ihre eleganten Schuhe und teuren Strümpfe aus und stopfte sie in die Manteltasche. Haßerfüllt blickte sie auf das kalte Wasser und den dahinterliegenden schmierigen, feuchten Sumpf. In der Nähe des Ufers wuchsen einige Mangrovenbäume, deren verrenkte Äste schwarz gegen den Himmel zeigten. Im Augenblick war es etwas weniger dunkel, da der Mond hinter den Wolken hervorlugte. Was für eine Stunde – und was für ein Ort!

Sie zögerte einen Moment, aber Dibble verlor keine Zeit. Er hatte ihren Koffer und den Karton ans Ufer getragen und dort abgesetzt. Jetzt hielt er ihr seine schwielige Hand hin, um ihr herauszuhelfen. »Na los schon. Vom Herumschauen wird es hier auch nicht schöner, und ich möchte weiter.«

Sie nahm seine Hand und ließ sich zögernd ins Wasser hinabgleiten. Es war sehr kalt, und der Schlamm, der zwischen ihren Zehen klebte, ekelte sie. Dibble half ihr brummend ans Ufer, dann streckte er ihr die Hand hin, um seinen Fahrpreis entgegenzunehmen. »Ein Pfund«, sagte er, »das ist sogar noch billig, wenn ich unter Umständen die ganze Nacht im Sumpf sitzen muß, weil das Wasser weg ist.«

Sie gab ihm hastig das Geld und wagte nicht, ihn zu fragen, ob er ihr helfen könnte, das Gepäck zur Hütte zu tragen. Dann warf sie ihm ein kurzes »Gute Nacht« zu und hob ihren Karton mit Lebensmitteln auf. Sie würde noch ein zweites Mal herunterkommen müssen, um den Koffer zu holen. Sie konnte jetzt die Umrisse der Hütte erkennen, die etwas höher oben und abseits stand. Näher am Wasser gelegen lag ein verfallenes Gebäude, offensichtlich ein Bootshaus. Einen Augenblick lang erwog sie, den Koffer dortzulassen, aber die Aussicht auf eine Nacht ohne Zahnbürste und Pyjama ließ sie davor zurückschrecken. Sie mußte zuerst den Karton hinauftragen und anschließend den Koffer holen.

Glücklicherweise hatte sie eine Taschenlampe mitgenommen. Sie öffnete ihre Tasche, nahm sie heraus und machte Licht. Vor sich entdeckte sie einen schlammigen Weg in Richtung der Hütte. Aus irgendeinem Grund war sie nervös und fühlte sich unbehaglich. Vermutlich lag es an diesem gefährlichen Meer, diesen schwarzen Klippen und dem Gerede des Mannes über eine Leiche nahe beim Wasser.

Der Karton war zwar nicht schwer, aber unpraktisch. Sie hob ihn auf; dann beschloß sie, die Taschenlampe unter einen Arm zu klemmen und so den Weg zu beleuchten. Doch sie fiel auf dem Weg den Abhang hinauf dreimal zu Boden. Vor der Hütte lag ein großer, flacher Baumstamm, den David vermutlich zum Ausnehmen seiner Fische benutzte. Sie stellte den Karton darauf, damit sie den Schlüssel, den ihr Bruder, wie er ihr gesagt hatte, immer auf einer Kante über der rückwärtigen Tür versteckt hatte, finden konnte; doch dann beschloß sie, zuerst zurückzugehen, um den Koffer zu holen.

Sie rutschte den Weg hinunter. Ihre nackten Füße waren voller Schlamm und eiskalt. Als sie den Koffer hinauftrug, mußte sie Rast machen, um Atem zu holen. Warum war sie so müde? Sie hatte zwar nach dieser verunglückten Party nicht viel geschlafen, und die Busfahrt in dieser Kälte war lang und unangenehm gewesen, aber zögernd gestand sie sich ein, daß ihre Abgeschlagenheit größtenteils von ihren unglücklichen und demütigenden Gedanken herrührte, die sie den ganzen Tag über verfolgt hatten. Je früher sie ins Bett käme, um diese zu vergessen, desto besser würde alles am nächsten Morgen.

Dies war jedoch leichter gesagt als getan. Zum hundertsten Male trat ihr dieses Bild vor Augen –: die vom Mondlicht erhellte Terrasse, das große, reizende Mädchen in Lionels Armen. Pauline hatte sich sehr schnell abgewandt und völlig bedeutungslos zu ihrem Partner gesagt: ›Schade, daß wir hier stören. Gehen wir hinein‹, und dabei nur gehofft, daß er das Paar nicht erkannt hatte.

Natürlich gab es für sie keine Chance, sich mit Linda zu messen. Pauline wußte zwar, daß sie hübsch war – viele Männer hatten es ihr schon gesagt. Sie war auch beliebt, ein sehr natürliches und fröhliches Mädchen, das vom Leben nicht viel verlangt und gerne gibt. Aber Linda war eine schöne Märchengestalt – und sie besaß ein märchenhaftes Vermögen. Jedes Mädchen müßte jegliche Hoffnung auf einen Mann in dem Moment aufgeben, in dem Linda ihn sich in den Kopf gesetzt hatte. Na gut, jetzt hatte sie ihn, und ein Wettstreit hatte Pauline noch nie gelegen.

Sie setzte ihren Koffer ab und ging zur Hintertür, über der sie nach dem Schlüssel suchte. Sie tastete die Kante ab, ohne etwas zu finden. Ihr Mut sank. Wie gräßlich, wenn David ihn ausnahmsweise mitgenommen haben sollte. Er hatte ihr zwar gesagt, daß dies nie vorkomme, ›denn ich bin ein sehr vergeßlicher Bursche und könnte einmal ohne Schlüssel hierherfahren; und es gibt nur ein ziemlich kleines Fenster‹.

Ihre Hand glitt noch einmal über die Kante, diesmal noch sorgfältiger. Kein Schlüssel. Aber vielleicht würde für sie das Fenster genügen. Sie war glücklicherweise sehr schlank. Auf jeden Fall mußte sie es versuchen, denn sie hatte keine Lust, die Nacht im Freien in der Kälte zu verbringen. Eine andere Möglichkeit bot dieses verfallende Bootshaus. Das Fenster mußte wohl auf der anderen Seite der Hütte sein; sie würde es einmal auskundschaften.

Dort war es auch, sehr schmal, ganz oben an der Wand und völlig verdeckt. Warum hatte David an diesem einsamen Platz einen Vorhang? Das schien ein seltsamer Beweis von Besitzerstolz zu sein. Dann aber fiel ihr der schnüffelnde Schiffer ein; wahrscheinlich hatte David keine Lust, jeden Augenblick und bei jeder Bewegung von Dibble beobachtet zu werden.

In der Nähe der Hintertür stand eine leere Kiste. Sie nahm sie und trug sie unter das Fenster. Es war sehr hoch; aber sie war leicht und beweglich und hatte keinerlei Schwierigkeiten, hinaufzugelangen. Gott sei Dank war das Fenster offen. Sie zog sich hinauf und zwängte sich in die Öffnung. Da drin war es teuflisch eng, und außerdem war der schwere Vorhang im Wege. Mit ihrer freien Hand schob sie ihn beiseite; und, wenn sie nicht so festgesteckt hätte, wäre sie zweifellos vor Schreck und Erstaunen nach rückwärts gefallen.

Eine Kerze flackerte am Kaminsims, deren Licht so schwach war, daß es den dicken Vorhang nicht durchdringen konnte. Im Kamin brannte ein schwaches Feuer. Ein Mann starrte hinein, der Pauline ziemlich düster vorkam.

2. Kapitel

Pauline kämpfte verzweifelt, um sich aus ihrer Lage zu befreien und um ganz leise wieder auf die unter ihr stehende Kiste zurückzufallen. Sie zog und zerrte, doch nichts geschah. Dann verfing sich dummerweise ihre Armbanduhr im Vorhang und zog diesen beiseite. Der plötzlich entstandene Zug blies die Kerze aus, und der Mann schrak mit einem ärgerlichen Ausruf hoch und blickte auf. Das Fenster war von einem Kopf und einem Paar Schultern versperrt.

Einen Augenblick lang herrschte völlige Stille. Pauline war zu erschrocken, um sich zu bewegen – selbst wenn ihr dies möglich gewesen wäre. Wilde Gedanken kreisten in ihrem Kopf. Das war der vermißte Mann. Er war nicht tot – und auch nicht ertrunken. Er hatte sich versteckt. Dann sofort überkam sie der lähmende Gedanke: Die Sache ist ganz anders. Er ist sein Mörder; und ich bin mit ihm allein; ich stecke im Fenster und kann mich nicht bewegen. Sie drückte wie wahnsinnig gegen den Fensterrahmen und hatte das Gefühl, daß dieser ein wenig nachgab.

Dann leuchtete vor ihrem Gesicht ein Licht auf. Der Mann strahlte sie mit seiner Taschenlampe an. Sie blinzelte und versuchte, ihre freie Hand zu erheben, als eine weiche Stimme plötzlich sagte: »Du liebe Güte, das ist kein Geist und auch kein Kopf ohne Rumpf. Das ist die beliebte Miss Marshall, die im Fenster eingeklemmt ist.«

Die Stimme klang träge und humorvoll. Sie rief in Paulines Gedächtnis eine entfernte Erinnerung wach. Sie kannte diesen Mann, und sie mochte ihn nicht. Sie hatte ihn schon etliche Male getroffen, häufig im Golfclub, etwas seltener bei Partys und einige Male bei ihrem Bruder David und – was noch schlimmer war – ein- oder zweimal bei ihrem Ex-Verlobten, Lionel Roberts. Er hatte sich zwar nicht in ihren Kreisen bewegt. Er war überhaupt nicht der Typ von Mann, der sich in irgendeiner Art von Kreis bewegt – sondern er stand darüber, völlig in seiner Arbeit aufgehend und den größten Teil seiner Freizeit mit seinem Hobby, der Fliegerei, beschäftigt. Er war eingebildet, oberflächlich, und seine Redeweise war meist sarkastisch. Außerdem hieß es, daß er Frauen verabscheue. Seine gleichgültige Art und seine Unempfindlichkeit ihren Reizen gegenüber hatte sie immer schon gestört.

Trotzdem war er besser als ein Mörder, was sie beinahe laut gesagt hätte. Doch in letzter Sekunde riß sie sich zusammen und sagte: »Sie sind Anthony Irving, der Grubeningenieur, nicht wahr? Aber was um alles in der Welt tun Sie denn hier?«

Er hatte unterdessen die Kerze angezündet, und sie konnte ihn etwas besser sehen. Er war ein großer, schlanker Mann, auf eine oberflächliche Art besehen schön, mit dunklem Haar und hellen, stechenden Augen in einem gebräunten Gesicht. Eine ausgesprochen unangenehme Erscheinung, die sich offensichtlich über ihre mißliche Lage ziemlich amüsierte.

Sie haßte sich, als sie ihre eigene Stimme fortfahren hörte: »Guten Abend. Ich – ich wußte nicht, daß Sie hier sind. Ich – ich bin hierhergekommen, um eine Woche Urlaub zu machen.«

»Sehr erfreut, wirklich. Sie haben vermutlich David nichts davon gesagt, ansonsten hätte er Ihnen bestimmt erzählt, daß er mir den Schuppen für einige Tage leihweise zur Verfügung gestellt hat. Wie dem auch sei, zunächst müssen wir Sie erst einmal aus diesem Fenster herausholen. Soll ich von innen ziehen oder von draußen schieben?«

»Weder noch«, sagte sie bissig. »Es gibt nach. Ich fühle es.«

»Wunderbar. Aber – was fühlen Sie? Geben Sie nach – oder der Fensterrahmen? Besser das letztere. Das hätten wir«, und schon zerbrach er mit überraschender Kraft die eine Seite des Fensterstockes und setzte sie in Freiheit. Mit einem kleinen Seufzer der Erleichterung ließ sie sich auf die Kiste zurückfallen und hörte, wie er sagte: »Diesmal kommen Sie aber lieber durch die Tür herein. Weniger dramatisch, aber viel konventioneller. Ich werde sie aufsperren.« Und schon war er in seiner seltsam leisen Behendigkeit an ihrer Seite, half ihr von der Kiste herunter, hielt ihren Arm, um sie auf dem glitschigen Weg zu stützen, und führte sie in die Hütte.

In dem düsteren Licht betrachteten die beiden einander einen Augenblick lang in unfreundlichem Schweigen. Er sah ein hübsches Mädchen, attraktiv, aber nicht überwältigend, mit wallenden mausgrauen Haaren, großen, haselnußbraunen Augen, dunklen Wimpern und einer unbestimmbaren Nase sowie einem Mund, der eigentlich zum Lachen bestimmt war, augenblicklich aber sehr zusammengekniffen wirkte. Doch immerhin war sie nicht der einzige Mensch, der ein Recht hatte, sich zu ärgern.

Pauline ging – wie üblich – sofort zum Angriff über. »Wieso sind Sie hier? Sie haben weder eine Vorliebe für Pferde noch fürs Reiten, stimmt's?« Ihr Ton ließ klar erkennen, daß sie ihn für völlig unsportlich hielt. Er nahm den Fehdehandschuh an und antwortete ihr auf eine bösartige, überhebliche Art:

»Ich bin zweifellos kein sehr starker Mann. Ich suche mir meine Vergnügungen auf angenehme Art, zum Beispiel in einem bequemen Flugzeug. Ich bin nur kurz hierhergekommen, um meiner Gesundheit etwas Gutes zu tun.«

Er lachte sie an. Niemand konnte gesünder aussehen als er.

»Müssen Sie unbedingt scherzen? Sie sehen so gut aus; und selbst wenn Sie sich nicht wohl fühlen: Was hätte es für einen Sinn, ausgerechnet hierherzukommen, um unter Mangroven zu kampieren?«

»Unter Mangroven zu kampieren? Wie malerisch und gleichzeitig unheimlich. Aber ich erfreue mich tatsächlich eines ausgezeichneten Gesundheitszustandes, den Sie vermutlich als robust bezeichnen würden, abgesehen von der Tatsache, daß ich mir das Knie etwas verstaucht habe. Nicht sehr interessant, aber unangenehm.«

»Selbst wenn Sie sich das Knie verstaucht haben sollten – obwohl Sie ziemlich schnell durch den Raum gehopst sind – wofür soll dieser Ort gut sein? Ich habe noch nie gehört, daß es hier Mineralbäder gibt.«

»Zwar keine Mineralbäder, aber einen Heiler. Einen Mann, der mit kurzen, gefärbten Fäden arbeitet und dieses Zeug mittels Beschwörungen beeinflußt. David hat Ihnen doch ganz bestimmt von ihm erzählt?«

Sie erinnerte sich vage, daß David ihr einmal gesagt hatte, »dort treiben sich seltsame Gestalten umher. Es gibt zum Beispiel einen Kerl, von dem gesagt wird, daß er manchmal wunderbare Heilungen vollbringt.« Das mußte auch wohl der Mann sein, den Dibble als Hexendoktor bezeichnet hatte.

»Ja, ich glaube, David hat von ihm gesprochen. Aber Sie werden sich doch nicht einbilden, daß er bei einem verstauchten Knie helfen kann? Was soll denn dieser Unsinn, wo es genügend gute Ärzte gibt?«

»Mit reizenden Sprechstundenhilfen. Was habe ich doch für Chancen verpaßt. Aber jetzt ist die Reihe an mir, Fragen zu stellen. Was hat denn Sie hierhergeführt? Ich nehme an, Sie sind nicht allein?«

»Natürlich bin ich allein. Das ist der Grund, warum ich hergekommen bin – um allein zu sein.« Dann errötete sie vor Ärger und sagte etwas hastig: »Was glauben Sie denn? Hatten Sie angenommen, daß Lionel hier wäre und daß dies eine geheime Hochzeitsreise wäre?«

Nach diesen Worten war ihr klar, daß sie sich in Wut geredet hatte. Bereits die Erwähnung des Namens Lionel genügte. Sie starrte Anthony an, der keineswegs beunruhigt war, sondern sehr sanft antwortete: »Ihre Idee, meine liebe Dame, nicht die meine. Aber ich muß gestehen, daß ich es aufgrund meines mir angeborenen Gefühles von Ritterlichkeit etwas merkwürdig finde, daß ein Mann seine Braut allein hierherfahren läßt.«

»Dann darf ich Ihnen nochmals erklären, daß ich allein bin, daß ich Lionel nirgends versteckt halte und daß ich nicht mit ihm verlobt bin.«

Er zog spöttisch die Augenbrauen hoch und sagte: »Verzeihung. Ich hatte gehört, daß eine Verlobung stattgefunden hätte und daß eine Hochzeit bevorstünde.«

Wie zynisch und hassenswert er doch war! Sie sagte: »Die steht eben nicht bevor. Seit gestern abend bin ich nämlich nicht mehr verlobt.« Bei diesen Worten fiel ihr wieder die gestrige Demütigung ein, und es traten ihr Tränen in die Augen, wahrscheinlich auch deshalb, weil sie so hungrig und müde war. Noch verärgerter als zuvor sagte sie: »So ist das. Aber das Wichtigste ist jetzt, wohin gehen wir nun? Das Boot, in dem ich kam, ist schon wieder fort, und in der Dunkelheit kann ich nicht durch die Bucht zurückfinden. Übrigens, wie und wann sind Sie eigentlich hierhergekommen? Dieser alte Trottel hat nichts gesagt, daß er auch noch einen anderen Passagier hergebracht hat.«

»Hat er auch nicht. Ich kam mit meinem Wagen, den ich auf der Straße parkte, und bei Ebbe spazierte ich zu Fuß herüber. Das ist zwar möglich, aber nicht sehr lustig. Und jetzt? Na ja, da unten gibt es ein Bootshaus. Nicht gerade sehr komfortabel, aber vermutlich bewohnbar, und die einzige Alternative.«

Sie blickte um sich. Die Hütte bestand aus einem Raum. Darin gab es eine große, offene Feuerstelle, einen Tisch und zwei Stühle, einige Töpfe, Teller und Tassen, die ordentlich auf einem Regal standen, sowie ein schmales Bett, das in einer Ecke stand. Nicht unbedingt der Ort für inoffizielle Flitterwochen, überlegte sie etwas heiterer als zuvor, und auch nicht der Ort, an dem sich zwei Fremde aufhalten können, die sich vom ersten Augenblick an nicht leiden mochten.

Sie sagte: »Ich gehe zum Bootshaus hinunter«, worauf er sie sofort unterbrach. »Unmöglich. Das ist kein Platz für eine Dame.

Kein Gentleman würde dies je zulassen.« Der spöttische Ton, in dem er das Wort ›Gentleman‹ und ›Dame‹ aussprach, ließ das Blut in ihren Adern pochen; und noch bevor er sie daran hindern konnte, hatte sie sich umgedreht und ihm verächtlich über die Schulter zugerufen: »Bleiben Sie hier. Ein Gentleman bedarf des Komforts.« Schon war sie durch die halb geöffnete Tür verschwunden und schlug diese knallend zu. Dann holte sie draußen ihren zurückgelassenen Koffer.

Sie hatte ihn eben aufgehoben und die daneben liegende Taschenlampe aufleuchten lassen, als sie einzusehen begann, daß sie sich wie eine Närrin benommen hatte. Zu dumm, daß sie ihn hatte merken lassen, wie nahe ihr das alles ging und daß sie ihn diese Runde hatte gewinnen lassen. Sicherlich war er ein ermüdender junger Mann, aber heute abend war sie einfach blödsinnig empfindlich und fühlte sich verletzt und erschlagen – weniger wegen der anstrengenden Ereignisse des Tages, als wegen der Szene von gestern abend. Aber trotzdem hatte sie sich äußerst kindisch und lächerlich benommen.

Sie blickte zum Himmel auf. Der Mond schimmerte immer noch schwach hinter den Wolken durch. Es regnete nicht. Ihr war kalt, sie fühlte sich elend und hungrig. Es war schon lange her, daß sie hastig eine Tasse Tee und ein Sandwich hinuntergeschlungen hatte – zehn Minuten bevor der Bus kam. Sie sehnte sich nach einer Mahlzeit und einem heißen Getränk. Aber wozu darüber nachdenken, wenn man es doch nicht bekam. Sehr bequem würde es im Bootshaus vermutlich auch nicht sein. Sie hoffte nur, daß sie das Boot als Bett benützen konnte, und war froh, daß sie in ihrem Koffer eine Decke mitgenommen hatte.

Sie rutschte den Weg hinunter, zitterte vor Kälte und Abscheu. Ihre nackten Füße waren eiskalt. Der Bootsschuppen lag ganz unten am Wasser; die Flut würde sicherlich eindringen. Angenehme Aussichten. Aber zu diesem Zeitpunkt würde sie hoffentlich schlafen. Sie müßte sich irgendwie im Boot zusammenrollen, um trocken und sicher zu bleiben.

Sie versuchte die Tür zu öffnen, doch sie sperrte. Eine Angel war gebrochen. Sie zerrte fester, und es gelang ihr, sie so weit zu öffnen, daß sie sich und ihren Koffer durchzwängen konnte. Zögernd ließ sie die Taschenlampe über die rohen Bretterwände gleiten; dann stieß sie vor Angst und Ekel einen Schrei aus. Der Raum wimmelte vor Spinnen.

Riesige Spinnennetze hingen von den Dachbalken herab und streiften beinahe über ihr Gesicht, als sie sich den Weg bahnte. Überall sah sie fette, schwarze Spinnenkörper mit haarigen Beinen, und sie war überzeugt davon, daß böswillige Augen sie verfolgten. Sie schüttelte sich heftig und mußte ihren ganzen Mut zusammennehmen, um weiterzugehen. Gegen Spinnen hatte sie seit eh und je eine fürchterliche Abneigung, und einen Augenblick lang dachte sie, ›das kann ich nicht aushalten. Ich muß zurück und klein beigeben‹, dann aber sofort, ›zurückgehen, um vor diesem widerlichen Mann zu kriechen, der mir auf seine sarkastische Art verzeihen und mich wie ein ungezogenes Kind behandeln wird. Sei nicht feige. Spinnen tun schließlich nicht weh. Die werden sich in ihre Netze zurückziehen und haben viel größere Angst vor dir als du vor ihnen. Geh jetzt hinein, schau das Boot an, nimm die Decke heraus, und ...‹

Doch in diesem Augenblick fiel mit einem dumpfen Aufprall eine Spinne in ihren Halsausschnitt. Sie schrie markerschütternd und wischte so heftig danach, daß sie sie halb zerdrückte, wobei ihre Handfläche klebrig und feucht wurde. In höchster Aufregung versuchte sie, ihr Taschentuch herauszuziehen, um das ekelhafte Zeug abzuwischen, aber sie fand es nicht. Dann sah sie vor ihren Füßen ein Bündel Stroh, das sie dankbar aufhob. Während sie kräftig ihre Hand abrieb, hielt sie die Taschenlampe unter dem Arm geklemmt. Als das flackernde Licht auf das Boot fiel, erstarrte Pauline beim Anblick des Schrecklichen, das sich dort ihren Blicken bot.

Dann schrie sie auf, nicht laut, sondern mit erstickter, von Panik erfaßter Stimme, und raste blindlings auf die Tür zu. In ihrer Hast stolperte sie über etwas; die Taschenlampe fiel ihr aus der Hand und rollte auf das Boot zu. Dort blieb sie liegen und sandte einen schwachen Proteststrahl auf den dort liegenden Körper: Ein toter Mann, dessen starrer Blick auf die Spinnennetze und Spinnen gerichtet war, die über seinem Kopf einen phantastischen Vorhang gewoben hatten. Und dieser Kopf ...

Pauline tastete einmal kurz nach der Taschenlampe, doch dann gab sie auf. Sie konnte einfach nicht näher an das Boot herangehen. Sie mußte so schnell und so gut wie möglich aus diesem Schuppen hinauskommen, hinaus in die graue und kalte Nacht. In der Dunkelheit stolperte sie in Richtung des schwachen Lichtstrahls, der den Ausgang kennzeichnete. Sie ließ ihren Koffer fallen, zerkratzte sich in der Eile an einem rohen Brett ihre Hand; doch schließlich erreichte sie das Freie.

Nachher konnte sie sich nicht mehr genau daran erinnern, wie sie den Weg blindlings hinaufgerast war. Sie wußte nur, daß sie ständig stolperte und ausrutschte und daß sie schließlich der Länge nach hingefallen wäre, wenn nicht eine kräftige Hand sie gehalten hätte. Eine Stimme, die etwas weniger spöttisch als gewöhnlich klang, sagte beruhigend: »Na, na. Zwar unpassend, aber ich kann mir nur vorstellen, daß es sich um eine Spinne gehandelt hat?«

Sie versuchte, den Kopf zu schütteln und eine Erklärung abzugeben; doch dann brach sie in einen hysterischen Weinkrampf aus und konnte kein Wort hervorbringen.

Später dachte sie, daß Anthony sie den Abhang hinaufgetragen haben mußte, denn ihre Füße trugen sie nicht mehr und glitten ständig ab. Sie hatte Angst, ohnmächtig zu werden. Dann sagte sie laut: »Unsinn, nur Idioten werden ohnmächtig«, worauf ihr eine vergewissernde Stimme antwortete: »Richtig, und Sie sind kein Idiot. Vielleicht ängstlich vor Spinnen, aber auf jeden Fall kein Idiot.«

Spinnen! Wenn er nur wüßte. Kurz darauf versuchte sie, ihm alles zu erzählen, als sie wieder in der Hütte vor dem Feuer saßen, während das Kerzenlicht auf Davids wenige Bücher, Tassen und Teller und auf sein Bett mit den dunklen Decken schien.

Sie sagte: »Es – es waren nicht die Spinnen. Sicher, es gibt dort welche«, dann machte sie eine Pause und schluckte.

»Ohne Zweifel gibt es dort Spinnen. Ich eilte hinunter, um Sie davor zu warnen und Ihnen zu sagen, daß ich trotz meiner Vorliebe für Bequemlichkeit nicht möchte, daß Sie sich inmitten von Spinnen aufhalten. Aber ich kam zu spät. Mein Knie hinderte mich.«

Ungeduldig ging sie über seine Bemerkung hinweg. Dieses lächerliche Knie. Konnte er denn nicht einmal ernst sein? Sie begann: »Es war . . .«, dann konnte sie nicht weitersprechen. Es klang einfach zu phantastisch. Eine Leiche in Davids Bootshaus? Ob sie sich das nicht eingebildet hatte?

Anthony stocherte im Feuer herum, ignorierte ihre unzusammenhängenden Worte mit widerlicher Gelassenheit, so als nehme er an, daß es sich bei ihr um eine ausgesprochene typisch weibliche Hysterie handelte. Dann setzte er sich hoch und sagte: »Dann waren es eben Ratten. Ekelhafte, schäbige Dinger. Ist Ihnen eine über Ihre Füße gekrabbelt?«

Sie nahm sich jetzt etwas zusammen und versuchte aufzustehen, wobei sie mit zitternder Stimme entgegnete: »Hören Sie auf zu lachen. Ziehen Sie nicht alles ins Lächerliche. Ich sage Ihnen – ich sah – einen toten Mann. Einen toten Mann im Boot!«

Jetzt hatte sie ihn erschreckt. Er blickte sie kurz an, dann sprang er schweigend auf, ging zum Regal hinüber und nahm eine Flasche herunter, goß reichlich davon in ein Glas, fügte klares Wasser hinzu und sagte: »Sie sind übermüdet. Hatten wahrscheinlich einen schweren Tag. Der stickige, alte Bus, und all das andere. Trinken Sie das jetzt.« Als sie ihm ihre zitternde Hand entgegenhielt, hielt er ihr das Glas an die Lippen und bestand darauf, daß sie den Kognak bis zum letzten Tropfen trank.

»Sehr gut – der Becher der Fröhlichkeit und des Rausches. Kommen Sie näher ans Feuer. Hier ist eine Decke. Wickeln Sie sie um die Schultern. Besser jetzt?« Er hüllte sie ein als ob sie ein Kind wäre und sprach wie das beste aller Kindermädchen beruhigend auf sie ein.

Doch sie schob seine Hand beiseite und sagte heftig: »Ich träume nicht, ich bin auch nicht verrückt. Ich sage Ihnen, daß im Bootshaus ein toter Mann liegt. Schauen Sie nach. Nehmen Sie eine Taschenlampe mit und schauen Sie nach.«

Er hörte auf, sie beruhigen zu wollen, und starrte sie stirnrunzelnd an. Sein Blick war neugierig, hellwach und durchdringend. Das war kein Mädchen, so entschied er, das wegen einer Spinne oder einer Ratte einen hysterischen Anfall bekam. Auf jeden Fall mußte er jetzt auf sie eingehen. Solange die Angelegenheit nicht geklärt sein würde, bestünde keine Aussicht, daß sie Ruhe gäbe. Er sagte liebenswürdig: »Wenn Sie darauf bestehen. Ich war immer schon ein sehr gefälliger Mensch. Also dann, hinunter zum Bootshaus, hinaus in die Kälte – und das alles nur wegen der Laune einer Frau«; dann ging er schnell zur Tür. Zu seiner Überraschung erfolgte daraufhin ein verzweifelter Aufschrei. »Bitte, bitte, bleiben Sie nicht lange weg.«

Als er den steilen Weg ohne jegliche Gehbeschwerden hinabschritt, brummte Anthony vor sich hin: »So etwas Blödes. Wahrscheinlich habe ich einen Alptraum – ein hübsches Gesicht, das einen erst von der Wand herunter begrüßt und sich dann plötzlich in ein Mädchen verwandelt, das von Toten faselt. Wach auf, mein lieber Anthony, und zwar schnell. Bist doch wirklich kein nervöser Mensch, und das Ganze ist für jemanden wie dich ziemlich erstaunlich.« Nach fünf Minuten war er wieder zurück. Er trug den Koffer und die Taschenlampe, die sie hatte fallen lassen. Jetzt sah er völlig anders aus – sehr blaß, mit aufgerissenen Augen und einem ernsten Gesicht. Er trat hastig ein und schloß die Türe hinter sich, wobei er dem neben dem Feuer kauernden Mädchen einen mitfühlenden Blick zuwarf, bevor er sagte: »Wirklich scheußlich für Sie. Verzeihen Sie mir bitte meine dummen Witze. Ein unangenehmer Anblick für einen beherzten Menschen wie ich es bin, geschweige denn für eine zarte, junge Dame.«

Diese Worte waren wieder einmal typisch für ihn, was ihm Pauline jedoch nicht übelnahm. Sie war froh, ihn wiederzusehen, und wußte, daß er zumindest versuchte, sie zu trösten, ihre Ängste zu zerstreuen und sie von dem erlittenen Schock zu befreien.

Sie bemühte sich, ein schwaches Lächeln hervorzubringen, und sagte: »Ich – ich hatte eben zu hoffen begonnen, daß es nur ein Traum gewesen ist.«

»Leider nicht. Es ist die reine und grausame Wahrheit.«

»Das muß der Mann sein, von dem Dibble sagte, daß er vermißt wird.«

»Dibble? Ein Spitzname?«

»Der Schiffer, der mich herbrachte. Er erzählte mir, daß ein Mann vermißt würde und daß jemand – den er als Hexendoktor bezeichnete – behaupte, daß man seine Leiche irgendwo in der Nähe des Wassers finden würde.«

Einen Augenblick lang wirkte Irving sehr erschreckt, und seine grauen Augen waren weit geöffnet. Doch dann sagte er mit seiner gewöhnlichen Stimme: »Aha. Jetzt komme ich langsam den Dingen auf die Spur ... Der Hexendoktor muß mein ›Heiler‹ sein, dessen Fähigkeiten Sie so anzweifelten. Ein Mann, der Leichen ausfindig machen kann, ist sicherlich auch in der Lage, ein verstauchtes Knie zu heilen.«

Sie erwiderte gereizt: »Sie versuchen immer, vom Thema abzukommen.«

»Schließlich handelt es sich um kein sehr schönes Thema.«

»Um ein schreckliches – aber was wollen wir tun?«

»Etwas Tee kochen und gebutterten Toast machen. Nein, nicht Sie. Bleiben Sie sitzen. Eine Dame arbeitet nicht. Das ist meine Aufgabe.«

Trotz seiner langatmigen Redensart war er praktisch und schnell; es dauerte nicht lange, bis sie ihren heißen Tee schlürfte.

»Zunächst müssen Sie sich einmal für diese Prüfung Gottes stärken. Bevor Sie nicht Ihren Tee getrunken und Ihren Toast gegessen haben, sprechen wir kein Wort mehr darüber.«

Sie behauptete, daß sie unmöglich etwas essen könnte, doch dann begann sie, an dem gebutterten Toast herumzuknabbern, und plötzlich nahm das Zimmer für sie einen wohnlichen Zustand an und drehte sich nicht mehr im Kreis. Sie sagte: »Jetzt habe ich etwas gegessen. Nun – was sollen wir jetzt tun?«

Er reagierte sehr praktisch und ruhig. »Im Augenblick gar nichts. Wir können überhaupt nichts tun. Es ist stockfinster draußen, und wir würden nie im Leben die versumpfte Bucht durchqueren können. Sie werden daher jetzt ins Bett gehen, während ich es mir neben dem Feuer in diesem Stuhl bequem mache. Da ich – wie ich schon mehrmals an diesem Abend erwähnt habe – ein perfekter Gentleman bin, werde ich mich für die Nacht zurückziehen, während Sie sich – entschuldigen Sie bitte diese Bemerkung – Ihre äußerst schmutzigen Füße waschen.« Beide mußten lachen, als sie sich den Schlamm besahen, der, in der Wärme des Kamins angetrocknet, zwischen ihren Zehen klebte.

»Wie unappetitlich. Ja, bitte setzen Sie das Wasser auf und überlassen Sie mich dann meinen Pflichten; aber gehen Sie nicht zu weit weg.«

»Nur soweit es der Anstand erfordert«, erklärte er ihr und kam erst zurück, als sie bereits ihren Koffer ausgepackt, sich gewaschen und ihren Pyjama angezogen hatte. Sie saß bereits in Davids Bett. Ihr kurzgeschnittenes Haar legte sich lockig um ihren Kopf. Ihr Gesicht wirkte blaß und ernst.

Er kam ohne jegliche Verwirrung herein. Pauline sagte sich, daß sie eigentlich von diesem Mann angenommen hätte, daß er daran gewöhnt sei, jede Nacht sein Zimmer und Bett mit einem anderen weiblichen Wesen zu teilen. Das versuchte sie sich auch einzureden, doch es fehlte ihr die notwendige Überzeugung. Anthony Irving mochte zwar eingebildet und oberflächlich sein, aber zu dieser Art von Männern gehörte er nicht.

Nachdem sie zu diesem Beschluß gekommen war, hegte sie einen neuen spöttischen Gedanken: Du bist doch ein guter Menschenkenner, oder? Das hast du schließlich mit dem ›verstorbenen‹ Lionel bewiesen. Dann kam es ihr plötzlich vor, als ob Lionel einem vergangenen Leben angehörte. War es wirklich möglich, daß sie erst gestern abend noch seinen Ring getragen hatte? Dann blickte sie zur Feuerstelle hinüber, wo es sich Anthony gerade in einem Liegestuhl bequem machte. Dieser Anblick wirkte auf sie irgendwie tröstend und beruhigend.

Laut sagte sie: »Eigentlich gut, daß Sie jetzt hier sind. Ich war zunächst nicht sehr freundlich, oder?«

»Ich war auch nicht gerade überschwenglich. Dieses schwebende Gesicht, das auf mich herabblickte wie eine Eule, wirkte nicht besonders beruhigend.«

Zu ihrer eigenen Überraschung mußte sie lachen. »Sie glauben gar nicht, wie dumm ich mir dabei vorkam – steckte einfach da drin und war unfähig, nur irgend etwas zu tun.« Doch sofort sagte sie, verärgert über ihre Frivolität: »Trotzdem ist alles so schrecklich, und ich dürfte überhaupt nicht lachen.«

Er erwiderte ihr auf seine spöttische Art: »Bitte kein so damenhaftes Gehabe. Warum denn nicht lachen? Dem Herrn im Bootshaus macht es bestimmt nichts mehr aus. Aber wie dem auch sei, am besten ist, Sie schlafen jetzt.«

»Schlafen?« wiederholte sie höhnisch. »Was für ein gefühlloser Mensch Sie sind! Wie könnte nur jemand auf den Gedanken kommen, zu schlafen – während so ein armes Wesen in der Nähe liegt?«

Daraufhin drehte sie sich um, und zehn Minuten später atmete sie sanft und regelmäßig.

Anthony Irving lächelte, als er das Feuer leise wieder anfachte. Ein nettes, mutiges Mädchen, aber trotzdem ziemlich anstrengend.

3. Kapitel

Dieser Schlaf der Erschöpfung beschwor jedoch unruhige und erschreckende Träume herauf. Sie fiel – und fiel – und fiel über erschreckend hohe Felsklippen in das darunterliegende, schäumende Wasser. Sie war halbwach, sehr erregt und gab einen schwachen Schrei von sich. Anthony blickte zu ihr hinüber, aber schon hatte sie sich wieder umgedreht, irgend etwas Unverständliches gemurmelt und war wieder fest eingeschlafen, um einige Stunden später aus einem entsetzlichen Alptraum zu erwachen.

Über ihr baumelte eine Spinne, die den Kopf eines Mannes hatte; und dieser Kopf war grausam zerschlagen und entstellt. Als Anthony ihren Schreckensschrei hörte, setzte er sofort seine langen Beine in Bewegung und war gleich neben ihr. In diesem unbeobachteten Augenblick wirkte sein Gesicht ernst und liebenswert.

Sie hatte Mühe, sich aufzusetzen. Ihr Haar hing ihr wild in die Stirn, und ihre Augen blickten erschreckt. Sie stammelte unzusammenhängend: »Die Spinne. Groß und schwarz, und – oh – dieser Kopf . . .«

Er legte ihr die Hand auf die Schulter und schüttelte sie ein wenig. »Wachen Sie auf, Pauline. Es ist alles in Ordnung. Sie haben nur geträumt. Sie liegen in Davids Häuschen im Bett. Es ist jetzt nach Mitternacht. Die Zeit vergeht. Morgen früh sieht alles besser aus.«

Sie erwiderte darauf nur voller Schrecken: »Da oben. Über meinem Kopf. Was ist das?«

Er nahm wieder seinen gewohnten, zynischen Ton an. »Das bin

nur ich. Nicht sehr höflich von Ihnen. Als Sie in der Wand steckten, war ich liebenswürdiger.«

Das machte sie ganz wach, und sie sagte: »Oh, wie verrückt von mir. Verzeihen Sie. Wirklich beschämend – aber diese Spinnen, und diese gräßlichen Felsen.«

»Vergessen Sie sie. Nehmen Sie ein Aspirin und beruhigen Sie sich. Dort drüben stehen welche. Helfen vermutlich besser als meine freundlichen Worte.«

Sie legte sich wieder hin und sagte mit Nachdruck: »Ich nehme nie solches Zeug.«

»Die energische, zähe Frau. Aber trotzdem wären zwei Aspirin nicht fehl am Platze.«

»Nein. Ich bleibe einfach liegen und schaue ins Feuer. Schade, daß die Kerze nicht etwas heller ist.«

»Gibt nicht gerade sehr viel Licht; aber ich glaube, daß David kein sehr begeisterter Nachtleser ist.«

»Und ob er das ist. Er war sehr begeistert, als er eines Tages eine Patentfeuerlampe entdeckte. Er hatte sie zwar noch nicht ausprobiert, sagte aber, daß sie besser sei als eine elektrische.«

»Welch rührender Optimismus. Ich halte zwar nicht sehr viel davon, aber vielleicht sollen wir sie ausprobieren. Ich frage mich nur, wo er sie hat. Ich habe sie noch nicht entdeckt.«

»Vielleicht unter dem Tisch in dem Karton.«

»Tatsächlich. Hier ist sie, erst zur Hälfte ausgepackt. Also, dann zünden wir sie einmal an – kann man sich einen besseren Tod wünschen?«

Er entfernte die Strohhülle, dann entdeckte er ein kleines Kännchen mit Benzin und eine Flasche mit Methylalkohol. »Und jetzt eine einzige, schöne Explosion. Müssen Sie unbedingt aufstehen und da herumfummeln?«

Sie hatte ihren Mantel angezogen, war aus dem Bett gesprungen und wollte ihm Anweisungen geben. Er sagte gereizt: »Ich habe noch nie eine Frau gekannt, die irgendeinem technischen Gegenstand widerstehen konnte, aber auch nie eine, die davon nur die geringste Ahnung hatte. Daß Sie die Kerze ja nicht herüberbringen, bevor ich nicht mit dem Benzin fertig bin. Jetzt heißt es: ›Füllen Sie in eine Tasse Methylalkohol ein‹. Entdecken Sie irgendwo eine Tasse?«

»Natürlich – dieses kleine Ding da drüben, das aussieht wie eine Wanne.«

»Dann wollen wir es eben als Wanne bezeichnen. Stellen Sie die Kerze hin. Verdammt noch mal, Mädchen, wollen Sie denn den Rest der Nacht bei dieser Kälte im Freien verbringen?«

Er füllte die Wanne und hielt ein Streichholz hin. Plötzlich gab es einen heftigen Knall und Pauline sprang zurück, wobei sie ungezogen ausrief: »Sie Trottel! Ich wußte, daß das passieren würde.«

»Reizende Worte«, kommentierte Anthony herzlich und bedeckte die Lampe mit dem nächstliegenden Gegenstand, bei dem es sich ausgerechnet um Paulines Wollschal handelte. »Wollen Sie es probieren?«

»Um Gottes willen, nein. Es tut mir leid, daß ich frech war, aber ich habe mir beinahe meine Wimpern verbrannt.«

»Das wäre eine Tragödie gewesen. Na ja, wir müssen uns eben mit der Kerze zufriedengeben. Ich würde vorschlagen, wir legen diese aggressive Lampe in ihrem derzeitigen Mantel zur Ruhe.«

»Wie freundlich von Ihnen. Dieser Mantel, wie Sie ihn nennen, ist nämlich mein Schal.«

»Tatsächlich! Sie bekommen meinen dafür. Die Farbe ist zwar weniger hübsch, aber er ist genauso warm. Und jetzt – zurück ins Bett und zum Aspirin.«

»Sie sind ein ganz schöner Befehlshaber. Aber ich brauche das nicht.«

»Ich finde schon. Ein sehr ereignisreicher Tag. Ein merkwürdiger fremder Mann in einem Haus, den man von Anfang an nicht mag. Steckenbleiben in einem Fensterrahmen. Heftiger Wortwechsel. Spinnen und Tote. Nicht unbedingt eine lustige Situation.«

»Wobei das noch gar nicht alles ist. Um ein Uhr morgens Lösung der Verlobung. Zehn Uhr vormittags Abreise in einem ratternden Bus. Fünf Uhr nachmittags Ankunft in einer verlassenen Kleinstadt. Fünf Uhr dreißig nachmittags Antritt einer gefährlichen Seereise mit einem bösen, alten Mann. Und so weiter.«

»Ein Thema für eine neue Rundfunkserie.«

»Ich weiß, daß ich bissig war, aber Sie haben mich auch wahnsinnig gemacht mit Ihrer Vermutung, daß ich Lionel zwischen den Mangroven versteckt hätte. Das hat mich natürlich sehr aufgeregt.«

»Lionel hätte es sicherlich noch mehr aufgeregt. Ich kann ihn mir nur schlecht vorstellen, wie er sich an Krabben, Sumpf und Mangroven ergötzt.«

»Tatsächlich? Dann sind Sie kein Freund von ihm?«

»Das möge Gott verhüten. Thema beendet. Zeit für das Aspirin.«

Sie gab nach und schlief daraufhin schnell wieder ein, diesmal ohne von Alpträumen verfolgt zu werden. Ein- oder zweimal wachte sie auf und sah, wie er sich entweder am Feuer zu schaffen machte oder offensichtlich sehr entspannt in seinem Sessel lag. Dieser Anblick wirkte sehr beruhigend auf sie.

Als sie aufwachte, war es bereits sieben Uhr, und zögernd fiel das Tageslicht durch das Fenster herein. Die Kerzen waren abgebrannt, und im Morgenlicht sah der Raum unordentlich und verkommen aus. Anthony kratzte die Kohlen zusammen und hing einen eisernen Kessel auf einen Haken darüber. Pauline gähnte und setzte sich auf. Ohne sich dabei umzudrehen, sagte er: »Sie schnarchen nicht. Ich kann Ihnen jederzeit ein diesbezügliches Zeugnis ausstellen.«

»Sie auch nicht – oder haben Sie am Ende überhaupt nicht geschlafen?«

»Ich habe genügend geschlafen. Große Geister brauchen nicht viele Stunden des Vergessens. Ich werde jetzt etwas Tee machen, wenn das Wasser kocht. Bleiben Sie also, wo Sie sind.«

»Und anschließend?«

»Dann wird die Flut so weit zurückgewichen sein, daß ich durch den Sumpf waten kann, obwohl ich nicht sehr viel Lust habe, mich da hineinzuwagen. Aber ich muß einfach zu einem dieser Häuser gehen, um die Polizei zu verständigen.«

»Welche Häuser? Es war so finster gestern abend, daß ich gar nichts sehen konnte, aber ich dachte, daß wir meilenweit von jeglicher menschlichen Behausung entfernt wären.«

»Keineswegs. Ganz im Gegenteil, wenn Sie die ziemlich grausige Bucht durchqueren und auf der anderen Seite den Hügel hinaufklettern, dann kommen Sie zu einer Straße, die auf der einen Seite nach Willesden führt und auf der anderen Seite an den Felsklippen entlanggeht, bis sie eine Biegung macht, nach der sie plötzlich aufhört. Es sind nur zehn Meilen bis zur Stadt, und in der Nähe der Straße leben viele Leute – warum, das verstehe ich auch nicht.«

»David sagte, sein Grundstück läge auf der anderen Seite der Bucht. Müssen wir da durchgehen?«

»Seines und das seiner Nachbarn. Ich bin gestern über etliche Zäune geklettert; wem die gehörten, weiß ich nicht.«

»Warum haben Sie nicht auch – so wie ich – das Boot genommen?«

»Weil ich meinen Wagen dabei hatte. Die Flut war zu hoch, um durchzukommen; aber zufälligerweise entdeckte ich ein uraltes Ruderboot, das an einen Mangrovenbaum gebunden war. Ich schaffte es gerade noch, hineinzuspringen. Es leckte überall und sank beinahe, bevor ich das Ufer erreichte.«

»Können wir nicht heute wieder damit hinüberfahren? Ich hasse diesen Sumpf.«

»Ausgeschlossen. Es liegt völlig trocken oben am Ufer, aber David sagt, daß man bei Ebbe leicht hinüberkommt. Aber warum sagen Sie ›wir‹? Sie brauchen nicht mitzugehen.«

»Wenn Sie glauben, daß ich hier allein bleibe – mit diesem . . .«

»Verzeihen Sie. Eine taktlose Idee von mir. Nein, keine Tragödie zu dieser frühen Stunde. Das Wasser kocht. Wieviel Milch? Dieses pulvrige Zeug ist fürchterlich.«

Er brachte ihr eine große, dicke Tasse mit sehr heißem Tee und auf dem Feuer gerösteten Toast. »Stärken Sie sich jetzt. Die Reise wird ziemlich kalt und unangenehm sein, obwohl das Wetter besser ist. Es wird ein sonniger Tag werden.«

»Wirklich ein Segen. In der Sonne sieht es hier vielleicht weniger grausig aus.«

»Nicht so schrecklich. Grüne Weiden, blaues Meer, und so weiter.«

»Und eine quabbelige Sumpfebene mit Mangrovenbäumen.«

»Was Sie nur immer mit diesen Mangroven haben. Aber jetzt lasse ich Sie allein, damit Sie sich anziehen können. Ich muß zum Bootshaus hinunter.«

»Warum nur? Sie können doch nichts tun?«

»Es abschließen. Ich habe eine Kette und ein Schloß gefunden. In Kriminalromanen schließt man immer alles ein, bis die Polizei kommt.«

»Aber es wird doch sicher niemand hierherkommen?« Ihre Augen wurden groß vor Angst. Sie stellte sich bereits vor, daß der Mörder sich ganz in der Nähe verbarg. Er bemerkte ihre Panik und sagte leichthin: »Kein Grund zur Beunruhigung. Mörder treiben sich selten in der Nähe ihrer Opfer herum. Aber wie auch immer, kommen Sie ruhig mit. Im übrigen glaube ich ...«, dann zögerte er.

»Glauben Sie was?«

»Neugier, dein Name ist Weib! Also, wenn Sie es schon unbedingt wissen müssen – ich glaube, daß die Tat nicht im Bootshaus begangen wurde.«

»Aber – aber – sein Kopf?«

»Man hat ihn sicher ermordet – aber nicht dort.«

»Wieso können Sie das behaupten?«

»Keine Spur eines Kampfes. Kein Tropfen Blut, und so weiter.«

»Dann glauben Sie also, daß die Leiche hierhergebracht wurde?«

»Es könnte sein. Dafür spricht auch noch etwas anderes.«

»Was anderes? Seien Sie doch nicht so stolz und geheimnisvoll.«

»Der geborene Detektiv. Also, Doktor Watson, ich entdeckte über der Wasser-Markierungssäule Spuren, die zum Bootshaus führten. Pferdehufspuren.«

»Aber was sollen denn die damit zu tun haben? Ein Pferd kann ihn schließlich nicht umgebracht haben.«

»Eine tiefgründige Bemerkung, eines Doktor Watson würdig. Nein, ein Pferd hat ihn nicht umgebracht, aber es könnte ihn zum Schuppen getragen haben. Die Spuren führten durch die Bucht, dann da hinauf – und wieder zurück. Es sieht aus, als ob das Pferd neben dem Bootsschuppen gestanden hätte und dann weggeritten wäre. Natürlich alles nur Vermutungen.«

»Natürlich. Irgendein Pferd könnte sich zum Beispiel hierher verirrt haben. Gibt es hier eine Weide?«

»Nein. Nichts außer dieser Hütte und einigen Felsen, über die nur eine Ziege klettern könnte. David sagte mir, daß er sein Pferd nie herüberbringt; sein Pferd können wir also bereits vergessen.«

»Ganz gewiß. David wäre auch nicht herübergeritten, wenn er hiergewesen wäre«, sagte sie. Dann fiel ihr mit seltsamem Unbehagen ein, daß der alte Schiffer ihr erzählt hatte, daß David an gerade diesem Wochenende hiergewesen war. Schnell fuhr sie fort: »Na, und wenn schon! Was beweist das schon?«

»Der Polizei vielleicht einiges. Auf jeden Fall werde ich es mir für sie aufsparen.«

»Und wie wollen Sie das tun?«

»Sehr einfach. Indem ich die Spuren mit Säcken bedecke, für den Fall, daß es regnen sollte. Im Bootshaus liegt ein ganzer Stapel Säcke. Das werde ich jetzt tun, während Sie sich anziehen. Hören Sie also auf, zu diskutieren, und beeilen Sie sich. Die Polizei wird ohnehin sagen, daß wir zu lange gewartet haben.«

»Aber was hätten wir denn tun können? Stockfinster und keine Flut, um das Kanu ins Wasser zu bringen – und das andere Boot . . .« Hier hielt sie inne, als sie sich an den grauenhaften Inhalt des anderen Bootes erinnerte.

»Sehr richtig. Kein Grund, sich über diesen Punkt den Kopf zu zerbrechen. Die Polizei ist normalerweise sehr vernünftig und wird verstehen, daß wir einfach warten mußten. Aber nicht länger als unbedingt erforderlich. Schade, daß Sie immer soviel quatschen müssen.« Mit diesen letzten boshaften Worten verließ er sie, damit sie sich schnell anziehen konnte. Bei dieser Gelegenheit fand sie, daß er heute morgen weniger zynisch und langweilig war. Vielleicht war er sogar ein recht nützlicher Mensch, wenn er die richtige Aufgabe vor sich sah.

Dann stellte sie fest, daß diese Feststellung eigentlich nicht anständig von ihr war. Immerhin war er sehr nett zu ihr gewesen, als sie aus diesem schrecklichen Alptraum erwachte. Vielleicht kam ein Großteil seines unangenehmen Benehmens auch daher, daß er erst den Schock über ihr Auftauchen verwinden mußte, und über ihre gemeinsam verbrachte Nacht. Zumindest hatte er es zustande gebracht, daß ihnen beiden diese Nacht als ziemlich normal und selbstverständlich erschienen war.

Sie war schon fertig, als er zurückkam. Er blickte zustimmend auf ihre fachmännisch aufgerollten Hosenbeine – die, genauso wie seine, bis zu den Knien reichten. »Am besten ist, Sie geben mir Ihre Schuhe«, sagte er, wobei sie entdeckte, daß er seine eigenen um den Hals geschlungen trug. »Es ist ziemlich kalt draußen, und Sie wären vermutlich nicht sehr erfreut, wenn einer der beiden in den Sumpf fiele. Wir brauchen keine weiteren Temperamentsausbrüche mehr.«

Bevor sie antworten konnte, bahnte er ihnen den Weg hinunter zur Bucht. Pauline blieb einen Augenblick lang stehen und blickte um sich. Die Sonne war aufgegangen, und der Himmel war wolkenlos. Der Bootsschuppen lag in der Nähe einiger Felsen. Davor lag die schlammige Ebene, in der sich Wasserrinnsale ihren Weg bahnten. Die Türe des Schuppens war mit einer Kette und einem Schloß versperrt. Mehrere Säcke bildeten eine Spur, die vom Schuppen zum Wasser führte und die zweifellos die Pferdehufmarkierungen verdeckten. Bei dem Gedanken an die Last, die dieses Pferd unter Umständen getragen hatte, schauderte Pauline und blickte in die andere Richtung – über die Sumpfebene hinweg, bis zu dem auf der anderen Seite liegenden, aufsteigenden Land.

Die Weiden waren mit jungen Pflanzen übersät, und sie konnte genau die eingezäunten sechs Acker Land, die David gehörten, erkennen. Ein Pferd graste ruhig zwischen einigen schwarzen Kälbern, von denen Pauline annahm, daß sie dem Farmer gehörten. Daran schloß sich offensichtlich sein Stück Land an, denn sie konnte in der Ferne zwischen einigen Bäumen eine Häusergruppe erkennen. Es gab überall Bäume und die für das Land so typischen Sträucher, die vernünftigerweise jemand dort belassen hatte. Durch diese Sträucher konnte sie einen kurzen Blick auf einige Häuser werfen, die am Hügelkamm lagen und von denen Anthony gesagt hatte, daß sie die Straße nach Willesden säumten.

»Los, weiter«, rief er zu ihr zurück. »Es hat keinen Sinn, hier die Landschaft anzustarren und die Stunde des Bösen zu vergessen. Hinein in den Sumpf mit Ihnen«; er bahnte sorgfältig den Weg.

Pauline schauderte zurück, aber sie folgte ihm. Die Mangrovenbäume sahen heute morgen genauso gespenstisch aus wie immer. Außerdem gab es zweifellos wieder eine Unmenge an Krabben. Skeptisch untersuchte sie den kalten Sumpf, dann wagte sie sich hinein. Es war nicht so schlimm, wie es ausgesehen hatte. Der

Schlamm war hier ziemlich fest, und es gelang ihr, Anthony auf den Fersen zu bleiben, der langsam voranging und bei jedem Schritt den Boden prüfte.

»Ich hoffe, wir befinden uns auf der richtigen Strecke. David faselte etwas von einem verschlungenen Mangrovenbaum zur Linken, aber für mich sehen die alle verschlungen aus. Trotzdem, tief kann es nicht sein. Ups! War ein Irrtum, das zu behaupten.« In demselben Augenblick tat er einen voreiligen Schritt und sank dabei bis über die Knöchel ein. Pauline war vorsichtiger und sagte mit geheucheltem Mitleid: »Sie haben wohl Ihr schlimmes Knie vergessen? Sie müssen manchmal daran denken. Sie haben es schon lange nicht mehr erwähnt.«

»Ich trage meine Leiden mit Tapferkeit. Aber es stimmt, das Knie mag den Sumpf nicht – so wie Sie. Sie klammern sich besser an mich, dann sinken wir gemeinsam. Ja?«

»Wie gräßlich. All diese schleimigen, grausigen, kleinen Krabben krabbeln zwischen meinen Zehen hindurch. Au! Das war eine große.«

»Mach nicht soviel Wind, Mädchen. Sie beißen nicht. Nur ein freundliches, kleines Kitzeln. Gehen Sie weiter. So ist es besser. Wir sind bald beim Wasser, und es wird höchstens ein paar Fuß tief sein. Dafür ziemlich kalt. Aber am Ufer gibt es festen Boden. Wir haben nicht mehr weit. Sie müssen sich einfach mir anvertrauen.«

Kaum hatte er diese Worte gesagt, als ihn sein nächster Schritt bis zu den Knien einsinken ließ. Er fluchte – und zwar nicht sehr leise –, während er versuchte, sein Bein herauszuziehen, und ihr befahl, ihn loszulassen. »Retten Sie sich, wie ein Held sagen würde. Halten Sie sich rechts – oder bleiben Sie stehen, bis ich einen besseren Weg finde.«

»Leichter gesagt als getan. Ich kann nicht. Ich sinke ein. Wie tief kann das denn sein?«

»Nur ein paar Fuß. Zwar ein stinkiges Zeug, aber harmlos. Und kein Treibsand. Ich hab's geschafft, und gleich da vorne ist das Wasser. Halten Sie sich lieber wieder an mir fest. Dieses Stück ist ziemlich weich.«

Sie hängte sich an seinen Mantel. Die beiden schwankten hin und her, während Anthony bei jedem Schritt den Boden testete. Dann sagte er liebenswürdig: »Können Sie twisten? Die beste Gelegenheit zum Üben. Und kreischen Sie mir nicht so ins Ohr. Sie erregen meine erschreckten Nerven.«

»Ich bin eben auf etwas sehr Glitschiges getreten. Es war bestimmt ein Fisch.«

»Warum haben Sie ihn nicht gefangen? Ein gutes Mittagessen.«

»Müssen Sie unbedingt immer Ihre makabren Scherze machen?«

Einen Augenblick blieb er stehen, um sich nach ihr umzudrehen. »Makaber? Was für ein scheußliches Wort. Das wäre Grund genug, um Sie hier abzuschütteln und liegenzulassen, bis die Flut kommt und Sie ertränkt. Was ist jetzt wieder los?«

Sie sagte jämmerlich: »Ich weiß nicht. Vermutlich diese dummen Nerven. Ich – ich dachte gerade wieder an das Bootshaus.« Zu dumm, sich an diesem strahlenden Morgen so zu benehmen, wo doch die Sonne so prachtvoll die grünen Weiden, auf denen die Sträucher dunkle Schatten-Flecken warfen, anstrahlte. Sie hatten jetzt beinahe diesen fürchterlichen Sumpf überwunden und waren dem sauberen Gras sehr nahe. Um zu zeigen, daß es ihr besser ginge, sagte sie heiter: »Es geht schon. Ich brauche mich nicht mehr an Sie zu klammern wie ein kleines Kind.« Sie versuchte, neben Anthony zu gehen, doch das Ergebnis war fürchterlich. Bereits im nächsten Augenblick war sie bis zu den Knien eingesunken und rief voller Panik aus: »Oh! Ich sinke! Nirgends Grund.«

»Doch, da ist einer. Halten Sie sich fest, während ich Sie herausziehe. Gott sei Dank sind Sie ein Leichtgewicht.«

Trotzdem war das Unternehmen ziemlich mühsam, denn der Sumpf klammerte sich an ihren Beinen und Füßen fest. Er stolperte einmal, worüber Pauline aus vollem Halse lachen mußte, denn sie stellte sich vor, daß beide auf der Nase lägen und sich anschließend gegenseitig den Schlamm von den Gesichtern kratzten, bevor sie die Polizei verständigten. Anthony sagte streng: »Keinen Unsinn jetzt, Mädchen. Strengen Sie sich an. Klammern Sie sich fest – es ist, als ob man ein Schlachtschiff schleppte.«

Doch es gelang ihm, sie zu befreien, und bald waren die beiden auf ziemlich festem Boden und hatten das Ärgste überwunden. »Entschuldigen Sie, daß ich so gelacht habe«, sagte Pauline, »aber diesmal glaubte ich, daß es uns beide erwischt hätte.«

»Das wäre dann auch kein Grund zu lachen gewesen. Sie sollten mir auf Knien danken. Viele Männer hätten es nicht für wichtig befunden, Sie zu retten, und hätten Sie Ihrem Schicksal überlassen. Aber jetzt sind wir endlich da.« Dann standen sie auf dem Grasufer, und Pauline sank zu Boden, um wieder zu lachen – diesmal nur etwas weniger laut.

»Nicht für wichtig befunden, mich zu retten. Sie sind wirklich der grausamste Mann, den ich je kennengelernt habe.«

»Aber verdammt originell. Aber machen Sie sich nichts aus meinen Komplimenten. Jetzt müssen wir zunächst einen Teich finden, in dem wir uns einer Generalreinigung unterziehen können, wie Nancy Mitford sagen würde.«

Sie fanden eine Stelle, weiter unten, wo das zurückweichende Wasser noch nahe ans Ufer herankam. Mit Grasbüscheln rieben sie sich den Schlamm von den Beinen. Dann sagte Anthony: »Das muß genügen. Beeilen Sie sich mit Ihren Schuhen. Ich muß jetzt zu einem Telefon, ansonsten werden wir mit der Polizei nicht viel Spaß erleben. In der Zwischenzeit werde ich David erzählen, was ich von seiner einfachen Überquerung halte.«

Sie gingen den grünen Abhang hinauf; manchmal öffneten sie eine Zauntüre, aber meistens zwängten sie sich durch Gitter hindurch und folgten den Spuren, die Schafe oder grasende Kühe auf den Weiden hinterlassen hatten. Die Straße, von der Anthony gesprochen hatte, kam gerade in Sichtweite. Wie ein weißes Band wand sie sich zwischen den grünen Weiden und weißen Felsen hindurch.

»Gott sei Dank«, sagte Pauline. »Ich habe langsam genug von diesem Querfeldein-Wandern, obwohl es ganz hübsch ist, wenn man erst einmal von dieser gräßlichen Bucht weg ist. Was ist denn das für ein sanfter, grüner Hang, der aussieht wie ein Rasen – dort, inmitten der Weide?«

»Ein Flugzeuglandeplatz, natürlich.«

»Was machen denn die hier mit einem Flugzeuglandeplatz?«

»Was für eine unwissende Städterin Sie doch sind! Wissen Sie denn nicht, daß die Bauern ihre Felder heutzutage vom Flugzeug aus düngen? Schauen Sie sich nur dieses schöne Gras und diese

Luzernen-Weide an. Glauben Sie, daß das alles ohne Düngung gedeihen würde?«

»Und ich vermute, daß das alles diesem brummigen Farmer gehört, der mich gestern abend nicht mitnehmen wollte. Er sagte, daß er ein Düngeflugzeug erwarte«, worauf sie Anthony von ihrem diesbezüglichen Ärger berichtete. Er nahm die Erzählung mit geradezu widerlicher Vernunft auf.

»Kann es dem Burschen nicht verdenken. Schließlich hatte er Sie ja gar nicht gesehen und war daher Ihren Reizen nicht erlegen. Und wer fährt denn schon gerne bei einer derartigen Nacht ein fremdes Mädchen durch die Bucht? Jetzt können Sie die Häuser sehen, von denen ich sprach. Da sind zwei sehr kleine und bescheidene auf dieser Seite – und auf der anderen dieses scheußliche Ding aus Stahlbeton, mit dem lächerlichen, häßlichen Schuppen davor, der den Kapitalisten dort ziemlich viel von ihrer Aussicht wegnimmt.«

»Ich frage mich nur, wer darin lebt und was die Menschen alle tun?«

»Fragen Sie mich nicht. Sind wahrscheinlich alle pensioniert. David hat nie etwas von seinen Nachbarn erwähnt. Ich glaube nicht, daß er sich an seinen Wochenenden viel um gesellschaftliches Leben kümmerte.«

»Und was ist mit Ihrem Heiler? Vergessen Sie Ihr Knie nicht. Es muß ziemlich ermüdend sein – manchmal ist es das linke, manchmal das rechte und manchmal gar keines. Äußerst merkwürdig.«

»Ich hasse Leichtsinnigkeit. Eines dieser Häuser muß übrigens dem Kerl gehören – ich glaube, da ist sogar der Mann«, sagte er, als eine Gestalt im Garten erschienen war, die ihnen sehr eindrucksvoll entgegenschritt. Der Mann selbst war zwar keineswegs besonders auffallend, sondern eher unbedeutend, nicht groß, aber er hatte eine wunderschöne weiße Haarmähne, die ihn aussehen ließ wie ein Löwe. Er war zweifellos von seiner eigenen Wichtigkeit sehr überzeugt und stolzierte wohlgefällig auf sie zu, gefolgt von einem ältlichen Spaniel, dessen grenzenlose Bewunderung für seinen Herrn dessen majestätische Erscheinung noch unterstrich. Das war zumindest Paulines Meinung.

»Du liebe Güte, was für ein aufgeblasener Gockel!« murmelte

sie, »aber dieses prachtvolle Haar. Die meisten Frauen würden dafür ihr Augenlicht opfern.«

»Sind Sie ruhig«, murmelte Anthony. »Lachen Sie nicht. David sagt, daß dieser Bursche sich sehr wichtig nimmt.«

»Den Eindruck macht er auch«, kommentierte Pauline und wurde von Anthonys bösem Blick etwas eingeschüchtert.

»Guten Morgen, guten Morgen, ihr Fremden. Wie schön doch heute die Sonne scheint, nicht wahr?«

Seine Stimme klang sehr geziert und stand in merkwürdigem Widerspruch zu seiner sonstigen imposanten Erscheinung. Pauline hatte den Eindruck, daß das Wetter sein ganz persönlicher Stolz war, als ob er der Sonne zu scheinen befohlen hatte. Doch Anthony erwiderte seine Bemerkungen mit gebührender Achtung. Er erkundigte sich, ob er sich mit Mr. Milward unterhielt. Dann nannte er seinen eigenen Namen.

Und meinen nicht, bemerkte Pauline. Glaubt dieser arme Irre denn, meine Anonymität wahren zu können? Mit einem Mord, der uns anhaftet. Und schon ist es aus mit meinem guten Ruf – aber was soll's?

Sie stellte fest, daß Anthony keinerlei Bemerkung über sein Knie machte, sondern einfach sagte: »Ich suche ein Telefon und dachte, vielleicht könnten Sie mir helfen.«

Der Heiler warf einen strengen Blick von einem zum anderen und schien eine Frage auf den Lippen zu haben, doch dann erinnerte er sich seiner Würde und sagte nur: »Hier ist mein Haus; aber ich habe noch nie ein Telefon gebraucht.«

Aus dieser Bemerkung ging klar hervor, daß derartige, moderne Verständigungsmittel unter seiner Würde lagen. Milward fuhr fort: »Mrs. Morton wohnt hier in der Nähe, sie besitzt einen Apparat und ist immer bereit, einer verzweifelten Seele zu helfen. Hoffentlich kein Unfall?«

Er hatte offensichtlich zwischen seiner Allwissenheit und seiner Neugier einen kurzen Kampf auszufechten gehabt, den die Neugier gewonnen hatte. Anthony zögerte einen Augenblick, doch dann entschloß er sich zu der Meinung, daß es keinerlei Sinn hätte, ein Geheimnis aus der Sache zu machen. Dieser Mann würde bestimmt mit ihnen kommen und zweifellos alles mithören, was er am

Telefon zur Polizei sagte. Daraufhin antwortete er kurz: »Hat nichts mit uns zu tun, aber es war ein Unfall. Ein tödlicher. Ich weiß nicht, wer der Kerl ist, aber auf jeden Fall liegt in dem alten Bootshaus eine Leiche.«

Milward wirkte keineswegs erschrocken. Seine Augen blickten triumphierend. »Im Bootsschuppen? Was habe ich gesagt! – ›In der Nähe des Wassers.‹ Ich irre mich nie. Die Geister sprechen, und ich lausche. Die Leute hier wissen, daß ich unfehlbar bin. Sie haben gestern lange Zeit gesucht; und jetzt hat man Gary Holder gefunden.«

Gary Holder. Das muß der Name des vermißten Mannes sein. Pauline war verärgert, beinahe wütend. Dieser gefühllose, alte Mann kümmerte sich überhaupt nicht darum, daß der Mensch tot war. Alles, was ihn beschäftigte, war, daß er und seine verdammten Geister recht behalten hatten. Auch Anthony zeigte keinerlei Gefühlsregung und sagte ruhig: »Ja, wenn Sie sagten, daß er in der Nähe des Wassers sei, so hatten Sie zweifellos recht. Hochinteressant. Ihre Fähigkeiten beeindrucken mich ungemein.«

Das fand Pauline nun wirklich übertrieben. Sie ärgerte sich über Anthonys Unaufrichtigkeit und über den strahlenden Triumph auf dem Gesicht des anderen. Dieser Mann war verrückt, zumindest besessen. Doch Anthony sagte nur: »Wir müssen die Polizei rufen.«

Von seinem gewöhnlichen Zynismus entdeckte man keine Spur, und sämtliche Versuche, seinen Blick zu erhaschen, schlugen fehl. Sein Selbstbewußtsein überraschte sie und amüsierte sie gleichzeitig, obwohl sie sich sagte, daß dies nicht der Augenblick für frivoles Denken war. In diesem Augenblick erreichten sie das Gartentor des benachbarten Häuschens. Pauline erschrak, als sie auf jedem Zaunpfosten eine wie zu einer Statue erstarrte Katze sitzen sah. Ein anderer gelber Kopf blickte mit großen, böswilligen Augen unter einem Gebüsch hervor und schaute auf die Näherkommenden.

»Du liebe Güte«, sagte sie unpassend, »drei Schildpatt-Katzen. Wie ungewöhnlich.«

Milward machte eine hochtheatralische Geste wie ein berühmter Showmaster. »Mrs. Morton besitzt elf Katzen. Sechs ingwerfarbene und fünf schwarze. Einmal hatte sie sogar zwölf, aber ... vor zwei Tagen wurde eine krank; doch man hat mich rechtzeitig gerufen. Ich konnte sie natürlich retten. Mrs. Morton besitzt auch zwei Rennpferde.«

Pauline und Anthony wechselten einen kurzen Blick, dann sagte er sehr ernst: »Offenbar eine Tierliebhaberin.« Pauline mußte lachen. War denn an diesem Ort jeder verrückt?

Sie gingen den Weg hinauf, feierlich gefolgt von dem Spaniel und den beiden Türhütern. Die dritte Katze langte nach Paulines Bein und kratzte sie heftig, als sie vorüberging. Doch Pauline war durch Anthonys Ernsthaftigkeit bereits so entmutigt, daß sie nur noch seufzte und sagte: »Immer dieses Blutvergießen.« Aber vielleicht war das alles doch nur ein Alptraum.

Anthony sagte höflich: »Ich fürchte, daß Mrs. Morton sehr erschrecken wird.«

»Keineswegs, keineswegs.« Der Ton klang sogar eher glücklich. »Sie ist darauf vorbereitet. Sie weiß, daß ich bereits gesagt habe, daß Holder tot ist und daß man seine Leiche in der Nähe des Wassers finden wird.« Dann fügte er in einem sehr vernünftigen Ton hinzu: »Und Mrs. Morton zählt nicht zu den Leuten, die so leicht erschrecken.«

Das ist eine gute Eigenschaft, dachte Pauline, als sie beinahe auf eine große, schwarze Katze trat, die ein Schreckensgeheul ausstieß und auf den nächstgelegenen Baum zuraste. Ein Leben mit zwei Rennpferden und elf Katzen muß jeden Menschen gegen Schrecken immun machen. Sie mußte wohl von jener Tierliebe besessen sein, die dumme, kleine, sentimentale Frauen manchmal besitzen, die immer über ihre Haustiere reden und sich für besonders intellektuell halten, wenn sie ihre Liebe den Katzen verschreiben.

Dann öffnete sich die Tür, und ihre Erwartungen waren auf einen Schlag zerstört. Die Frau, die sie begrüßte, wirkte lebhaft und geschäftstüchtig und war Paulines Meinung nach ebensowenig sentimental wie ein kaltes Bad. Sie trug eine ordentliche Hose und ein sauberes Hemd. Ihr Haar war – völlig im Gegensatz zur wallenden Mähne des Heilers – weiß, lockig und ganz kurz geschnitten. Ihre Augen waren klar, freundlich und von einem lebhaften Blau. Wenn sie sprach, klang ihre Stimme angenehm und kultiviert, und um ihren großen Mund zuckte es lebendig.

»Zwei Fremde. Hier wird es allmählich richtig kosmopolitisch.

Mr. Milward, würden Sie uns bitte bekannt machen?« Dann ließ sie ihre beobachtenden Blicke schnell von einem zum anderen gleiten. In einem anderen Ton fuhr sie fort: »Es ist etwas geschehen. Gibt es etwas Neues von diesem Mann? Dann kommen Sie bitte schnell herein, falls Sie das Telefon brauchen.«

4. Kapitel

Es war ein kleines Haus, doch trotz der Katzen, die einem aus jeder Ecke und jedem Stuhl heraus entgegenzuschauen und zu springen schienen, überraschend sauber. Das Telefon stand in der Küche, und während Anthony nach der Nummer suchte, sagte er: »Schlechte Nachricht, Mrs. Morton. Übrigens, mein Name ist Anthony Irving, und das ist Pauline Marshall.«

Mrs. Morton stellte keine Fragen, sie sagte nur: »Die Telefonverbindungen sind sehr schlecht. Sie müssen es möglicherweise mehrmals versuchen.«

Während er dies tat, gab er seiner Gastgeberin einen kurzen Bericht über die Situation. Sie brach jedoch keineswegs in hysterisches Geschrei aus, sondern sagte ganz ruhig zu Pauline: »Sie armes Mädchen, wie schrecklich das für Sie gewesen sein muß. Natürlich auch schrecklich für seine Frau, aber zumindest hat die Spannung ein Ende.«

Voller Ungeduld ließ Anthony das Telefon zum drittenmal lange läuten. Pauline fragte: »Wer ist der Mann? Mr. Milward hatte den Namen Holder erwähnt. Lebten er und seine Frau in Willesden?«

»Nein, hier. In diesem großen Haus. Wir alle mögen Mrs. Holder sehr gerne. Aus ihrem Mann machte sich leider niemand sehr viel, nicht wahr, Mr. Milward?«

Der Heiler schüttelte den Kopf, und Pauline fragte sich, welche Verbrechen dieser tote Mann wohl begangen haben konnte. Wie es typisch für Telefone auf dem Lande ist, wurde auch dieses ganz plötzlich quicklebendig, und Anthony verlangte die Polizeistation.

Als er hinzufügte: »Und verbinden Sie mich bitte schnell, es ist dringend«, konnte er das schwere und aufgeregte Atmen der Vermittlerin hören, das das ganze Gespräch hindurch anhielt. Er wurde sofort mit dem Sergeanten verbunden, dem er seine Geschichte schnell und exakt erzählte, wobei er den deutlich hörbaren Überraschungsausbruch der unsichtbaren Zuhörerin völlig ignorierte. Pauline bemerkte wieder, wie äußerst geschickt er über ihre Anwesenheit in der Hütte hinwegging sowie über ihre Rolle, die sie bei dieser Entdeckung gespielt hatte. Anscheinend war er entschlossen, ihr jeden Publicityrummel zu ersparen, wofür sie ihm jetzt sehr dankbar war.

Der Polizist hatte nicht die Absicht, viele Fragen zu stellen. Er hatte sich schon auf irgendeine derartige Nachricht gefaßt gemacht. Er erwähnte nur, daß ansonsten niemand in der ganzen Gemeinde vermißt würde und daß die Beschreibung auf Holder paßte. Normalerweise mietete die Polizei ein Boot, um den Hafen zu umfahren, doch wenn sie sich sehr beeilten, müßte es möglich sein, noch vor dem Eintreten der Flut hinüberzugehen; das Boot würde dann später kommen, um sie abzuholen.

»Das ist eine schreckliche Sache«, begann er; dann nahm er sich zusammen und fuhr formell fort: »Natürlich möchte ich Sie und die Dame sehen. Bleiben Sie bitte in Mrs. Mortons Haus, bis wir kommen. Dann werde ich Sie brauchen, um mich zum Bootshaus zu begleiten.«

Anthony machte eine Grimasse, als er den Hörer auflegte. »Ein ziemlich salbungsvoller Bursche, sprach über die Fügung Gottes und so weiter.«

Ada Morton lächelte. »Sergeant Rutherford ist ein sehr vernünftiger Mann. Aber er hat sehr strenge religiöse Ansichten und eine äußerst unglückliche Art, einem diese manchmal vor die Nase zu halten. Ich nehme an, daß er sofort kommt?«

»Ja. Wir sollen hier warten und dann mit ihm zurückgehen.«

Pauline stieß einen kurzen Protestschrei aus. »O nein; nicht wieder zurück zu diesem Ort und wieder durch den gräßlichen Sumpf! Muß das wirklich sein?«

»Eigentlich sehe ich für Sie auch keinen Grund, nicht wahr, Mrs. Morton? Der Bursche kann Ihnen ja hier seine Fragen stellen. Aber ich werde gehen müssen. Ich hoffe nur, daß er einen besseren Weg findet als wir beide.«

Mrs. Morton sagte liebenswürdig: »Unterdessen wird Ihnen sicherlich eine Tasse Tee guttun, insbesondere Miss Marshall. Ich muß dann schnell zu Mrs. Holder hinübergehen, um ihr diese Nachricht zu berichten. Mr. Milward, würden Sie bitte einen kurzen Blick auf unseren Patienten werfen, während ich den Tee bereite?« Zu den anderen gewandt, sagte sie: »Eine meiner Katzen war sehr krank. Aber Mr. Milward hat sie gerettet. Er hat wirklich eine magische Hand mit Tieren.«

Diese Äußerung gefiel dem Heiler jedoch gar nicht; er richtete sich auf und sagte mit einer gekünstelten, wichtigen Stimme: »Bitte nicht dieses Wort. Nicht magisch. Das klingt nach Betrug, während meine Fähigkeiten okkultistischer Natur sind. Sie wurden mir verliehen.«

»Na, wie immer sie auch sein mögen, auf jeden Fall haben sie ihre Wirkung erfüllt. Percy ist heute ganz ruhig. Sie liegt in ihrer Kiste im Waschhaus. Schauen Sie sie doch kurz an.«

Percy, so erklärte sie mit einem Augenblinzeln und einem sich selbst unterschätzenden Schulterzucken, war eine schwarze Katze und hatte vermutlich Gift geschluckt. »Sie sehen, was für eine alte Närrin ich bin – völlig besessen von Tieren. Trotzdem sind sie im allgemeinen eine Erholung von den Menschen. Auf jeden Fall hat Mr. Milward sie geheilt. Es gibt niemanden, der mit Tieren so gut umgehen kann, ob sie krank sind oder gesund.«

»Nicht mein Verdienst«, sagte der Heiler äußerst selbstgefällig und ohne jegliche Bescheidenheit. »Die Geister verlassen ihre bescheidenen Anhänger nie. Sie werden sich erinnern, daß ich den Suchenden gesagt habe, sie würden Holders Leiche in der Nähe des Wassers finden; und dort liegt sie auch. Und jetzt werden die Spötter zuschanden.«

»Das Buch Hiob«, murmelte Anthony, als die beiden anderen das Zimmer verlassen hatten. Einen Augenblick lang war Pauline fröhlich. »Müssen Sie sich denn wie ein kleines Mädchen benehmen?« sagte Anthony.

»Müssen Sie denn so verdammt überlegen sein?« gab Pauline

witzig zurück. »Oh, dieser Mann. Gehen Sie sich die Katze anschauen. Glauben Sie, daß es sich um Farbtherapie handelt?«

»In diesem Falle wird die Mieze in ein Netz von bunten Fäden eingesponnen. Aber dieses Thema interessiert mich nicht. Zu mühsam, denn diesen Vogel muß man ernst nehmen, ansonsten . . .«

»Sie wollen doch damit nicht sagen, daß Sie ihm glauben?«

»Mein liebes Mädchen; ich bin doch kein Halbidiot. Aber wie dem auch sei, er nimmt diese Angelegenheit todernst, und irgendwas hat er an sich. Er ist von seinen eigenen Fähigkeiten besessen und wäre äußerst böse, wenn er das Gefühl hätte, daß sich jemand über ihn lustig macht.«

»Wie konnte er nur so etwas behaupten – daß die Leiche in der Nähe des Wassers sei?«

»Er konnte es sicher nicht wissen, aber nachdem es in dieser Gegend verdammt viel Wasser gibt, hat das seine Geister vielleicht auf eine gute Idee gebracht.«

In diesem Augenblick kehrten die anderen zurück, und Mrs. Morton sagte: »Und jetzt trinken wir Tee. Dann muß ich Sie verlassen und zu diesem armen Mädchen gehen. Sie hat während der letzten beiden Tage kaum geschlafen und gegessen.«

Pauline sagte schnell: »Aber bitte, gehen Sie doch, ich mache den Tee schon. Die Arme muß ja entsetzlich unglücklich sein.«

»Leider muß ich sagen, daß sie daran schon gewöhnt ist. Holder war als Ehemann nicht besser als als Nachbar«, sagte Mrs. Morton grimmig; und Milward schüttelte seine Löwenmähne und sagte ernst: »Ein Mann, der weder zu Menschen noch zu Tieren gut war. Ein Spötter. Er wagte es, sich über meinen Okkultismus lustig zu machen und meine Fähigkeiten zu verhöhnen. Aber jetzt hat ihn Nemesis übernommen.«

Pauline blickte ihn sehr abweisend an, und Anthony mußte sich rasch abwenden, um ein Lächeln zu verbergen. Ada Mortons tiefblaue Augen nahmen plötzlich einen zwar unterdrückten, aber trotzdem merklich amüsierten Ausdruck an. Sie stand auf und sagte: »Sehr richtig. Wirklich schade, daß Gary Holder nicht wußte, daß Sie das alles sehen konnten. Hier ist Ihr Tee, Miss Marshall. Ich überlasse das Einschenken Ihnen und gehe jetzt.«

Doch in diesem Augenblick hörte man eilige Schritte auf der

Veranda, und eine Stimme rief: »Mrs. Morton, Mrs. Morton. Sind Sie da?« Die Worte waren noch nicht verklungen, als bereits ein Mädchen ins Zimmer stürzte und verwirrt um sich blickte wie ein verängstigtes scheues Tier. Pauline dachte an den Vergleich mit einem verschreckten Vogel. Dieser Gedanke war ihr gekommen, noch bevor sie aufspringen und erstaunt ausrufen konnte: »Verity? Bist du es wirklich?«

Das Mädchen drehte sich eilig herum, und ihre Überraschung belebte ihr Gesicht für ein paar Sekunden. »Aber Pauline.. Pauline . . . was hat denn dich hierhergebracht? Hat dich David geschickt?«

Sie hätte diese Worte am liebsten wieder zurückgenommen. Pauline, die gegen eine innere Angst ankämpfen wollte, die sie sich nicht eingestand, schüttelte nur den Kopf.

»Niemand hat mich geschickt«, sagte sie langsam. »Ich bin nur ganz einfach zu Davids Häuschen gefahren. Wußtest du, daß er . . .?« Dann unterbrach sie sich und schwieg. Natürlich wußte Verity, daß David so oft in ihrer Nähe weilte. Und war das der Grund, warum . . .

Bevor sie diesen schrecklichen Verdacht bannen konnte, wurde Pauline unterbrochen. Ada Morton ging hastig zu dem Mädchen hin, nahm es in ihre kräftigen Arme und sagte sehr lieb und sanft: »Das spielt jetzt alles keine Rolle. Verity, wir haben endlich Nachricht; aber es ist eine schlechte Nachricht. Mr. Milward hat recht gehabt.«

Verity Holder machte sich langsam und sanft von dem sie stützenden Arm frei, drehte ihr Gesicht ihrer Freundin zu und sagte: »Sie – Sie wollen damit sagen, daß er tot ist?«

Ihre Selbstbeherrschung war beinahe erschreckend. Pauline starrte sie verwirrt an. Keine Tränen. Kein Zeichen eines Zusammenbruchs. Keinerlei Gefühlsregung. Nichts, außer den ruhigen Worten: ›Sie wollen damit sagen, daß er tot ist.‹ Andererseits hatte Verity dies vermutlich schon seit Tagen angenommen; nach dieser Aufregung war dies wahrscheinlich sogar eine Erleichterung.

Pauline überlegte: Erleichterung? Natürlich. Erleichterung darüber, daß er tot war. Was muß das für ein Mensch gewesen sein, bei dessen Todesnachricht niemand – weder der Schiffer noch Milward, noch Ada Morton und nicht einmal seine eigene Frau – ein Gefühl von Mitleid oder Traurigkeit empfand?

Einen Augenblick lang herrschte Schweigen. Pauline ertappte sich dabei, wie sie das reizvolle Gesicht dieses Mädchens, mit dem sie jahrelang befreundet gewesen war und von dem sie vermutet hatte, daß sie und David seit langer Zeit jeglichen Kontakt verloren hatten, anstarrte. David? Er hatte sicherlich gewußt, daß Verity – das Mädchen, das er einst sehr geliebt hatte – hier lebte. Es war ihr äußerst unbehaglich zumute, als sie sich an die leichtfertig dahingesprochenen Worte erinnerte: »Hat David dich geschickt?« Ihr Unbehagen wuchs, als ihr einfiel, daß sie von Anfang an überrascht gewesen war, daß David sein Wochenendhaus an einem so wenig anziehenden Ort gewählt hatte. Jetzt hatte sie Angst, daß sie den Grund richtig durchschaut hatte.

Plötzlich faßte sich Verity mit der Hand an den Kopf und ließ sich gegen den nächstbesten Stuhl fallen. Anthony machte einen raschen Sprung und half ihr beim Hinsetzen. Das Mädchen sagte: »Es tut mir leid. Wirklich dumm, sich so zu benehmen; denn ich hätte es mir denken müssen, daß er tot ist. Wie sollte er denn sonst tagelang verschwinden? Und Mr. Milward sagte, er sei ertrunken.«

Doch der Heiler ließ selbst in diesem tragischen Augenblick diese Ungenauigkeit nicht zu. Er betonte vorwurfsvoll: »Nein, Mrs. Holder, ich sagte nicht, daß er ertrunken sei. Ich sagte lediglich, daß die Geister mir eröffnet hätten, daß er sich in der Nähe des Wassers befinde.«

»Aber – heißt das nicht . . . Ist seine Leiche – ist Gary nicht an den Strand gespült worden?«

Einen Augenblick lang herrschte nervöses Schweigen, dann erwiderte Mrs. Morton ruhig: »Nein, Verity, nicht am Strand. Die Leiche Ihres Mannes wurde in David Marshalls Bootshaus gefunden.«

Zum ersten Male wirkte das Gesicht des Mädchens erregt – eine Mischung aus Angst, Schrecken, Ungläubigkeit, doch in erster Linie Angst. Sie flüsterte: »Aber das kann doch nicht sein. Das ist doch unmöglich. Meinen Sie, daß er durch die Flut hingespült wurde?«

Anthony fand, daß es an der Zeit wäre, dieses Rätselraten zu beenden und die Wahrheit zu sagen. Er ging zu ihr hin und sagte bestimmt, aber freundlich: »Mrs. Holder, wir wissen nichts über den

Tod Ihres Mannes. Alles, was wir sagen können, ist, daß seine Leiche in Davids Bootshaus liegt. Übrigens, mein Name ist Anthony Irving; ich bin mit David befreundet. Er hat mir seine Hütte geliehen, ohne seiner Schwester etwas davon zu sagen. Sie kam gestern abend unerwartet hierher und traf mich an; sie beschloß daher, das Bootshaus zu besichtigen. Und dort lag die Leiche.«

»Aber wie . . . was ist ihm denn passiert?«

»Das wissen wir nicht, aber die Polizei wird die Sache klären. Sie kommt so schnell wie möglich. Aber – ich muß es leider sagen – es hatte nicht den Anschein, als ob Ihr Mann ertrunken wäre.«

Sie sagte gar nichts – saß nur da und starrte ihn verwirrt an. Ihr Gesicht war jetzt so weiß, daß Pauline fürchtete, sie würde in Ohnmacht fallen; doch sie stützte sich mit dem Arm auf dem Tisch ab und saß weiterhin schweigend und aufrecht da. Pauline dachte: ›Wie schön sie doch ist. Verändert zwar, aber immer noch schön.‹ Ihr Gesicht war schmäler geworden, doch hatte es seine reizende, ovale Form behalten. Der Mund, der früher so weich und glücklich gewesen war, war jetzt etwas herabgezogen. Ihr weiches, schwarzes Haar hatte sich nicht verändert, ebensowenig ihre regelmäßigen, madonnenhaften Gesichtszüge. Verity Holder war noch genauso schön wie das Mädchen Verity Southern.

Sie flüsterte leise vor sich hin: »Nicht ertrunken? Aber was dann . . .?« Dann wandte sie sich Pauline zu und fragte sie: »Und was hat dich hierhergebracht? Wer hat dich geschickt?«

Pauline hatte plötzlich Angst davor, daß Verity vielleicht etwas preisgeben würde. Hastig sagte sie daher: »Niemand hat mich geschickt, Verity. Es war wirklich so, wie Anthony sagte. Ich – ich hatte einfach genug von der Stadt und außerdem eine Woche Urlaub. Da beschloß ich, aufs Land zu fahren und mir Davids Häuschen anzusehen. Er hatte mir ja schon oft davon erzählt.« Bei den letzten Worten schwankte ihre Stimme ein wenig; er hatte ihr zwar oft davon erzählt, aber nicht ein einziges Mal erwähnt, daß Verity ganz in der Nähe wohnte und daß sie der Grund gewesen war, warum er diese Hütte gekauft hatte und warum er unentwegt hierherkam.

Sie fuhr ruhig fort: »Ich kam hier an und entdeckte, daß Anthony vom Hause Besitz ergriffen hatte, daher ging ich hinunter zum Bootshaus, um festzustellen, ob ich vielleicht dort die Nacht verbringen könnte. Aber dann entdeckte ich ihn – deinen Mann. Natürlich wußte ich nicht, wer er war, aber der Schiffer hatte mir von einem Mann erzählt, der vermißt würde.«

»Dort – in Davids Schuppen?« Wieder schien es nicht der Tod des Gatten zu sein, was sie so entsetzte. Das hatte sie schon erwartet – aber daß man ihn dort finden würde, so ganz in der Nähe von Davids Hütte.

Pauline war auf einmal davon überzeugt, daß Verity gewußt hatte, daß David an jenem Samstag und Sonntag hier gewesen war, als Holder verschwand. Sie mußte sie unter allen Umständen am Sprechen hindern. Unter dieser Schockeinwirkung würde Verity möglicherweise alles erzählen. Sie redete daher schnell und geschwätzig weiter. »Es war ein entsetzlicher Schreck, aber wir konnten gestern abend nichts mehr tun. Ich war mit dem Boot hinübergekommen, und der Mann war schon wieder fort. Es war dunkel – als wir ihn fanden, und wir kannten den Weg durch die Sumpfebene bei Nacht nicht. Doch wir sind so früh wie möglich hierhergekommen, und Anthony hat gleich die Polizei verständigt. Sie müßte eigentlich jeden Augenblick da sein.«

Sie wollte damit eine Vorwarnung geben, doch noch während sie sprach, hörte man bereits das Geräusch eines Autos, das mit hoher Geschwindigkeit die enge, kurvige Straße, die durch Weiden und Felsklippen hindurchführte, heranbrauste.

Anthony meinte: »Die waren aber schnell, und jetzt strafen sie das Auto dafür«, denn in diesem Augenblick hörte man heftiges Bremsenquietschen.

In der nächsten Sekunde raste jemand stürmisch den Weg herauf. Anthony empfand das als etwas ungewöhnlich für die Polizei, selbst wenn es sich um einen Mord handelte. Die Tür wurde aufgerissen – doch anstatt eines beleibten Polizeisergeanten – stand ein junger Mann mit einem blassen Gesicht, das äußerst angespannt wirkte, auf der Schwelle. Er schaute Mrs. Morton kaum an, stürmte an Anthony vorbei, übersah auch Pauline gänzlich, die hinter der geöffneten Tür stand, und eilte auf das am Tisch sitzende Mädchen zu.

»Verity . . . Verity . . . Wie geht es dir? Ich bin zu deinem Haus gefahren, dann hat mich der alte Dibble hierhergeschickt. Was ist geschehen? In der Zeitung stand ...«

Doch irgendein Ausdruck in ihrem Gesicht und das Schweigen im Raum ließen ihn sich umdrehen. Im selben Augenblick ging Pauline schnell auf ihn zu und versuchte mit einer instinktiven, beschützenden Geste, zwischen ihn und das Mädchen zu treten.

»David«, sagte sie. »Oh, David, ich bin ja so froh, daß du gekommen bist. Es ist alles so entsetzlich. Eine so scheußliche Nachricht. Hast du in der Zeitung gelesen, daß Veritys Mann verschwunden war?«

Damit wollte sie eigentlich nur sagen: ›Reiß dich zusammen. Sag nichts.‹ Ihre Augen verkündeten die Nachricht. Ihre Stimme, die ganz normal und ruhig klingen sollte, enthielt einen warnenden Unterton, so daß Anthony dachte: ›Braves Mädchen. Jetzt bin ich an der Reihe‹, dann fuhr er fort:

»Schöne Familienversammlung, was, alter Junge. Was für eine Überraschung, Pauline hier zu finden. Übrigens für uns beide dieselbe, als sie gestern auftauchte und mich in deiner Hütte entdeckte. Eine Zeitlang war die Atmosphäre ziemlich gespannt.«

David machte eine ungeduldige Geste und unterbrach ihn: »Aber was ist mit Gary?« Dann hielt er inne, als er aus den Blicken seiner Freunde die Nachricht erkennen konnte.

»Übrigens ist deine Hütte nicht schlecht«, fuhr Anthony unbeirrt fort, »aber nicht sehr geräumig, daher mußte einer von uns beiden im Bootshaus schlafen. Man muß schließlich die guten Sitten wahren. Deine Schwester ging also hinunter und fand – und fand dort die Leiche eines Mannes.«

David glotzte ihn an. Wenn sein Gesicht zuvor bleich gewesen war, so war es jetzt grau. »Fand eine Leiche? Soll das heißen – die Leiche – die Leiche Gary Holders? Aber wieso denn? Was ist denn geschehen? Ist er ertrunken?«

»Das wissen wir nicht. Im Grunde genommen wissen wir überhaupt noch nichts. Wir nehmen nur an, daß es sich um Holder handelt, weil er seit Samstag vermißt wird. Das mußt du doch in der Zeitung gelesen haben. Auf jeden Fall ist es gut, daß du gekommen bist. Ich wollte dich ohnehin dieser Tage einmal besuchen«, log er ziemlich schwach.

Endlich ging David auf ihn ein und sagte: »Ja. Ich wollte einmal nachsehen, wie es dir hier ginge. Merkwürdig, daß mir Pauline nicht gesagt hatte, daß sie herkommen wollte.«

»Zunächst vielleicht merkwürdig, aber nach dem, was wir da unten gefunden hatten, vergaßen wir jegliche Konvention. Jedenfalls konnten wir gestern nichts mehr tun mit dieser Sumpfebene, die uns von einem Telefon trennte – und übrigens kann ich dir gleich sagen, daß diese Überquerung heute früh für uns beide beinahe den Tod bedeutet hat. Trotzdem konnten wir uns durchkämpfen und die Polizei verständigen, die vermutlich jeden Augenblick hier eintreffen wird.«

Er sprach schnell und ausführlich, um David Zeit zu geben, sich zu sammeln, während seine Augen ihm warnend telegrafierten: ›Vorsicht. Sag nichts.‹ Schon hörten sie ein zweites Auto, das diesmal in normalem Tempo herankam und vor dem Gartentor hielt. »Das ist sie schon«, schloß Anthony und eilte mit Ada Morton zur Tür.

Der Polizeisergeant Rutherford war ein beleibter Mann mittleren Alters, mit einem sehr ernsten und ziemlich verboten aussehenden Gesicht. Er wurde begleitet von einem jungen, rothaarigen Polizisten, der offensichtlich seine Aufregung zu verbergen versuchte. Rutherford begrüßte Verity, wobei er ihr sein Beileid aussprach; doch Anthony bemerkte sehr genau seine versteckte Abneigung gegenüber der ganzen Angelegenheit. Dann warf der Sergeant einen strengen und fragenden Blick in die Runde.

»Wer von Ihnen hat mich angerufen? Wer hat die Leiche gefunden?«

Anthony machte einen Schritt nach vorn. Er wirkte äußerst geschäftlich und zeigte keinerlei Anzeichen von seiner sonst üblichen, spöttischen Art. Offensichtlich konnte er präzise und geschäftlich sein, wenn dies angebracht war. Mit ein paar kurzen Worten erklärte er, daß David ihm das Häuschen geliehen hatte – doch dann wurde er unterbrochen.

»Und aus welchem Grunde, Mr. .. Mr. Irving? Ist das nicht ein merkwürdiger Ort für einen Herrn, mitten im Winter aus der Stadt hierherzukommen?«

Anthony zuckte die Achseln. »Finde ich gar nicht. Ich würde

sogar sagen, daß es mir hier zur Abwechslung recht gut gefällt, und wenn man sich langweilt, kann man ja fischen gehen. Aber das sollte eigentlich nicht eintreten. Ich wollte nämlich arbeiten. Ich bin Bergwerksingenieur und brauchte die Zeit hier, um einen Bericht zu schreiben, den ich in einer Woche abliefern muß. Mir erschien das als günstige Voraussetzung, das Zeug reif für die Schreibmaschine zu machen.«

Pauline versuchte vergeblich, seinen Blick zu erhaschen. Was war das wieder für eine neue Geschichte – mit diesem Bericht? Das verstauchte Knie wurde natürlich gar nicht erwähnt. Der Mann war wirklich unverbesserlich.

»Ich sehe.« Der Ton dieser Bemerkung ließ durchblicken, daß er nicht nur nichts sah, sondern auch nichts glaubte. »Sie sind also gestern früh hierhergekommen und in dem alten Boot hinübergefahren. Wem gehört es übrigens?«

»Mir«, erwiderte Ada Morton völlig unerwarteterweise. »Ich bin oft damit zum Fischen gefahren, aber in letzter Zeit war ich ziemlich faul; und das Kanu ist recht wacklig, auch wenn man damit nur die Bucht entlangfährt. Aus diesem Grunde ist es jetzt lange Zeit hier gelegen, und ich muß wirklich sagen, daß Mr. Irving von Glück reden kann, daß er trocken hinübergekommen ist.«

Jetzt redeten alle, Pauline, die die Hauptfrage hinauszögern wollte, um Verity Zeit zu geben, sich zu sammeln, Verity und auch David. Der Sergeant machte eine ungeduldige Bewegung und sagte unhöflich: »Das hätte ihm auch nicht geschadet. Das Wasser ist seicht. Und als Sie dort waren, was taten Sie dann?«

»Ich machte es mir bequem und las ein wenig. Es war kein sehr schöner Nachmittag, grau und düster. Es war bereits finster, als Miss Marshall auftauchte; sie war sehr überrascht, mich in der Hütte vorzufinden. Dibble hatte sie hingebracht und war bereits wieder fortgefahren. Daher die Frage – ›Was sollen wir jetzt tun?‹ Wir hatten eine ziemlich hitzige Debatte darüber«, dabei wollte er die Wirkung seines merkwürdigen Lächelns auf den Sergeanten testen, jedoch ohne Erfolg. »Und dann«, fuhr er fort, »bestand Miss Marshall darauf, mit einer Taschenlampe bewaffnet das Bootshaus zu inspizieren.«

Der Sergeant grunzte, war aber offensichtlich über das korrekte Verhalten der beiden etwas beruhigt. »Sehr gut, sehr gut«, stimmte er zu, »und dann fand die junge Dame die Leiche?«

Pauline warf Verity einen Blick zu, die immer noch mit völlig ausdruckslosem Gesicht vor sich hinstarrte. »Ja, ich fand die Leiche«, wiederholte sie langsam.

»Und ich nehme an, daß Sie dort nichts angerührt haben?«

»Nichts. Ich ging zurück und erzählte es Mr. Irving.«

»Und dann?«

Sie blickte hilflos zu Anthony, der ein Grinsen unterdrücken mußte und mit der Erzählung fortfuhr. »Ich ging hinunter und habe die Leiche ebenfalls gesehen. Miss Marshall hatte einen ziemlichen Schock erlitten, aber man konnte im Augenblick nichts tun.«

»Nichts tun?«

»Verstehen Sie, das Kanu lag trocken am Ufer, dort wo ich es verlassen hatte. Und das Boot – na ja – es war besetzt. Den Weg durch die Bucht kannten wir nicht. Daher blieb uns nichts anderes übrig, als die Nacht dort zu verbringen, wo wir waren.«

Der Sergeant kämpfte mit dem Wunsch, diesen beiden jungen Leuten einen Vortrag über richtiges Benehmen zu halten, doch dann sagte er nur: »Und Sie haben nichts angerührt?«

»Nichts. Heute früh entdeckte ich eine Kette und ein Schloß und sperrte den Schuppen ab. Ich fand auch Pferdehufspuren, die offensichtlich von der Bucht zum Bootshaus und wieder zurück führten.«

»Tatsächlich, Sir? Und sahen diese Spuren ziemlich frisch aus?«

»Ziemlich. Nicht älter als ein oder zwei Tage, denn ich glaube, daß es hier am Samstagvormittag regnete, wodurch sie weggewaschen worden waren. Ich legte Säcke darüber, für den Fall, daß ein plötzlicher Guß kommen sollte.«

Der Sergeant entspannte sich ein wenig. Ein vernünftiger junger Mann. »Das war genau das Richtige. Ich möchte gerne, daß Sie jetzt mit uns hinübergehen und uns zeigen, wie die Dinge lagen. Sie auch, Mr. Marshall. Ich kannte Sie zwar noch nicht, hörte aber, daß Sie vor einiger Zeit dieses Haus gekauft haben. Sie sind gestern abend nicht mit Ihrer Schwester hergekommen?«

»Nein. Ich wußte gar nicht, daß sie kommen wollte. Sie hat sich sehr eilig dazu entschlossen – vermutlich wollte sie sich von der Stadt erholen, und schließlich wußte sie ja, daß sie jederzeit herkommen könnte. Ein unglücklicher Zufall, daß ich das Haus schon verliehen hatte.«

»Äußerst unglücklich«, stimmte Rutherford nachdrücklich zu, wobei Pauline dachte: ›Er ist ein widerlicher Pedant und stellt sich vermutlich alle möglichen nächtlichen Spiele vor. Wenn er nur die Wirklichkeit gesehen hätte.‹

»Und was hat Sie hierhergeführt, Mr. Marshall? Sind Sie nur gekommen, um Ihren Freund zu besuchen?«

Pauline hielt den Atem an, und Anthony dachte: ›Hoffentlich lügt jetzt der gute David nicht. Das zahlt sich bei der Polizei letzten Endes nie aus.‹

»Ich kam her, weil ich in der Zeitung gelesen hatte, daß Holder vermißt würde.«

»Waren Sie mit ihm befreundet?«

Einen Augenblick lang zögerte er. »Ich kannte ihn recht gut. Mrs. Holder kenne ich seit meiner Kindheit; meine Schwester und ich spielten immer mit ihr zusammen. Ich bin hergekommen, um zu fragen, ob ich helfen kann.«

Pauline atmete tief. Das war die richtige Antwort, und David hatte dem Sergeanten beim Sprechen entschlossen in die Augen gesehen. Und sie dachte: ›Wie ernst und gequält sein Gesicht doch ist. Viel älter – dabei war er einmal so fröhlich. Doch er sieht immer noch sehr gut aus, mit seinem blonden Haar und dem offenen Ausdruck.‹

Rutherford hatte sich in einem kleinen Buch eine Notiz gemacht. Dann sagte er mit Nachdruck: »Das war eine christliche Tat. In dieser Welt bedeutet eine hilfreiche Hand für jene, die in Schwierigkeiten sind, sehr viel«, doch Anthony witterte hinter diesem Lob etwas Groll. Er vermutete, daß dieser alte Bursche irgendeinen Braten roch.

»Und Mr. Milward und Mrs. Morton?« Er nahm alle ins Kreuzverhör.

Ada Morton sagte kurz: »Sie sind so früh wie möglich herübergekommen, um zu telefonieren; und hier war die erstbeste Gelegenheit dazu. In diesem Augenblick erfuhr ich zum ersten Mal von

Mr. Holders Tod. Wir hatten eben den Hörer wieder eingehängt, als Mrs. Holder erschien, um sich zu erkundigen, ob ich irgend etwas gehört hätte. Ich wollte eben hinübergehen, um es ihr zu sagen.«

»Danke, Mrs. Morton.« Diesmal klang seine Stimme respektvoll. Ada Morton schien hier ziemlich angesehen zu sein – trotz ihrer zahlreichen Tiere. Seine Stimme klang etwas anders, als er sich an Milward wandte.

»Und Sie, Sir? Was haben Sie eigentlich damit zu tun?«

Der Heiler benahm sich nach wie vor hochmütig, war aber auf der Hut. »Ich traf diese Leute auf der Straße und brachte sie hierher. Das ist alles.«

»Nicht ganz alles. Man sagt, Sie hätten behauptet, daß Sie wüßten, wo die Leiche läge. Selbstverständlich alles gottloser Unfug?«

Anthony beobachtete den Heiler mit Interesse. Zeigte sein Gesicht eine Spur von Angst? Wenn ja, dann war sie jedoch sofort wieder verschwunden, und er antwortete mit bewundernswertem Selbstbewußtsein: »Kein gottloser Unfug, Sergeant. Mrs. Holder kam am Sonntag verzweifelt zu mir, nachdem ihr Mann die ganze Nacht weggeblieben war, und ich bot ihr an, die Geister zu befragen.«

»Geister?« wiederholte Rutherford wie ein Echo, zutiefst empört.

»Ja. Solche Geister, die mir helfen, wenn ich mich an sie wende. Sie sagten mir, daß es eine Tragödie gäbe und daß die Leiche in der Nähe des Wassers läge. Gestern sprach ich mit den Männern, die ihn suchten, und riet ihnen, in der Nähe des Wassers nachzuschauen. Einige spotteten, doch andere wußten von meinen okkultistischen Fähigkeiten und durchstöberten die Strände.«

»Verstehe«, sagte der Polizist in einem Ton, der durchblicken ließ, daß dies nicht der Fall war und daß er es auch gar nicht zu verstehen wünschte. Dies war ein äußerst ungewöhnlicher Mordfall; junge Leute zusammen in einer kleinen Hütte; eine Leiche im Bootshaus; und jetzt auch noch Geister. Er stand schwerfällig auf und kündigte an, daß sie jetzt zum Schuppen gehen wollten, daß aber Pauline nicht mitzukommen brauchte. Er würde sich nachher wieder mit ihnen unterhalten. Er stapfte hinaus, gefolgt von dem jungen Polizisten. Anthony folgte den beiden und murmelte: »Scheinheiliger alter Hund. Hoffentlich fällt er in den Sumpf.«

Ada Morton lachte, als die anderen fort waren, und sagte freundlich: »Mr. Irving ist ziemlich hart zu Rutherford. Er ist kein schlechter Mensch, aber leider hat er von der Religion eine so hohe und unbequeme Vorstellung, daß er immer glaubt, im Leben gebe es nur das Böse.«

5. Kapitel

Die Männer waren fort. Pauline und Verity standen am Fenster und beobachteten sie, als sie die Straße hinabgingen, der Sergeant und sein Untergebener vorne, David und Anthony hinter ihnen. Worüber die zwei Freunde wohl gerade sprachen? Pauline vermutete, daß Anthony seinen Freund warnte, aber David mußte inzwischen seine Lage erkannt haben: Es ließ sich nichts an der Tatsache ändern, daß er am Samstag hiergewesen war und daß Dibble ihn gesehen hatte.

Sie wurde aus ihren trüben Gedanken gerissen, als Ada Morton liebenswürdig sagte: »Der Tee ist inzwischen kalt und ungenießbar. Diese Polizisten mit ihren langatmigen Fragen ... Ich mache neuen.«

Doch Verity warf hastig ein: »Nein, nein. Ich muß nach Hause und versuchen, nachzudenken. Kommst du mit, Pauline? Bitte bleib bei mir, wenn du kannst. Das verstehen Sie doch, Mrs. Morton, nicht wahr?«

»Aber natürlich, meine Liebe. Gut, daß Sie eine alte Freundin gefunden haben. Sie bleiben doch bei ihr, Pauline, ja? Sie sollte jetzt nicht allein sein.«

»Bitte, Pauline, bitte. Ich bin so lange allein gewesen«, und beide wußten, daß sie dabei nicht nur an die letzten drei Tage gedacht hatte, sondern an die vielen trostlosen Jahre mit Gary Holder.

»Natürlich bleibe ich, Verity. Ich habe diese Woche frei und möchte wirklich nicht wieder in die Hütte zurück, selbst wenn Anthony nicht dort wäre. Ich komme gerne zu dir, und – wenn alles vorüber ist – dann können wir reden und reden. Wissen Sie, Mrs. Morton, Verity und ich sind zusammen aufgewachsen, und ich habe sie seit ihrer Heirat nicht mehr gesehen.«

Warum hatte sie nicht gesagt: »David und ich?« Diese Ausflüchte waren dumm. Mrs. Morton konnte man vertrauen – aber den anderen? Etwa diesem Mann mit dem hypnotischen Blick und der Löwenmähne, mit seinem wichtigen, arroganten Benehmen?

Ada Morton sagte in ihrer angenehmen Art: »Reden wird Verity sehr guttun. Sie hat immer zuwenig erzählt. Also geht, aber denkt daran, daß ich hier bin, wenn ihr mich braucht. Pauline, kümmern Sie sich um sie.«

Pauline lächelte sie dankbar an. Es gefiel ihr, daß diese sensible Frau sie mit dem Vornamen ansprach; sie mochte ihre Zuneigung zu Verity und ihr tolerantes und humorvolles Verhalten Milward gegenüber. Als die beiden Mädchen die Straße hinuntergingen, begann Pauline, um irgend etwas zu sprechen, um das Schweigen zu brechen und die Kluft zu überbrücken, die durch die jahrelange Entfremdung entstanden war: »Eine ganz reizende Frau, so verständnisvoll und lieb; dabei hatte ich sie mir zunächst eher seltsam vorgestellt, weil Milward erzählte, daß sie zwölf Katzen und zwei Rennpferde besäße. Reitet sie viel, Verity?«

»O nein, jetzt überhaupt nicht mehr, und auch nicht auf diesen Pferden. Das sind nur zwei alte Gäule, die ihr Mann sehr gern mochte. Sie laufen auf ihrer Weide umher, und sie verwöhnt sie. Sie kommen heran, wenn sie von Milward oder ihr gerufen werden. Aber zu den anderen Menschen sind sie ziemlich bösartig, obwohl es mir manchmal gelingt, sie herzulocken.«

»Aber was für ein wilder Vogel dieser Milward ist. Völlig überzeugt von sich und seinen Geistern.«

»Ja. Ich weiß, daß er etwas merkwürdig ist, aber zu mir ist er immer sehr nett, und oft hat er mit seinen Dingen auch recht. Mit Gary zum Beispiel, stimmt's?«

»Das war außergewöhnlich.«

Aber noch außergewöhnlicher war, so fand Pauline, diese auffallende Ruhe, mit der Verity den Namen ihres Mannes aussprach. Es wirkte beinahe, als ob sie bereits den Schock über seinen Tod verwunden hatte – falls es überhaupt einer für sie gewesen war. Andererseits war sie aber schon als Kind immer sehr zurückhaltend und selbstbeherrscht gewesen.

Sie erinnerte sich an diese vergangenen, glücklichen Tage, an die kleine Stadt, in der sie gelebt hatten, an die Freundschaft der drei Kinder, die sich später bei David so selbstverständlich in Liebe umgewandelt hatte. Doch damals hätte sich bestimmt jeder in Verity Southern verliebt, dachte Pauline, in ihre strahlende, liebreizende und sanfte Persönlichkeit.

Aber das Schicksal war gegen die beiden gewesen, denn Mrs. Southern hegte für ihre schöne Tochter sehr ehrgeizige Pläne und wollte es auf keinen Fall zulassen, »mit diesem bettelarmen, jungen Marshall in Schwierigkeiten zu kommen«, wie sie sich ausdrückte. Sie hatte sofort gehandelt und ihre neunzehnjährige Tochter zu einer gesellschaftlich sehr regen Tante nach Auckland geschickt.

Dort hatte das Mädchen Gary Holder kennengelernt und war schließlich seinem beständigen Werben, seinem finsteren Charme und seinem guten Aussehen erlegen und hatte sich mit ihm verlobt. Pauline hatte ihn nie gesehen, denn die Marshalls zogen sehr bald nach der angekündigten Verlobung fort; aber sie hatte gehört, daß der Bräutigam gutaussehend, wohlhabend und zehn Jahre älter als David sei.

Sie erinnerte sich noch gut an die Verzweiflung ihres Bruders, als er von der Verlobung erfuhr, und dann an die traurige, kurze Nachricht, die Verity ihnen beiden zukommen ließ, die aber eigentlich nur für David bestimmt war. Diese Nachricht erklärte nichts, enthielt auch keine Rechtfertigung und endete nur traurig: »Bitte, bitte, vergebt mir, und laßt uns Freunde bleiben.«

Das war die letzte Nachricht gewesen, die Pauline bis heute von Verity erhalten hatte; doch eines wußte sie jetzt ganz genau, daß Verity der Grund dafür war, daß David sich an diesem öden Ort niedergelassen hatte. Verity war wohl in ihrer Ehe sehr unglücklich gewesen; Mrs. Morton hatte dies bereits angedeutet, und man konnte es auch aus Veritys Gesicht lesen. Man konnte aber auch noch andere Dinge lesen – nämlich, daß Verity bei der Nachricht vom Tode ihres Mannes keine große Bestürzung gezeigt hatte, sondern nur eine namenlose Angst, als sie erfahren hatte, daß sich die

Leiche in Davids Bootshaus befände, und als sie erkennen mußte, daß damit Holders Tod zweifellos besonderen Argwohn erregen würde.

Pauline lenkte ihre Gedanken von diesen Befürchtungen und Ängsten ab; sie durfte ihnen einfach nicht erlauben, in diese Richtung zu wandern, denn man konnte sie unter Umständen ihrem Gesicht entnehmen. Als sie durch die Eingangstür des großen Hauses traten, versuchte sie, ganz heiter zu sagen: »Nein, so etwas, dich hier zu finden. Ich hatte keine Ahnung, wo du lebst«, doch in demselben Augenblick erkannte sie, daß das bedeutete, daß David ihr nichts über sie erzählt hatte.

Verity ging über diese Bemerkung hinweg, falls sie sie überhaupt aufgenommen hatte. Sie sagte nur: »Ja. Wir haben immer hier gelebt. Wenigstens fuhren wir zu unserer Hochzeitsreise nach England; anschließend lebten wir für kurze Zeit in Willesden, als dieses Haus gebaut wurde. Er wollte unbedingt außerhalb der Stadt wohnen und ein großes Haus haben.«

»Es ist wirklich sehr groß. Was tust du denn damit, Verity?«

»Nicht viel. Wir hatten nie Einladungen und auch keine Kinder.« Ihre Stimme klang traurig und gleichgültig, und Pauline war klar, daß Verity von Holder keine Kinder hatte haben wollen.

Sie sagte hastig: »Was für eine herrliche Aussicht. Ich nehme an, da unten – am Ende der Straße – sind diese scheußlichen Felsen, die so gefährlich sind. Schade, daß die Leute dieses häßliche kleine Haus so nahe an eures gebaut haben. Trotzdem nimmt es nicht allzuviel Sicht weg.«

»Gary behauptete das Gegenteil. Vom Wohnzimmer aus stört es den freien Blick nach draußen, und er war immer sehr böse darüber. Er versuchte, das Haus zu kaufen, aber die Leute wollten es nicht hergeben. Schließlich kam es zu einem heftigen Streit.«

Schon wieder ein Streit. Ob es irgend jemanden gab, fragte sich Pauline, mit dem Holder sich nicht gezankt hatte? Allmählich konnte sie sich ein Bild von ihm machen – sie sah nicht mehr diese bemitleidenswerte Gestalt, die sie im Bootshaus gesehen hatte, vor sich, sondern einen reichen, arroganten Mann, einen Tyrann, der der Meinung war, daß selbst die Aussicht von den Fenstern sein Eigentum sei, von seiner Frau gar nicht zu reden. Langsam fragte sie: »Und was sind das für Leute, die nebenan wohnen?« Verstehst du dich mit ihnen?«

»Die Taylors? Ich kenne sie nicht sehr gut, denn Gary wollte nicht, daß ich mit ihnen etwas zu tun habe. Ich glaube, sie sind recht nett, aber meistens sind sie nur am Wochenende hier. Komm herein, Pauline. Wir machen etwas Kaffee. Ich habe noch nicht gefrühstückt. Und du?«

»Genug, um den Marsch durch die Sumpfebene zu überstehen; aber der Kaffee wird mir trotzdem guttun.«

Während Verity beschäftigt war, ging Pauline durch das Haus. Pauline fand es scheußlich; es strotzte vor neureicher Geschmacklosigkeit. Das muß alles Holders Werk gewesen sein, denn man konnte keine Spur von Veritys Hand entdecken – zumindest nicht von dieser Verity, die sie gekannt hatte. Selbst die Bücher waren anscheinend nur wegen ihres Einbandes, ihrer Farbe und ihrer entsprechenden Größe für die Regale gekauft worden. Die Bilder wirkten armselig. Trotzdem – vom Wohnzimmer abgesehen – bot sich einem von jedem Fenster aus eine herrliche Aussicht. Sie konnte sich sehr gut vorstellen, daß das kleine, häßliche Haus, das neben seinem prunkhaften stand, einem Potentaten wie Holder sehr mißfallen hatte.

Während die beiden Mädchen ihren Kaffee tranken, sprachen sie nur sehr wenig. Jede wußte, daß die Gedanken der anderen über die Sumpfebene gewandert waren und sich mit dem alten Bootshaus und den dortigen Ereignissen befaßten. Verity verfiel schließlich in völliges Schweigen, bis Pauline endlich sagte: »Das bringt nichts, meine Liebe. Wir sind beide müde. Und schließlich haben wir ja noch etliche Tage Gelegenheit, uns zu unterhalten. Vielleicht sollten wir uns jetzt ein bißchen hinlegen? Ich nehme mir ein Buch und verkrieche mich in deinem schönen Gästezimmer. Das von David ist nicht ganz so luxuriös, und gestern war es besonders scheußlich.«

»Was glaubst du, wann sie zurück sind? Die Männer, meine ich.«

»Vermutlich zu einem etwas verspäteten Lunch. Aber das erledige ich schon. Zeig mir nur bitte vorher noch die Küche.«

Dann trennten sie sich dankbar. Es ist nicht so einfach, überlegte Pauline, wieder da anzufangen, wo man aufgehört hat, insbesondere mit den Jahren einer Ehe dazwischen und einer Tragödie wie dieser. Doch sie mußte sich eingestehen, daß dies nicht die einzigen Gründe waren. Es war nicht der verstorbene Gary Holder, der dazwischen stand, es war auch David.

Sie legte sich für einige Zeit nieder und versuchte, sich in ein Buch zu vertiefen. Aus Veritys Zimmer drang kein Laut, und sie hoffte, daß das Mädchen schlief. Um etwa ein Uhr stand Pauline auf und ging ins Eßzimmer, von dessen Fenstern aus sie die Straße erblicken konnte. Plötzlich sah sie die Männer herankommen, eine nasse Gruppe, mit Rutherford und Anthony – beide ensetzlich schmutzig – im Hintergrund. Pauline konnte sich ein Lächeln nicht verkneifen. Wenn Anthonys Wunsch sich erfüllt haben sollte und der Sergeant in den Sumpf gefallen war, dann hatte er wenigstens nicht allein leiden müssen.

Sie ging zu Veritys Zimmertür und klopfte sanft an. Sie wurde sofort geöffnet; Veritys angespanntes, bleiches Gesicht und die tiefen Ringe unter den Augen deuteten darauf hin, daß sie nicht sehr gut geruht hatte.

»Die Männer kommen. Anthony und der Polizist bieten einen herrlichen Anblick. Ich vermute, daß der Sergeant noch einige Fragen stellen wird. Soll ich sie zum Lunch einladen?«

»O ja, wenn sie bleiben möchten. Pauline, was werden sie mich wohl fragen – über Gary oder über . . .?«

Sie hörte zu sprechen auf und blickte ihre Freundin hilflos an. Pauline legte ihr beruhigend die Hand auf den Arm und sagte: »Reine Routinefragen. Wann du deinen Mann zum letzten Mal gesehen hast und so weiter. Hab keine Angst, meine Liebe; beantworte einfach ihre Fragen – aber sag nichts freiwillig. Dieser alte Sergeant ist ein etwas heiliger Bruder, und er hat vermutlich ein gutes Herz.«

Rutherford kam herein und sah sehr grimmig drein. Selbst ein Mordfall wie dieser bot keine Entschädigung für das Aussehen seiner Uniform. Er nahm für sich und seinen Polizisten den angebotenen Tee an, den Lunch lehnte er jedoch ab.

»Wir müssen zurück zum Polizeirevier. Ein schmutziger Spaziergang, und Mr. Irving hat mich etwas in die Irre geführt. Ich hätte nicht auf ihn hören sollen. Ihr Bruder kennt schließlich den richtigen Weg.«

Sollte diesen letzten Worten noch eine besondere Bedeutung zukommen? Natürlich kannte David den Weg. Wie oft hatte er wohl diese Bucht überquert, um Verity zu sehen. Pauline drängte den Gedanken beiseite und sagte zu Anthony: »Ich nehme an, daß Sie – wie immer – alles am besten wußten?«

»Wenn ich nicht Ihren Koffer zu schleppen gehabt hätte, wäre alles gutgegangen. Ein schwächerer Mann hätte ihn fallengelassen. Ich aber stolperte, stieß auf den Sergeanten, und wir fielen gemeinsam in den Sumpf. Zu dumm.«

David machte einen sehr hageren und verkniffenen Eindruck. Pauline erschrak aufs neue, als sie diese Veränderung an ihm feststellte. Nach einem forschenden Blick auf die Anwesenden – Verity ausgenommen – ließ er sich in einen Sessel fallen und lehnte den ihm gereichten Tee ab.

Anthony zog heiter eine Flasche aus seiner Tasche. »Viel besser, etwas Starkes sich einzuverleiben«, sagte er. »Kann man Ihnen auch etwas anbieten, Sergeant? Sie könnten sich sonst leicht erkälten, nach dieser Sumpflandung.«

Rutherford schielte auf seine fleischige Nase und entgegnete: »Ich trinke keine harten Sachen. Das ist für mich Teufelszeug.«

Anthony schenkte daraufhin einen großen Schluck ein und reichte das Glas seinem Freund hinüber.

»Pauline? Na los. Gestern abend waren Sie nicht so puritanisch«, sagte er mit absichtlicher Bosheit und vernahm zu seiner Genugtuung ein unterdrücktes Brummen des Sergeanten. Anthony strahlte ihn glücklich an: »Keine Orgie, Sergeant. Aber Miss Marshall litt unter der Schockeinwirkung, und Kognak ist bekanntlich ein gutes Heilmittel dagegen.«

Rutherford murmelte etwas von einer guten Tasse Tee vor sich hin und blickte David von der Seite her an, als dieser sein Glas hinuntergoß. »Da freut man sich mehr auf das Mittagessen«, sagte Anthony giftig und wandte sich dann Pauline zu: »Helfen Sie mir? Die Kräfte des Gesetzes sind mit uns für den Augenblick fertig, jetzt wollen wir ihnen unsere kulinarischen Fähigkeiten zeigen.

Omeletten sind meine besondere Spezialität. Kommst du mit, David?«

Doch David schüttelte den Kopf. Er würde Verity nicht verlassen, bis der Sergeant sein Verhör beendet hätte. Als die beiden in der Küche in Sicherheit waren, sagte Pauline: »Warum haben Sie diesem ekelhaften Polizisten den Eindruck vermittelt, daß wir ein nächtliches Abenteuer hatten? Jetzt nimmt er bestimmt das Allerschlimmste an.«

»Diese Art von Menschen nehmen immer gerne das Schlimmste an. Wo sind die Eier?«

»Zum Teufel mit den Eiern. Oh, Anthony, so sind Sie doch vernünftig. . . . so wie heute früh.«

Er zog erstaunt die Augenbrauen hoch. »War ich heute morgen vernünftig? Welch ein Fehler. Und bilden Sie sich nur ja nicht ein, daß ich Sie zu Ihrer Panikstimmung auch noch ermutigen werde.«

»Ich habe keine Panikstimmung. Ich habe nur Angst.«

»Das sieht man. Versuchen Sie, etwas hinterlistiger zu sein. Nehmen Sie sich ein Beispiel an mir.«

»Aber verdammt noch mal, ich muß doch mit jemandem reden. Und immerhin sind Sie besser als niemand.«

»Hübsch gesagt. Gut – aber ich werde an Ihrer Stelle reden. Sie haben Angst, weil David letztes Wochenende hier war. Das hat er mir nämlich zugeflüstert in dem Augenblick, als dieser ekelhafte Polizist im Dreck lag. Angst, weil er oft hier war und weil er Verity liebt. Das hat er mir zwar nicht gesagt, aber ich bin ein begabter Mensch, beinahe ein so guter Psychologe wie der Heiler. Auf jeden Fall war das ganz offensichtlich, als dieser arme Kerl in das Zimmer hereinstolperte.«

»Schrecklich. Warum nur hat er mir nie gesagt, daß Verity hier lebt?«

»Wohl ziemlich unwahrscheinlich, Sie arme Irre. Jetzt reißen Sie mir aber nicht gleich den Kopf ab, sondern verwenden Sie Ihr Hirn, das der Herrgott Ihnen verliehen hat. David war hier. David ist verliebt. Na, und wenn schon! Das heißt doch nicht, daß er gleich wegen Mordes verdächtigt wird. Heutzutage kommt es nur noch in Melodramen vor, daß ein Mann einen Gatten umbringt, der ihm im Weg steht. In Wirklichkeit verzehrt man sich vor Sehnsucht aus der Ferne oder vergnügt sich aus der Nähe.«

»Sie gehen mir heute genauso auf die Nerven wie gestern abend.«

»Ja, zumindest habe ich Sie verärgert, und Sie werden deshalb nicht in Tränen ausbrechen.«

»Als ob ich das je gemacht hätte. Also, wenn Sie mich schon nicht trösten können, dann kochen Sie wenigstens. Hier sind die Eier. Hier ist die Pfanne. Fangen Sie an.«

Zu ihrem großen Erstaunen und Kummer gelang ihm das Kochen sehr gut. Im Eßzimmer fragte der Sergeant inzwischen streng, aber nicht unfreundlich: »Ich möchte gerne wissen, Mrs. Holder, wann Sie Ihren Mann zum letztenmal gesehen haben.«

David wirkte sehr unruhig, doch dann hob er kurz seine Augen und warf Verity einen ruhigen, langen Blick zu, als ob er ihrem Gedächtnis nachhelfen wollte.

»Ich sah ihn am Samstagmorgen beim Frühstück.«

»Und wann ist er weggegangen?«

»Das weiß ich nicht. Ich war beschäftigt und hatte es nicht bemerkt. Um zehn Uhr war er noch hier, aber als ich ihn mittags zum Essen rufen wollte, konnte ich ihn nicht finden.«

»Und da waren Sie nicht besorgt?« Der Sergeant dachte anscheinend, daß es ziemlich merkwürdig sei, wenn eine Frau sich so wenig um die Schritte ihres Mannes kümmerte.

»Nein. Ich dachte, daß er vielleicht in die Stadt gegangen sei und dort essen würde.«

»Sie haben ihn nicht gesehen, als er das Haus verließ – und auch nicht bemerkt, in welche Richtung er ging?«

»Nein. Ich hatte überhaupt nicht bemerkt, daß er wegging. Ich war in der Küche.«

»Bedauerlich, daß Sie uns nicht mehr sagen können, Mrs. Holder, denn Ihr Mann ist nicht ertrunken. Es handelt sich vielmehr um einen infamen Anschlag eines gottlosen Menschen. ›Du sollst nicht töten‹ – aber was kümmert einen Mörder dieses göttliche Gebot?«

»Aber – wie ist denn Gary gestorben?« Diese Frage war nur ein Flüstern.

»Er wurde mit einem Schlag auf den Kopf getötet. Anschließend wurde seine Leiche ins Bootshaus gebracht, entweder zu Land oder zu Wasser.«

»Aber warum? Warum gerade an diesen Platz?« Ihre Stimme war kaum vernehmbar, und David blickte wieder erregt nach oben.

»Das kann ich nicht sagen. Wissen Sie vielleicht, ob Ihr Mann in letzter Zeit mit jemandem Streit hatte? Gab es jemanden, der ihn haßte?«

Sie schüttelte traurig den Kopf. »Er hatte mit so viel Leuten Streit sowohl in der Stadt als auch mit den Nachbarn.«

»Mit den Nachbarn? Mit wem, zum Beispiel?«

Sie zuckte betrübt die Achseln. »Mit allen, sogar mit Mrs. Morton, weil er Katzen haßte und sagte, daß er sie vergiften würde, wenn sie einmal hierherkämen – was er auch tat. Mrs. Morton war darüber sehr empört. Außerdem machte er sich über Mr. Milward lustig.«

»Ein gottloser Mann, der an Geister glaubt. Darüber wundere ich mich nicht.«

»Ja. Er glaubt aber an das, was er sagt. Er hat es meinem Mann nie verziehen, daß dieser ihn einmal vor vielen Leuten bloßstellte. Gary konnte sehr grausam sein.«

Ihre Stimme erstarb, als ihr bewußt wurde, daß sie von einem Toten sprach.

»Und sonst noch jemand, Mrs. Holder?«

»Na ja. Dann gab es noch die Taylors von nebenan. Er haßte ihr Haus, das ihm die Aussicht versperrte. Er wollte es kaufen, aber sie gaben es nicht her.«

»Kein Mensch kann die gesegneten Geschenke der Natur besitzen. Ist das alles? Was ist mit dem Bauern, der dort oben an der Straße wohnt? Walker, oder?«

»Das weiß ich nicht genau. Gary lachte immer ein wenig über Walkers Arbeit. Er sagte, er sollte sich Geld leihen und seinen Hof mechanisieren; aber gestritten haben sie sich, glaube ich, nie. Ich kenne Mr. Walker kaum.«

Der Sergeant schloß sein Notizbuch und deutete dem Polizisten an, seinen Tee auszutrinken und sich startbereit zu machen. Der Polizist, der dem Gespräch mit leicht geöffnetem Mund gelauscht hatte, stürzte seinen längst vergessenen kalten Tee hinunter und war äußerst verwirrt. Sein Gesicht lief purpurrot an, was sich gar nicht mit der Farbe seines roten Haares vertrug.

Bei der Tür angelangt, drehte Rutherford sich noch einmal um und sagte gewichtig: »Ich kann Ihnen schon jetzt mitteilen, Mrs. Holder, daß ich beim Hauptquartier Unterstützung anfordern werde. Jeder Mord ist ein gemeines Verbrechen, und bei diesem hier liegen einige sehr merkwürdige Dinge vor, mit denen ein Mann vom C.I.B. besser fertig wird. Doch wir werden sicherlich der Wahrheit auf die Spur kommen und den Übeltäter bestrafen. Davon dürfen Sie überzeugt sein«, mit dieser offensichtlich drohenden Bemerkung ging er ab.

Einen Augenblick lang herrschte völliges Schweigen, dann sagte David: »Verity, schau nicht so drein. Es wird bestimmt alles in Ordnung kommen.«

Sie warf ihm einen traurigen, verzweifelten Blick zu. »Du warst am Samstag hier, nicht wahr?«

»Natürlich war ich hier – in der Hütte und am Strand. Aber du bist nicht gekommen.«

»Ich wollte nie mehr kommen. Ich hätte überhaupt nie kommen dürfen. Das war ein großer Fehler.«

»Ein Fehler – mich zu treffen und vielleicht zehn Minuten mit mir zu reden, mir zu sagen, wie er dich behandelte, und mir zu gestatten, dir ein paar tröstende Worte zu sagen? Oh, Verity, du brauchst dir wirklich keine Vorwürfe zu machen. Du hast immer die Grenzen gewahrt.«

»Aber ich habe dir erzählt, wie unglücklich ich war ... du hättest doch am liebsten ... am liebsten ...«

»... ihn umgebracht. O ja, ich hätte Gary gerne getötet, aber ich tat es nicht. Das glaubst du mir doch, oder?«

»Natürlich glaube ich dir. Ich weiß, daß du niemals jemandem etwas antun könntest. Aber David, man wird annehmen ...«

»... daß ich es war? Das weiß ich. Ich bin der Hauptverdächtige. Aber keine Angst, mein Liebes. Die Polizei verhaftet keine Unschuldigen.«

»Ich mag diesen Sergeant nicht. Ich habe Angst vor ihm. Er vermutet, daß wir . . .«

». . . daß es uns unangenehm ist, daß wir uns getroffen haben? Schon möglich, aber aus diesem Grund kann man mich nicht verhaften. Und der Detektiv, der noch kommen wird, ist sicherlich ein klügerer Mann. Du darfst nicht glauben, daß . . .«

In diesem Augenblick hörten sie Paulines Stimme: »Wir essen in der Küche. Anthony sagt, daß das zwar nicht fein sei, aber seinem schönen Omelette zuliebe will er eine Ausnahme machen. Ihr müßt sofort kommen. Er ist ein sehr eingebildeter Koch.«

Während des Essens zeigten alle eine ziemlich gekünstelte Fröhlichkeit, und jeder war froh, als es vorüber war. Während Pauline das Geschirr abräumte, blickte sie zum Fenster hinaus und sagte: »Da ist dieser widerliche, alte Schiffer und gräbt in deinem Garten herum, Verity.«

»Dibble? Ja, er war heute früh schon einmal hier, aber dann hat ihn die Polizei anscheinend verscheucht. Er kam früher oft hierher und brachte mir Seegras zum Düngen und so weiter; aber dann stritt er sich mit Gary, und seither ist er nicht mehr erschienen.«

Schon wieder ein Streit, dachte Pauline. Die Polizei würde zweifellos eine große Auswahl an Verdächtigen haben. Anthony blickte zum Fenster hinaus und bemerkte: »Ich kann Ihren Mann eigentlich nicht verurteilen: dieser unangenehme, alte Teufel, der Hexendoktor. Was für merkwürdige Nachbarn Sie doch haben, Verity.«

»Vergessen Sie nicht, daß Sie ihn wegen Ihres bösen Knies aufsuchen wollten«, sagte Pauline gehässig, worauf er sie mit gelangweilter Geduld anblickte.

»Aber natürlich, mein Kind. Was bei einer Katze möglich ist, ist sicherlich auch für mich gut. Aber ihr habt hier wirklich eine Sammlung von Raritäten, Verity. Selbst diese liebenswürdige Mrs. Morton mit ihren Katzen, die von jedem Baum herunterfauchen.«

»Aber an Mrs. Morton ist nichts Merkwürdiges außer ihrer Vorliebe für Tiere. Sie war zu mir immer äußerst lieb und hilfsbereit. Ich weiß nicht, wie ich das alles überstanden hätte . . .« Dann unterbrach sie sich plötzlich. Beinahe hätte sie gesagt: »Die ganzen Jahre mit Gary.«

Pauline sagte hastig: »Und was für ein Mensch ist dieser Farmer, der David das Pferd leiht? Ich fand ihn ziemlich ungefällig«, und dann erzählte sie erneut die Geschichte, die sich im Hotel zugetragen hatte.

»Das war häßlich von ihm«, gab Verity zu, »aber es heißt, daß er keine Frauen mag. Er ist nicht verheiratet, doch in seinem Leben gab es einmal eine ziemliche Tragödie ...«

»Hoffentlich hat ihn eine Frau sitzengelassen«, sagte Pauline höhnisch.

»Nein, das war es nicht. Es ging um seine Schwester. Sie ist ertrunken, was äußerst seltsam erschien, da das Meer ganz ruhig war und sie gut schwimmen konnte. Ich habe nie viel davon erfahren. Das passierte, bevor ich hierher kam. Aber ich glaube, daß er deshalb ziemlich unglücklich und mürrisch ist.«

»Na also, stimmt doch. Eine merkwürdige Sammlung. Ein Hexendoktor, eine Tiernärrin, ein merkwürdiger alter Schiffer und ein in Geheimnissen brütender Farmer. Trotzdem, Verity, so interessant ich das Studium Ihrer Nachbarseelen auch finden mag, ich muß jetzt in die Stadt fahren. Der Zustand meiner einzigen Hose verlangt es; obwohl der Anblick des bis in die Knie im Sumpf eingesunkenen Rutherford zweifellos dieses Mißgeschick wettgemacht hat, noch dazu, wo sich nicht ein einziger Fluch seinem Munde entrang.«

Verity lächelte. »Ja, Sie werden etwas brauchen, während ich diese Hose reinige. Pauline, warum fährst du nicht mit? David muß zu seiner Hütte zurück, und diesmal werde ich wirklich schlafen gehen. Ich war schon seit einer Woche nicht mehr in der Stadt, und es gibt eine ganze Liste von Besorgungen zu erledigen. Außerdem kannst du Anthony bei der Wahl einer eleganten Hose behilflich sein.«

»Was das anbetrifft, so wird er mich bestimmt nicht fragen. Er weiß doch immer alles am besten. Aber ich werde deine Einkäufe besorgen, Verity. Ich weiß, wie Männer derartige Dinge erledigen.«

»Und was Frauen für Komplimente machen«, fügte Anthony

hinzu. »Also schön, ich werde Sie eben ertragen müssen. Mein Wagen steht nicht weit von hier. Ich hole ihn. David, gehst du schon?«

»O ja, er muß gehen«, sagte Verity hastig, wobei ihre Stimme durchblicken ließ, daß er nicht wiederkommen sollte. Doch dann ging sie mit ihm zur Türe, und die anderen hörten sie sagen: »Nein, nicht am Strand. Nirgends, David. O bitte, frag mich nicht . . .«

Als sie zurückkam, sagte sie zu Anthony: »In dieser Hütte ist zu wenig Platz für zwei Männer. Bleiben Sie doch hier. Pauline und ich würden Sie gerne bei uns behalten.«

Anthony zögerte. »Ich hatte an das Hotel gedacht«, sagte er, »aber wenn Sie so liebenswürdig sind . . . also dann, vielen Dank, Verity. Ich werde auf jeden Fall die Aufgabe eines Wachhundes übernehmen.«

»Als ob wir einen bräuchten«, fügte Pauline unnötigerweise hinzu und ging die Treppe hinauf, um ihr einziges hübsches Kleid anzuziehen. Der Gedanke an diese Expedition nach Willesden – dieser Kleinstadt, die ihr gestern noch als der traurigste Ort der Welt erschienen war – erfüllte sie mit freudiger Neugier.

6. Kapitel

Sie gingen am Polizeirevier vorbei. Durch das Fenster konnten sie den beim Telefon sitzenden Sergeanten erkennen.

»Zitiert wahrscheinlich gerade den größten und besten Detektiv herbei«, kommentierte Anthony. »Jetzt werden wir ihn endlich mit diesen Typen in Kriminalromanen vergleichen können. Ob er Pfeife raucht und einen Helfershelfer namens Watson hat? Ob er stillsitzt und seine kleinen, grauen Zellen arbeiten läßt? Oder ob er vielleicht strickt – bisher gibt es noch keinen strickenden Detektiv, aber vielleicht werden wir einen haben – möglicherweise ist er ein Liebhaber von klassischen Zitaten und macht immer leichte Anspielungen auf seine adelige Abstammung. Aber, das alles werden wir bald sehen.«

»Ich begreife nicht, wieso Sie sich über das alles nur lustig machen können. Das ist entsetzlich.«

»Aber vielleicht etwas weniger entsetzlich, wenn man die Dinge nicht ganz so tragisch nimmt.«

»Einen Mord kann man nicht auf die leichte Schulter nehmen.«

»Ich kann alles auf die leichte Schulter nehmen, selbst charmante Mädchen, die plötzlich völlig kopfscheu geworden sind.«

»Ach was, es hat überhaupt keinen Sinn, mit Ihnen zu sprechen. Heute früh waren Sie vernünftig, aber jetzt ...«

»Ich habe mich von meinem momentanen Versagen erholt und bin wieder vernünftig geworden. Da sind wir. Jetzt geht jeder von uns seiner Wege, und dann treffen wir uns wieder im Pub zu einem Drink.«

»Ich dachte, Sie wollten meine Meinung hören über elegante Herrenkleidung?«

»Ich werde mich alleine durchschlagen und Ihnen das Ergebnis vorführen – ein schauerliches, wenn man sich diese Geschäfte ansieht.«

Pauline ließ sich mit ihren Einkäufen Zeit. Sie machte einen Spaziergang durch die kleine Stadt und zeigte sich sehr interessiert, als sie einen großen Gebäudeblock sah, über dessen Haupteingang der Name »Holder's Buildings« stand. Da fiel ihr Dibbles Bemerkung wieder ein, daß dem toten Mann die halbe Stadt gehört habe. Aber ganz abgesehen davon, schien niemand darin den Tod des wichtigsten Bürgers zu bedauern. Es herrschte nur überall eine Atmosphäre von unterdrückter Aufregung, und manchmal konnte Pauline irgendwelche Bemerkungen verstehen. »Angeblich ermordet worden.« »Eins über den Kopf gehauen.« Dann wieder eine hohe, weibliche Stimme: »Das wird kaum jemanden bekümmern. Aber seine arme, kleine Frau ...«, darauf der Kommentar eines Mannes: »Irgendein Kerl, den er tyrannisierte, hat es ihm gegeben.« Kurzum, es stand außer Zweifel, daß dem verstorbenen Gary Holder nicht nachgetrauert wurde.

Als Pauline ihre Einkäufe getätigt hatte, ging sie zu dem Hotel zurück, in dem sie Anthony treffen sollte. Er mußte sehr lange dazu gebraucht haben, eine Hose zu finden, denn er war noch nicht erschienen. Pauline ging wieder hinaus und blickte gelangweilt in die Auslage des Grundstücksmaklers, die sich neben dem Hotel befand. Darin waren die üblichen Vorstadthäuser und einige Farmhäuser zum Verkauf angeboten; inmitten von anderen Fotos entdeckte sie das Haus, das neben Veritys lag. Taylor hatte sich schließlich also doch zum Verkauf entschlossen. ›Dieses zauberhafte Wochenendhaus mit wunderschönem Blick . . .‹ Wie sehr hätte sich Gary Holder darüber gefreut. Vermutlich wäre er der erste Interessent für dieses Haus gewesen, das ihn so geärgert hatte.

Sie schaute gerade das Foto an, als der Makler herauskam und sie untertänig begrüßte; vermutlich war er der Meinung, eine Kundin vor sich zu haben. »Wollen Sie sich hier niederlassen, Miss? Ich habe eine hübsche Auswahl an Häusern zum Verkauf.«

»Nein. Ich bin nur auf Besuch hier. Ich sah mir eben das Foto dieses Häuschens an. Das ist doch das neben dem von Mr. Holder, nicht wahr?«

»Richtig. Gehört Mr. Taylor von der High School. Hatte es erst seit einigen Tagen im Fenster, und jetzt hat er plötzlich seine Meinung geändert. Rief mich gerade an und will den Verkauf rückgängig machen. Komischer Kauz, der so schnell seine Meinung ändert.«

»Für Sie ärgerlich.«

»Derartige Dinge geschehen immer in einem solchen Beruf. Kannten Sie vielleicht Mr. Holder, Miss? Eine schreckliche Geschichte, nicht wahr?«

»Ja, furchtbar. Nein. Ihn selbst kannte ich nicht, aber seine Frau.«

»Das ist eine wirkliche Dame. Ich hörte erst vor einer Stunde die Nachricht über Gary. Es heißt, er sei ermordet worden; aber das Volk behauptet einfach etwas, weil Gary nicht beliebt war. Ein sehr erfolgreicher Bursche, aber niemand mochte ihn. Na ja, dann muß ich eben das Foto aus dem Fenster nehmen, nachdem Mr. Taylor seine Meinung geändert hat.«

Pauline warf ihm noch ein »guten Morgen« zu und ging dann zum Hotel zurück. Anthony kam gerade aus einem gegenüberliegenden Gebäude heraus; wie sie bemerkte, handelte es sich nicht um eine Schneiderei oder um ein Herrenbekleidungsgeschäft, denn über dem Haus stand die Aufschrift »Mines and Survey« (Bergbauforschung). Vielleicht mußte er im Zusammenhang mit seinem Bericht irgendeinen heiklen Punkt klären. Aber warum konnte er das nicht sagen? Er war wirklich ein seltsamer und ausweichender Mensch. Für ein paar Stunden heute früh und ein- oder zweimal gestern abend hatte sie das Gefühl gehabt, ihn gut zu kennen und ihm zu vertrauen. Jetzt war er schon wieder dieser ermüdende, zynische junge Mann, den sie flüchtig gekannt und nie gemocht hatte.

Er holte sie auf dem Gehsteig ein und führte sie zum Hotel. Als sie auf ihren Drink warteten, zündete er ihr eine Zigarette an und fragte liebenswürdig: »Alle Einkäufe getätigt? Vermutlich keine sehr große Auswahl, trotzdem sah ich Sie weiter unten auf der Straße vertieft in eine Auslage blicken.«

»Die war nur von einem Grundstücksmakler. Ich mußte mir die Zeit vertreiben, bis Sie endlich erschienen, und entdeckte ein Foto von dem Haus, das neben Veritys steht. Taylor ist anscheinend Lehrer.«

»Wie interessant. Der verstorbene Gary konnte ihn also tatsächlich zu einem Verkauf überreden? Nur schade, daß er diesen Triumph nicht mehr selbst auskosten kann.«

»Der wäre nur von sehr kurzer Dauer gewesen. Der Makler war nämlich ziemlich verärgert, weil Taylor eben sein Verkaufsangebot zurückgezogen hatte.«

»Ich vermute, daß er glaubte, das Glück endlich auf seiner Seite zu haben, als er von unserem kleinen Mord hörte. Wahrscheinlich nimmt er an, daß er nun friedlichere Nachbarn bekommt. Jeder scheint sich über diese gute Nachricht zu freuen.«

»Wenn Sie nur nicht immer alles so ins Lächerliche ziehen wollten. Wie waren Ihre Einkäufe? Ich sehe kein Paket.«

»Meine Einkäufe?« Einen Augenblick lang schaute er etwas verlegen, dann sagte er schnell: »Ach, Sie meinen die Herrenhose für das Begräbnis? Die muß ich noch besorgen.«

»Ich habe den Eindruck, das hatten Sie völlig vergessen.«

»Meine Liebe, Sie glauben aber auch alles. Wie könnte ein Gentleman je seine Hose vergessen? Ich muß leider sagen, daß Sie keine sehr freundliche Art haben.«

»Mir auch egal. Auf jeden Fall glaube ich, daß Sie nicht deswegen hierhergekommen sind.«

»So, glauben Sie? Schade, daß Sie so mißtrauisch sind. Ah, hier sind unsere Drinks.«

Lloyd, der Wirt, brachte höchstpersönlich die Getränke auf einem Tablett. Er strahlte, als er Pauline wiedererkannte, und war offensichtlich sehr daran interessiert, sämtliche Details der gestrigen Abenteuer zu erfahren. Wieviel wohl schon durchgesickert war? Er begann hoffnungsvoll: »Ich nehme an, daß Sie von dieser scheußlichen Sache nichts gemerkt haben, Miss? Für eine junge Dame wäre das nicht sehr erfreulich.«

Anthony grinste mehrdeutig bei dieser verschleierten Anspielung auf den Mord und sagte: »Ach, wissen Sie, Leichen sind für uns in der Stadt etwas ganz Alltägliches, darüber regt man sich nicht mehr auf. Miss Marshall geht es ausgesprochen hervorragend.«

Den Wirt hatten diese Worte ziemlich schockiert. Trotzdem wollte er noch einige Fragen stellen. Doch Anthony ließ ihm dazu keine Gelegenheit und sagte liebenswürdig: »Sie scheinen heute nachmittag sehr viel zu tun zu haben. Gutes Geschäft und so weiter.«

»Na ja, Sie wissen schon, wie das ist nach einer derartigen Neuigkeit. Jeder will darüber reden, und dafür ist eine Bar natürlich der geeignete Ort, nicht wahr? Mr. Holder war ein sehr wichtiger Mann; und jeder ist ziemlich schockiert. Ziemlich schockiert.«

»Und die ganze Stadt verleiht dieser Angelegenheit die richtige Atmosphäre – in Ihrer Bar. Eine sehr gute Idee.«

»Ja. Ich bin ziemlich beschäftigt. Außerdem haben wir eben erfahren, daß wir für die Stadtpolizei zwei Zimmer herrichten müssen.«

»Na. Das ist ja schon die nächste Aufregung. Nur keine Langeweile.«

»Das stimmt. Die werden jeden Augenblick hier sein. Der Sergeant rief eben an und sagte, es könne sein, daß sie erst am späten Nachmittag kämen, vielleicht aber auch schon am frühen. Ein sehr gewichtiger Inspektor namens Wright und noch ein zweiter Bursche. Wahrscheinlich, um zu fotografieren und Fingerabdrücke zu machen, und so weiter.«

Lloyd war offensichtlich sehr aufgeregt. Seine Augen erglänzten bei dem Gedanken an jene wichtigen und geheimnisvollen Männer. Anthony sagte freundlich: »Na, dann wollen wir Sie nicht länger aufhalten«, und widmete sich seinem Drink. Nachdem der Wirt verschwunden war, äußerte er sich bedauernd: »Ein Versuch, jemandem schreckliche Informationen über die Entdeckung einer Leiche herauszulocken. Gut, daß sie noch nicht wissen, daß Sie ihn entdeckt haben. Was glauben Sie, wie man Sie bedrängen würde. Der Kerl hat Polypen. Er schnaufte richtig vor Erregung – und das direkt an meinem Hals.«

»Wright«, wiederholte Pauline nachdenklich. »Von dem hab' ich schon einmal etwas gehört.«

»Wie klug Sie doch sind. Sein Name steht bei jedem wichtigen Fall in der Zeitung. Kein sehr außergewöhnlicher Mann, aber er scheint immer den Mörder zu finden.«

»Den Mörder zu finden. Wie scheußlich das klingt. Dabei schüttelt es mich direkt.«

»Das kommt daher, weil Sie so eine empfindsame Blume sind. Was soll daran scheußlich sein. Vielleicht etwas melodramatisch. Versuchen Sie doch, etwas weniger empfindlich zu sein.«

»Ich bin überhaupt nicht empfindlich«, gab die schwergeprüfte Pauline zur Antwort. »In Anbetracht der Dinge, die ich durchgemacht habe, bin ich noch sehr ruhig.«

»Vierundzwanzig Stunden voller Ereignisse. Fragwürdiges Benehmen während der Nachtwache – laut unserem Sergeanten –, dann Entdeckung einer Jugendfreundin und Gespielin, die gleichzeitig die Geliebte des Bruders ist. Soll ich fortfahren?«

»Nur, wenn Sie ein Selbstgespräch führen möchten«, rief Pauline aus und stand so hastig auf, daß sie zu ihrem Ärger auch noch einen Aschenbecher umwarf. »Ich habe genug von Ihrer blöden Konversation.«

»Noch kein Grund, um das Mobiliar zu zerstören. Außerdem trinken Sie bitte Ihr Glas aus. Ich hasse Verschwendung. Und jetzt kommen Sie, wir fahren zu Ihrer Freundin Verity und zu ihrem unheimlichen Haus zurück.«

»Und was wird aus Ihrer Hose?«

»Meine Liebe, immer wieder dieselbe Leier. Gestern abend waren es Mangroven, heute sind es Hosen. Aber wenn Ihnen schon so viel an der Hose liegt, dann gehen wir eben jetzt noch eine kaufen.«

»Wenn Sie glauben«, sagte Pauline mit übertriebener Ruhe, »daß Sie mich mit Ihrem kindischen Benehmen ärgern können . . .«, dann hielt sie inne, als sie Anthonys spöttisches Lächeln entdeckte.

In dem Geschäft war er äußerst zuvorkommend; er war bereit, alles zu nehmen, was ihm angeboten wurde. Doch in dem Augenblick, als der Kauf beinahe getätigt war, drehte er sich zu ihr um und sagte: »Schau nicht so drein, mein Liebes. Ich sehe, daß sie dir nicht gefällt.« Dann zum Verkäufer gewandt: »Wissen Sie, meine Freundin hat einen sehr eigenwilligen Geschmack. Sie mag vor allem keine lauten Farben. Wenn Sie vielleicht etwas in Grau oder in Marineblau hätten . . .«

»Sehr wohl, mein Herr, ich verstehe. Mein Fräulein«, dabei wandte er sich der wütenden Pauline zu, »wie gefällt Ihnen Ihr junger Herr darin?«

Pauline gab einen erstickten Laut von sich, blickte auf den amüsierten Anthony und fühlte, wie ihr Zornestränen in die Augen stiegen. Es gelang ihr, mit schwacher Stimme zu sagen: »Ich glaube, die wäre nicht schlecht.« Sie war sehr froh, als er das Paket in Empfang nahm.

Aber das Schlimmste kam erst, als Anthony beim Verlassen des Geschäftes noch gesprächig meinte: »Vielen herzlichen Dank. Genau das Richtige für die gerichtliche Untersuchung und das Begräbnis«, woraufhin der Verkäufer ihnen mit offenem Mund nachstarrte.

»Um Himmels willen, warum müssen Sie sich wie ein Narr benehmen?« fragte Pauline beleidigt, wobei sie auf sich selbst böse war, weil sie beinahe gelacht hätte. »Wie kann man nur so etwas sagen. Der Mann war echt bestürzt.«

»Es gefiel ihm aber auch. Es dämmerte ihm eben, daß wir der Herr und die Dame sein müßten, die mit dem Lokalmord etwas zu tun haben. Er ist in höchster Aufregung und wird sofort zum Gemüsehändler hinüberlaufen, um ihm die Neuigkeit zu berichten. Das wird heute sein großer Tag. Es macht mir einfach Spaß, Freude zu verbreiten, wo immer ich hingehe. Außerdem wollte ich schon immer über meine ›Freundin‹ reden. Ich finde, das ist ein so bezaubernder Ausdruck.«

»Oh. Sie sind wirklich hoffnungslos. Es hat keinen Sinn, von Ihnen etwas Vernünftiges zu erwarten.«

Doch auf dem Heimweg konnte sie einer kleinen Attacke nicht widerstehen. »Ich glaube, Sie sind ganz schön hinterlistig. Sie hatten irgendeinen persönlichen und privaten Grund, hierherzukommen. Dieses ganze Gerede über Ihr Knie. Sie sind den ganzen Nachmittag nicht ein einziges Mal gehumpelt.«

»Weil ich eben sehr tapfer bin.«

»Und was die Hose anbetrifft, so war das bestimmt nicht der Grund, warum Sie in die Stadt mußten.«

»Sie müssen mir zugute halten, daß ich bescheiden bin. Und eine Hose ist für mich einfach etwas Selbstverständliches und Notwendiges.«

»Sie brauchen sich auch gar nicht zu bemühen, komisch zu sein. Das geht mir auf die Nerven.«

»Immer diese Nerven ... darf ich übrigens hinzufügen, daß mich die besten und einflußreichsten Leute als äußerst witzig bezeichnen. Ich brauche nur ein Zimmer zu betreten, und schon stöhnen alle vor Lachen und Heiterkeit, und es heißt, daß ...«

»Jetzt habe ich aber genug von Ihren Lügen. Ich habe das Gefühl, daß Ihre Anwesenheit hier ziemlich mysteriös ist. Da gibt es etwas, was Sie der Polizei verheimlicht haben.«

»Mein liebes Kind, Ihre lebhafte Phantasie überrascht mich. Sie sollten eigentlich mit dem Heiler eine Partnerschaft eingehen. Ihr würdet zusammen weit kommen mit euren Vermutungen und Theorien, die niemand angreifen dürfte ...«

»Schon wieder diese Angeberei. Außerdem, nennen Sie mich bitte nicht ›Ihr Kind‹.«

»Tatsächlich? Sie überraschen mich. Vermutlich ein Fall von stehengebliebener Entwicklung.«

Nach dieser Bemerkung verlief die restliche Fahrt in völligem Schweigen.

Verity saß in ihrem Schlafzimmer und starrte auf das prachtvolle Meer und die Felsen vor ihrem Fenster. Doch sie nahm nicht das geringste auf. Sie hatte zwar versucht, sich auszuruhen, aber es war ihr nicht gelungen. Pauline sagte: »Komm und schau, ob ich alles richtig besorgt habe. Dann mache ich uns etwas Tee. Ich finde einen Ausflug mit Anthony äußerst anstrengend.«

»Wirklich? Aber er ist doch so liebenswürdig und zuverlässig.«

Pauline rümpfte die Nase, doch sie gab sich damit zufrieden, nur über die Geschäfte zu sprechen, und endete mit den Worten: »Ich sah eine Anzeige über das Haus nebenan.«

Verity blickte überrascht auf. »Das Haus der Taylors? Soll das heißen, daß sie es jetzt doch verkaufen?«

»Das hatten sie vor. Der Makler sagte, sie hätten ihn vor ein paar Tagen dazu beauftragt, aber jetzt haben sie den Auftrag wieder rückgängig gemacht. Merkwürdig, nicht wahr? Er ist Lehrer, stimmt das? Was ist er für ein Mensch, Verity?« Wenn sie nur dieses Mädchen zum Sprechen bringen könnte, dachte sie, als sie den Kessel aufsetzte.

»Ein ganz normaler Mann. Meistens sehe ich ihn nur vom Fenster aus, wenn er im Garten arbeitet und aus und ein geht. Groß, grauhaarig und gutaussehend, wie ein typischer Lehrer.«

»Genau«, sagte Anthony. »Befehlshaberisches Auftreten. Adlerauge. Gebieterisch. Regiert über seine kleine Welt und kommandiert seine Frau.«

»Letzteres nicht unbedingt«, sagte Verity und lächelte ein wenig. »Sie scheinen sich sehr zu mögen; ich bin davon überzeugt, daß er sie nie herumkommandiert.«

»Und wie ist sie?« fragte Pauline, als sie gerade den Tee aufgoß, obwohl sie das Ganze gar nicht interessierte. »Der hübsche, charmante Typ? Damit kann man die meisten Männer einwickeln.«

»Ja, ziemlich. Viel jünger als er und sehr hübsch, mit diesem herrlichen, englischen Teint und typisch englischer Stimme. Ich glaube nicht, daß sie schon sehr lange hier sind. Er erzählte jemandem, daß dies seine erste Erfahrung mit einer neuseeländischen Schule sei.«

»Und zweifellos nicht mit einer besonders hervorragenden. Übrigens, hier ist die Hose, wegen der Pauline so ein Theater veranstaltet hat. Sie ist entsetzlich wählerisch. Ich, für meine Person, hätte alles genommen, aber sie wollte unbedingt, daß ich schön und elegant aussehe.«

Diesmal ließ sich Pauline nicht hochnehmen. Als sie den Tee getrunken hatten, sagte sie: »Laß uns einen Spaziergang machen, Verity, bevor es zu spät wird. Vielleicht können wir dann besser schlafen.«

»Aber ohne mich«, antwortete Anthony prompt, »ich bin völlig erschöpft nach diesem Einkaufsbummel mit Pauline.«

Die beiden Mädchen gingen über die Weiden hinunter zur Totenbucht. Der Wintertag ging zu Ende, und die letzten Sonnenstrahlen bestrahlten die grünen Weiden und die dunkelgrünen, für diese Landschaft so charakteristischen Bäume. Pauline meinte: »Wie schön, daß sie die nicht fällen. Sind das Mrs. Mortons Pferde da drüben? Wie glatt und zufrieden sie doch aussehen.«

»Sie verwöhnt sie auch ungemein. Ich glaube, sie verwöhnt jeden, mit dem sie etwas zu tun hat. Die Leute lieben sie – außer Gary, natürlich.«

Ihr Ton war sehr sachlich. So konnte man doch niemals von einem Mann reden, dachte Pauline, den man wirklich geliebt hat, noch dazu, wenn dieser eines grausamen Todes gestorben war. Sie zuckte zusammen und blickte die Bucht entlang. In der Ferne konnte sie Davids Hütte entdecken, doch das Bootshaus war durch einige Bäume auf ihrer Seite der Bucht versteckt. Ob die Leiche noch dort war? Sie schauderte bei dem Gedanken daran, und doch kehrten diese immer wieder zum Schauplatz zurück. Ob sie die Leiche dort lassen würden, bis der Detektiv aus der Stadt mit seinem Fotografen und den ganzen Geräten erschien, um den Mord zu klären?

Während sie ihren Gedanken nachhing, hörte sie plötzlich Stimmen und sah eine kleine Gruppe von Männern über die Weide auf sie zukommen. Sie waren zu fünft, angeführt von Sergeant Rutherford, der sehr ernst zu einem großen, dunkelhaarigen Mann mit einem wachen Blick hinredete. Etwas hinter ihm, auf der anderen Seite, folgte ein Mann, den Verity – mit einem Unterton in der Stimme – als den Landarzt bezeichnete. Hinter ihnen trottete der rothaarige Polizist und noch ein Fremder; beide waren mit einer Kamera und einem anderen Instrument bewaffnet. Der auserwählte Detektiv aus der Stadt, über den David sich lustig gemacht hatte, hatte sich offensichtlich ziemlich beeilt.

Als sie an die beiden Mädchen herankamen, grüßte der Arzt Verity und sprach ihr sein Beileid aus; anschließend stellte er ihr den Detektiv, Inspektor Wright, vor. »Und das ist Sergeant Collins, der den Inspektor hergefahren hat«, und – so dachte Pauline – dessen Aufgabe es ist, die Leiche des armen Mannes zu fotografieren, Fingerabdrücke zu nehmen und die gesamten knechtlichen Arbeiten zu verrichten, während der große Detektiv nach Anhaltspunkten jagt.

Wright unterhielt sich mit Verity auf sehr taktvolle und mitfühlende Art, dann wandte er sich Pauline zu. »Die junge Dame, von der ich Ihnen bereits erzählte, Sir«, sagte Rutherford geheimnisvoll, wobei sich Pauline gut vorstellen konnte, was er von ihr gesagt hatte. Wahrscheinlich: »Das ist die, die die Leiche gefunden hat, und was sie mit dem jungen Irving sonst noch in der Hütte getrieben hat, ist nicht meine Aufgabe, festzustellen.« Doch Wright schien nicht der Mann zu sein, der sich für derartigen Tratsch besonders interessierte.

Wright blickte Pauline freundlich und mitfühlend an, dann sagte er: »Der Sergeant glaubt, daß er uns jetzt hinüberbringen kann, vermutlich mit Hilfe eines Bootes, das sie herüberschicken; aber ich glaube, wir sollten besser zu Fuß weitergehen«, worauf die fünf Männer in die Dämmerung hinein davonschritten. Pauline schauderte. Was für eine entsetzliche Aufgabe, und dabei hatte Wright ganz normal und freundlich ausgesehen.

»Sie werden enttäuscht von ihm sein«, erzählte sie Anthony nach ihrer Rückkehr, bei der sie den jungen Mann in ein Buch vertieft vorfanden. »Er ist genauso wie jeder normale Mensch. Kein theatralisches Gehabe, und so weiter.«

»Das ist aber wirklich zu schade. Aber es muß schließlich auch solche Detektive, abgesehen von dieser ›Wer-war-es-Kategorie‹, geben«, antwortete er gelangweilt und wandte sich wieder seiner Lektüre zu.

Seine Lässigkeit ärgerte Pauline. Ihrer Meinung nach sollte er wirklich etwas mehr unter dieser angespannten und tragischen Situation leiden.

»Jeder würde glauben, daß Sie hier eine herrliche Urlaubswoche auf dem Lande verbringen«, beklagte sie sich, als die beiden einen

Augenblick lang allein waren, »und sich nicht im Hause eines Ermordeten befänden.«

»Mein liebes Mädchen, müssen Sie denn so dramatisch sein? Was soll ich denn tun? Um Verity herumschwenzeln und ihr somit das Ganze noch mehr vor Augen halten? Was meinen Aufenthalt hier anbetrifft, so ist der alte Gary schließlich für immer aus dem Haus – wenn dies nicht der Fall wäre, hätte er uns vermutlich nicht sehr willkommen geheißen. Er scheint ja nicht gerade ein sehr menschenfreundlicher Typ gewesen zu sein.«

Sie zuckte die Achseln und mußte ihm recht geben. Er mochte zwar ermüdend und gefühllos sein, aber sein Benehmen verminderte zweifellos die allgemeine Spannung. Die Tragödie schien ihn keineswegs erschreckt zu haben; er senkte weder seine Stimme noch veränderte er sein Benehmen, wenn er mit Verity sprach. Er benahm sich einfach, als ob überhaupt nichts Ungewöhnliches oder Schreckliches geschehen wäre.

Und genau dieses Benehmen brauchte Verity anscheinend. Als die Mädchen das Abendessen bereiteten, sagte Verity plötzlich: »Anthony ist eine solche Hilfe. Er ist so anspruchslos und hilfsbereit. Er denkt immer an kleine Dinge, die vielleicht nützlich sind, und erledigt alles ohne großes Gerede.«

»Wirklich? Das habe ich noch gar nicht bemerkt«, antwortete Pauline mürrisch, doch dann schämte sie sich etwas. Solange Anthony sich um Verity kümmerte, war es völlig gleichgültig, wie sehr er ihr auf die Nerven ging. Schließlich hatte sie nichts anderes als einen Schock erlitten, und ihre übertriebene Angst um David kam daher, weil sie immer noch unter diesem Schock litt. Jegliche Gefahr bestand nur in ihrer Einbildung und Phantasie. Wenn sie nur schlafen könnte und vergessen . . .

Anthony hatte ihren Nervenzustand anscheinend erkannt, denn als die drei etwas später schwerfällig überlegten, ob sie jetzt zu Bett gehen sollten, ging er plötzlich hinaus, um mit einer kleinen Flasche wiederzukehren. »Ich habe geschnüffelt«, sagte er heiter, »habe Ihren Medikamentenschrank durchstöbert, Verity, und diese Schlaftabletten gefunden. Die harmlosen, und ich glaube, daß ihr beide die heute nacht brauchen könnt. Und früh zu Bett. Jetzt bitte kein Protestieren, keine losen Bemerkungen darüber, daß man dieses Zeug nicht nimmt, Pauline. Onkel Anthony übernimmt jetzt das Regiment.«

»Ein sehr gebieterischer Onkel«, brummelte sie, doch irgendwie fühlte sie sich ruhiger. Schließlich nahm sie die Tabletten, und ihr Kopf hatte noch kaum das Kissen berührt, als sie bereits in einen tiefen Schlaf des Vergessens gesunken war.

7. Kapitel

Es wurde schon spät, und die Dunkelheit war bereits hereingefallen, als die Polizisten immer noch auf dem Weg zu Davids Hütte waren. Das Wasser war gerade noch genügend hoch, um das Kanu benützen zu können, doch weiter unten mußte noch ein unangenehmes Stück Sumpf durchquert werden. David kam heraus, um sie zu begrüßen; sogar der Anblick der Polizei erleichterte ihn, denn er war ihm endlos erscheinende Stunden allein gewesen, in denen seine Gedanken stets um die Leiche jenes Mannes, den er so gehaßt hatte, gekreist waren.

Nachdem Rutherford ihm Wright vorgestellt hatte, wurde nicht mehr viel Zeit mit langen Gesprächen vergeudet. »Ich werde mir schnell den Sachverhalt ansehen und Sie anschließend bitten, Doktor, eine erste Untersuchung vorzunehmen. Dann kann Collins seine Fotos und Fingerabdrücke machen. Unten bei der Bucht wird ein Boot warten; außerdem lassen wir ein zweites heraufschicken, um die Leiche abzuholen, sobald genügend Wasser vorhanden ist.« Ohne noch mehr Worte zu verlieren, ging er schnell in Richtung Bootshaus. Der Arzt und der Sergeant folgten ihm mit langsameren und schwerfälligeren Schritten.

»Sehen Sie sich diese Hufspuren an, Inspektor«, sagte Rutherford, hob die Säcke hoch und zeigte düster, aber genießerisch auf die noch genau erkennbaren Spuren.

Wright gab keinen Kommentar ab, folgte aber den Markierungen bis dorthin, wo die Flut sie weggewaschen hatte.

»Es besteht kein Zweifel darüber, daß ein Pferd hier war – aber ob das etwas mit dem Mord zu tun hat, ist natürlich eine andere Frage. Wir werden die Spuren wieder zudecken, Sergeant, und sie später noch einmal unter die Lupe nehmen. Aber jetzt möchten der Doktor und ich diesen Bootsschuppen sehen, bevor es ganz finster ist.«

Es war bereits finster genug in diesem verfallenen Schuppen, und der Inspektor ließ den Strahl einer Taschenlampe an den spinnwebenverhängten Wänden entlanggleiten, bis er bei einem Mann stehenblieb, der ausgestreckt im Boot lag. Wright ging zusammen mit dem Arzt näher an die Leiche heran, wobei er die Spinnennetze zur Seite schieben mußte; dann stieß er einen Schrei des Abscheus aus, als ihm eine Spinne auf die Schulter fiel. Während der Arzt eine erste, flüchtige Untersuchung vornahm, stand Wright schweigend da und betrachtete das sich ihm bietende Bild, bis der andere sich aufrichtete und sprach.

»Wie der Sergeant bereits sagte – der Bursche wurde nicht hier getötet. Die Leiche wurde einige Zeit nach Eintreten des Todes hierhergebracht. Mehr kann ich im Augenblick nicht sagen, aber eine Wunde wie diese hätte viel mehr Blut hinterlassen. Ich frage mich nur, was dieser Teufel von Mörder hier mit der Leiche wollte.«

»Und die Waffe?«

Der Arzt zuckte leicht die Schultern. »Von einem Schürhaken bis zu einem Holzscheit ist alles drin, man muß die Obduktion abwarten.« Mit diesen Worten ging er hinaus und war froh, wieder an die frische Luft zu gelangen. Wright blieb auf seinem Platz stehen, seine Augen wanderten langsam und nachdenklich rund um den Schuppen, gelegentlich notierte er sich etwas in seinem kleinen Buch, dann wandte er sich abrupt dem wartenden Collins zu.

»So, Collins. Alles Weitere hier ist Ihr Werk. Der Polizist wird Ihnen helfen. Ich schaue mir noch einmal diese Pferdehufspuren an. Kommen Sie, Sergeant?«

Rutherford ging mit ihm in Richtung Bucht, als Wright plötzlich stehenblieb und leise sagte: »Hallo, was ist denn das?«

Es war ein Strohbündel, das aus dem Sumpf herausschaute. Der Sergeant blickte es betrübt an, da es sich dabei um keinen interessanten Hinweis handelte. »Sieht aus wie ein Stück einer Verpakkung.«

»Das vermute ich auch, aber wir werden Marshall fragen, wie das hierhergekommen ist. Nicht unbedingt wichtig, denn es gab genügend Zeit, um alles fortzuräumen, falls etwas hier gelegen haben sollte, was ich noch sehr bezweifle.«

»Wie meinen Sie das?« fragte der Sergeant und folgte seinem Vorgesetzten von Hufspur zu Hufspur.

»Ich meine, daß irgendwelche Vorstellungen zwar noch verfrüht sind, aber – es müßte sich wirklich um einen Idioten oder um einen Wahnsinnigen handeln, der einen Mann tötet und ihn in seinem eigenen Schuppen aufbahrt.«

»Das habe ich mir auch schon überlegt«, gab Rutherford zögernd zu, »und es kam mir ziemlich dumm vor. Es gäbe ja genügend Wasser, um die Leiche bei Flut ins Meer hinauszuschwemmen; außerdem hat er dieses Kanu und sein eigenes Boot. Er hätte das doch im Dunkeln erledigen können. Die letzten zwei Nächte waren sehr finster und hätten sich geradezu angeboten.«

»Richtig. Aber wir dürfen nicht vergessen, daß es auch noch so etwas wie Täuschung gibt«, sagte der Inspektor abwesend, während seine Blicke auf den Spuren ruhten. »Was können uns diese Spuren sonst noch sagen? Wenn ich wenigstens mehr über Pferde verstünde. Sergeant, Sie sind doch ein Mann vom Lande; sagen Sie mir, was glauben Sie? Sie sind nicht sehr groß, nicht wahr?«

»Nein. Ich würde sagen, sie stammen von keinem Zugpferd. Das Merkwürdige daran ist nur, daß sie sehr tief sind, tiefer, als man es von einem Pferd dieser Größe erwarten würde.«

»Ja, tatsächlich, das stimmt. Sie sind sowohl im Gras als auch im Sumpf tief. Sergeant, ich glaube, das war eine gute Feststellung. Das Pferd hat sicherlich einen schweren Mann getragen – entweder tot oder lebendig. Trotzdem setzen wir vielleicht auf die falsche Fährte. Ich glaube, daß bei Ebbe jedes Pferd durch die Bucht herüberkommen könnte.«

»Ja, aber auf dieser Weide gibt es keine, außer dem einen, das Mr. Marshall reitet. Er erzählte mir, daß der Farmer ihm sein Pferd leiht und daß er es dafür auf seiner Weide grasen läßt. Die anderen Weiden sind alle eingezäunt, da käme kein Tier herüber.«

»Hm. Der junge Marshall reitet also? Ich glaube, wir sollten uns jetzt einmal mit ihm unterhalten. Die Flut kommt jetzt ziemlich rasch, und das Boot sollte bald hier sein, um die Leiche abzutransportieren. Anschließend können sie uns holen.«

David erwartete sie in der Hütte. Der Inspektor blickte sich interessiert um. Alles sehr ordentlich. Für einen Menschen allein nicht unbequem, aber für dieses Mädchen ziemlich unpassend. Kein Wunder, daß sie zum Bootshaus hinunterging, um sich dort einen Schlafplatz zu suchen. Sie machte nicht den Eindruck, als ob es ihr Spaß machte, mit einem Fremden zu nächtigen. Er setzte sich auf einen der heilen Stühle und nahm sein Notizbuch heraus.

»Eine recht bequeme, kleine Hütte, Mr. Marshall. Kommen Sie oft hierher?«

»Wenn immer es geht. Ich verlasse gern die Stadt.«

»Das kann ich mir denken. Ein begeisterter Fischer? Ich sehe, Sie haben hier einige gute Angeln.«

»Ja. Ich reite etwas und fische. Eine angenehme Abwechslung.«

»Der Sergeant sagt, Ihr Pferd sei auf der anderen Seite der Bucht. Könnte man auf dieser Seite von ihm Hufspuren finden? Kommt es oft herüber?«

David zögerte etwas, doch dann erwiderte er den Blick des Inspektors ganz offen. »Das wäre mir ganz neu«, sagte er. »Diese Spuren kamen mir seltsam vor. Joe, das Pferd, das ich reite, haßt den Sumpf, und ich habe noch nie versucht, ihn herüberzubekommen. Außerdem findet er auf dieser Seite kein Gras, nur Steine und ein paar spärliche Sträucher. Er hat eine gute Weide, und ich bin überzeugt davon, daß er von selbst nie herüberkäme.«

»Nein? Na ja, die Spuren müssen nicht unbedingt von Bedeutung sein. Und jetzt nur einige Routinefragen, Mr. Marshall. Kannten Sie den Toten gut?«

David zögerte wieder. »Ich kannte ihn seit einiger Zeit, aber nur sehr flüchtig. Nein, ich kann wirklich nicht sagen, daß ich ihn gut kannte.«

»Aber Mrs. Holder war eine langjährige Freundin, nicht wahr?«

Davids Stimme klang fest, aber ein Wangenmuskel zuckte. »Ja. Mrs. Holder, meine Schwester und ich waren als Kinder befreundet. Wir lebten in derselben kleinen Stadt und wuchsen zusammen auf.«

»Und ich nehme an, daß Sie – als alte Freunde – sie und ihren Mann ziemlich oft sahen?«

»Nein. Gary Holder war kein sehr geselliger Mensch, und die früheren Freunde seiner Frau interessierten ihn gar nicht. Sie hatten nie Gäste, und ich war nie in ihrem Haus.«

»Aber Sie trafen sie doch sicherlich manchmal? Zumindest Mrs. Holder?«

Davids Augen blickten feindlich, doch er sprach mit sehr kontrollierter Stimme. »Ich traf Mrs. Holder einige Male, jedesmal vielleicht für etwa zehn Minuten. Natürlich sprachen wir von den alten Zeiten.«

»Ganz natürlich. Dann kann ich also annehmen, daß Sie den Verstorbenen schon einige Zeit vor seinem Tod nicht mehr gesehen haben?«

»Ja. Ich kann Ihnen aber nicht sagen, wann genau ich ihn das letztemal sah.«

»Das Ganze muß für Sie sicherlich sehr überraschend gekommen sein. Sie wußten nichts davon, bis Sie es in der Zeitung lasen?«

»Nichts. Ich las es gestern abend. Natürlich nicht, daß er tot war, denn zu diesem Zeitpunkt hatte man ihn ja noch nicht gefunden. Es hieß nur, daß er verschwunden sei.«

»Und da fuhren Sie heute morgen gleich hierher? Warum eigentlich?«

»Um nachzusehen, ob ich helfen könnte, natürlich, oder ihn suchen, oder für Mrs. Holder etwas tun.«

»Verstehe. Und wann waren Sie das letzte Mal hier?«

Die Frage war zwar sehr ruhig gestellt worden, doch Wrights Augen fixierten Davids Gesicht. Er bemerkte das Zögern und Angst und fügte schnell hinzu: »Mr. Marshall, wir Detektive sagen stets, daß man von der Polizei nichts zu befürchten hat, wenn man ehrlich ist; und ich möchte Ihnen einschärfen, uns nichts zu verbergen. Sie sind erst vor einigen Tagen hiergewesen, stimmt das?«

Das war ein Schuß ins Dunkel, aber er traf. David war noch blasser geworden, sein Gesicht sah in dem trüben Licht beinahe grau aus, doch er sprach ruhig.

»Ja. Ich kam ganz unerwartet am Samstagmorgen her und fuhr am Sonntagnachmittag wieder weg. Ich habe keinen der beiden Holders gesehen. Ich habe Holder nicht getötet!«

Wright nahm von seinen letzten Worten keinerlei Notiz und fragte freundlich: »Und was hat Sie hierhergebracht?«

»Eigentlich nichts Besonderes. Ich war müde und fühlte mich nicht sehr wohl und wollte einfach aus der Stadt heraus. Dachte auch, da ich Irving die Hütte geliehen hatte, ich könnte nachsehen, ob alles in Ordnung sei.«

»Und Sie sind vermutlich zum Fischen und Reiten gegangen?«

»Nein, das tat ich nicht. Ich hatte eine ekelhafte Erkältung und wollte sie loswerden. Ich habe nur gelesen und geschlafen und bin am Sonntagnachmittag wieder abgefahren. Mein Auto stand oben an der Straße.«

»Hier in der Nähe? Dann haben es sicherlich einige Nachbarn gesehen?«

David sagte ziemlich entmutigt: »Nein, das glaube ich eigentlich nicht. Ungefähr eine halbe Meile hinter dem Haus des Farmers steht eine Baumgruppe; ich lassen den Wagen meistens dort – ein Schutz für den Regen.«

Wie schwach und idiotisch ihm seine eigenen Worte doch vorkamen. Er hatte keine Ahnung, was der Inspektor dabei dachte. Sein Gesicht drückte keine besondere Regung aus, und er erwiderte nur: »Dann wußte also niemand, daß Sie hier waren?«

»Das vermute ich. Ich weiß es natürlich nicht genau. Auf jeden Fall, ich habe niemanden gesehen.«

In diesem Augenblick hörten sie Rufe von der Bucht her, und eine Stimme wies die Männer ans Ufer. Wright steckte sein Notizbuch ein und erhob sich; er wirkte groß und beeindruckte in diesem kleinen Raum.

»Nur noch eine einzige Frage, Mr. Marshall«, sagte er und zog das Strohbündel hervor, das er aufgehoben hatte. »Haben Sie irgendeine Ahnung, wo das herkommt? Das lag im Sumpf. Ich glaube zwar nicht, daß es von großer Bedeutung ist, aber trotzdem ...«

David schaute es an und lächelte. »Das ist es leider wirklich nicht.« Er deutete in die Ecke, in der die Lampe lag und halb aus der Verpackung herausragte. »Ich habe letzte Woche diese Lampe gekauft und nehme an, daß es sich um ein Stück der Verpackung handelt. Ich dachte, sie wäre ein guter Ersatz für Elektrizität, aber Anthony sagte, er hätte Schwierigkeiten damit gehabt und es aufgegeben.«

Wright lächelte und warf das Stroh ins Feuer. »Temperamentvolle Dinger, diese Patentfeuerlampen. Also, vielen Dank, Mr. Marshall. Ich hoffe, Sie verstehen, daß wir unsere Nasen einfach in alles hineinstecken müssen. Ich glaube, wir sollten jetzt gehen. Sie brauchen nicht mit hinauszugehen. Ein unangenehmes Geschäft, aber es gehört eben zu unserem Beruf. Ich komme morgen früh wieder her; Sie werden doch hier sein, nicht?«

»Sie denken anscheinend, daß ich fliehen könnte«, sagte David, wobei seine Kontrolle etwas ins Schwanken geriet. »Natürlich werde ich hier sein.«

»Also dann, gute Nacht«, verabschiedete sich Wright unbeeindruckt und ging zum Bootshaus hinunter; David stand allein neben dem Kamin, in dem die Kohlen jetzt zu grauer Asche zusammenfielen.

Als das Boot vorsichtig durch die Bucht auf das offene Meer zusteuerte, stellte Sergeant Rutherford jene Frage, die ihn schon seit einiger Zeit beschäftigt hatte.

»Diese Hufspuren, Sir, haben Sie irgendeine Ahnung, von welchem Pferd sie stammen könnten? Sie halten sie doch für wichtig, nicht wahr?«

»Das tue ich, aber vielleicht irre ich mich auch. Wie soll ich es wissen? Keine Ahnung. Ich glaube, Sie haben da ein weit besseres Gefühl als ich.«

»Das geht über meine Fähigkeiten. Alles, was ich sagen kann, ist, daß es kein Zugpferd war. Was glauben Sie?«

»Daß Sie damit recht haben. Doch ich bin kein Experte – kann kaum ein Pferd von einem anderen unterscheiden. Aber ich habe einen Freund, der sich auskennt. Ein Bursche mit vielen Ideen, vielleicht könnte der uns helfen. Er heißt Middleton. Vielleicht haben Sie schon von ihm gehört?«

Das Gesicht des Sergeanten nahm seinen gewöhnlichen, mißbilligenden Zug an, und er sagte unheilverkündend: »Einer dieser

Pferderennenanhänger. Ich habe über ihn in der Zeitung gelesen. Hatte er nicht auch mit einigen Ihrer Fälle zu tun, Sir?«

Sein Ton ließ klar durchblicken, was er von jenen Amateuren hielt, die sich in Polizeiangelegenheiten hineinmischten. Noch mißbilligender aber äußerte er sich über Rennfans. Wright lächelte ein wenig.

»Ja. Er hat damit zu tun gehabt. Zuviel sogar, wenn es nach seiner Frau geht. Sie wird einiges zu sagen haben, wenn ich ihn jetzt schon wieder brauche. Aber ich muß es versuchen.«

Sie plauderten über alles mögliche, während das Boot langsam dahinfuhr und sich vorsichtig außerhalb der gefährlichen Strömungen hielt. Niemand schien sich um die in der Kabine unter einem Leinentuch liegende Gestalt zu kümmern, aber das – so würde Wright sagen – gehörte auch zu ihrem Beruf.

Plötzlich sagte er nachdenklicher: »Ein merkwürdiger Ort hier. Ich habe mir diese versumpften Mangrovenbuchten und diese Felsen niemals so scheußlich vorgestellt. Nicht gerade eine Landschaft, von der man sich vorstellen könnte, daß sie Marshall gefällt.«

»Ah«, sagte der Sergeant ziemlich bedeutungsvoll, »vielleicht hatte der junge Bursche einen Grund, hierherzukommen. Meine Frau sagte, daß Mrs. Holder das hübscheste Mädchen sei, das sie je gesehen habe. Nicht, daß ich mich so besonders um das Aussehen eines Menschen kümmerte, das geht nicht tief, die Seele ist wichtiger.«

»Genau«, antwortete Wright kurz. Rutherford begann ihn allmählich zu ermüden. Dann wechselte er abrupt das Thema. »Dieser Bootsschuppen ist ein ekelhafter Platz. Kein Wunder, daß das Mädchen einen Schock erlitt. Frage mich nur, was *sie* hier wollte?«

»Sagte, sie wollte die Stadt verlassen und allein sein – obwohl sie mir nicht gerade diesen Eindruck macht.«

»Der Drang zur Einsamkeit scheint in der Familie zu liegen. Und als sie herkam, entdeckte sie den anderen Kerl in der Hütte? Ich frage mich, warum ausgerechnet sie im Bootshaus übernachten wollte. Der junge Irving scheint nicht gerade ein sehr ritterlicher Bursche zu sein.«

»Ja, sehr vorlaut und immer zu unziemlichen Späßen bereit. Seine Version lautet, daß sie einen Streit hatten. Er hat ja eine ziemlich zynische Art an sich, und das Mädchen scheint etwas ungeduldig und temperamentvoll zu sein. Ich vermute, daß sie davonrannte, bevor er sie daran hindern konnte; sie lief zum Bootshaus hinunter, wo sie die Leiche entdeckte.« Jetzt fuhr sich der Sergeant mehrmals mit dem Daumen über die Schulter und fügte eingebildet hinzu: »Nicht, daß ich alles glaube, was die beiden sagen.«

Wright jedoch war geneigt, jedes Wort davon zu glauben, doch dann lächelte er über seine eigene Voreingenommenheit. Der Sergeant war ein äußerst zuverlässiger Mann, auch wenn er unerträglich selbstherrlich war. Er fragte ganz beiläufig: »Übrigens, was wissen Sie von der Ehefrau? Eine ungewöhnliche Frau? War es eine glückliche Ehe?«

Rutherford schüttelte langsam den Kopf. »Es heißt, nein. Die meisten Leute scheinen Mrs. Holder sehr zu mögen und ihn zu hassen; Haß aber ist eine böse Sache und züchtet Lügen.«

»Aber Sie haben selbst nicht viel von ihm gehalten?«

»Er war gottlos, ein Lästerer und ging nie zur Kirche. Er verdiente viel Geld, aber er war stinkgeizig.«

»Klingt nicht gut«, sagte Wright lakonisch. »Na ja, morgen werden wir alles hören – wer Holder nicht mochte, wer ihm den Tod gewünscht hat, und so weiter.«

»Ich fürchte, daß es viele Leute gibt, die das gewünscht haben und die Mordgedanken in ihren Herzen trugen. Ihm gehörte viel Land und auch Häuser in Willesden; und es gab nur wenig Leute, die für ihn ein gutes Wort eingelegt hätten.«

Wright seufzte. Die übliche, mühsame Geschichte. Niemand hatte den Toten gemocht. Man konnte sich aus vielen Feinden einen auswählen, und wenn dieser etwas von der Angelegenheit wüßte, so hätte er zweifellos ein stichhaltiges Alibi bereit – und die anderen ebenfalls. Die übliche zeitraubende und wenig lohnende Routinearbeit, die üblichen Hinweise und Anspielungen in der Presse und Anfragen vom Hauptbüro, wieso man denn zu keinem Ergebnis käme. Er seufzte wieder und zog sich seinen Mantel enger um die Schultern. Ein leichter Nebel stieg vom Meer auf. Es war eine kalte Nacht.

Als er und Collins schließlich ins Hotel kamen und in der Bar ein schönes Feuer vorfanden, erschien der Wirt und verkündete, daß die Herren das Abendessen einnehmen könnten, wann immer sie mochten. Auf Wrights Frage, von wo aus man ein Ferngespräch anmelden könnte, stellte Lloyd dem Inspektor sein eigenes Zimmer und Telefon zur Verfügung. Das Gespräch ging in eine kleine, zweihundert Meilen weit entfernte Stadt; doch die Vermittlung – von der Wichtigkeit eines Polizeianrufs beeindruckt – stellte die Verbindung außerordentlich schnell her. Wie gewöhnlich, kam Wright sofort zum Thema.

»Bist du es, Jim? Gut. Ich fürchtete schon, du wärest nicht da. Hier ist Wright.«

»Hallo, du Unruhestifter. Hast du wieder einmal einen Mord an der Hand? Falls ja, ohne mich.«

»Halt die Zügel fest. Übrigens, wie geht es Knight-at-Arms? Das ist gut. Jetzt hör zu, Jim. Nur eine Frage. Ich will dich diesmal nicht hineinbringen, ich könnte dann Mrs. Middleton nicht mehr unter die Augen treten. Wie geht es ihr?«

»Gut, aber sie ist nicht zu Hause. Wenn sie es wäre, hätte sie mir unterdessen schon längst den Hörer aus der Hand gerissen, damit ich mit dir nicht sprechen kann. Aber darauf brauchst du dir nichts einzubilden. Für Annabel gibt es keine Morde mehr. Sie ist zur Zeit bei ihrer Mutter. Mr. Wharton hatte eine schlimme Grippe, und die alte Dame hat keinen Sixpence mehr, weil die Bezahlung für ihren letzten Bestseller noch immer aussteht. Natürlich kann sie es sich nicht leisten, einfach nur ihren Mann zu pflegen. Deshalb hat sie Annabel zu sich geholt. Sarah hat die Kinder genommen, und Annabel ist gestern weggefahren. Ich bin Strohwitwer.«

»Für mich sehr günstig. Jim, die Sache ist die. Kannst du mit absoluter Sicherheit feststellen, welche Hufspuren von welchem Pferd stammen? Ich meine, könntest du mir zum Beispiel sagen, ob – oder nicht – ein Pferd entlang einer Sumpfebene Spuren hinterlassen hat?«

»Du liebe Güte, bin ich denn Sherlock Holmes oder ein Spurensucher? Hör doch bitte mit dem Quatsch auf. Vielleicht soll ich an den Spuren auch noch die Haare eines Schecken erkennen?«

»Ganz im Ernst, Jim. Davon kann viel abhängen. Sicher, es handelt sich um Mord. Aber besteht die Möglichkeit, daß du die Spuren deuten kannst?«

»Weiß ich nicht. Sind sie deutlich?«

»Ja, und sogar zugedeckt. Außerdem wird es nicht regnen.«

»Ich kann dir aber nicht helfen. Unmöglich, etwas zu sagen, ohne sie gesehen zu haben.«

»Jim, könntest du herkommen? Nur für vierundzwanzig Stunden. Jetzt ist Winter, und du hast nichts zu tun. Spesen und Benzin natürlich zu unseren Lasten. Wir brauchen einen Fachmann.«

»Ist es denn so wichtig?«

»Sehr wichtig. Es besteht schließlich die Möglichkeit, daß der Beweis uns auf die Spur des Mörders hilft.«

»O Gott. Na ja, wenn das so ist, dann muß ich eben kommen. Aber ich werde vermutlich nicht viel helfen können. Möglicherweise kann ich sagen, daß die Spuren *nicht* von einem gewissen Pferd stammen. Aber das Gegenteil werde ich vermutlich nur schwer behaupten können.«

»Also dieses Risiko gehen wir ein. Bis morgen dann? Wenn du in der Frühe wegfährst, kannst du nachmittags hier sein.«

»Ich werd's versuchen, aber gnade dir Gott, wenn ich Annabel anrufe und ihr das erzähle.«

8. Kapitel

Es war spät am Morgen, als Pauline durch ein Klopfen an der Tür aufwachte. Zu ihrer Verwunderung trat Anthony ein und brachte ihr mit großer Sorgfalt eine ziemlich dickwandige Küchentasse mit starkem Tee ans Bett. Sie sagte: »Du liebe Güte, was für eine gute Serviererin Sie doch wären. Keinen einzigen Tropfen in die Untertasse verschüttet.«

»Schon wieder diese Bemerkungen. Aber Sie sehen ja aus, als ob Sie einen fürchterlichen Kater hätten. Sind wohl nicht an Schlaftabletten gewöhnt?«

»Habe noch nie in meinem Leben eine genommen.«

»Wie entsetzlich altmodisch. Aber ein starker Tee wird Sie von Ihren Leiden erlösen.«

»Hat Verity gut geschlafen?«

»Nein, sie war um ungefähr zwei Uhr auf, dann haben wir gemeinsam eine Tasse Tee getrunken. Sie hat keine so naive Einstellung zu Schlaftabletten wie Sie.«

Während Pauline sich anzog, überlegte sie, daß Verity eigentlich mit ihrer Meinung über Anthony recht hatte. Was sie anbetraf, so war er wirklich sehr mitfühlend und verständnisvoll, und schließlich war das das Wichtigste. Sie fragte sich nur, was die beiden wohl um zwei Uhr nachts gesprochen haben könnten, während sie in ihrem Tiefschlaf lag. Außerdem mißfiel ihr das Wort ›naiv‹.

Alle drei saßen gerade bei ihrem Frühstückskaffee, als Wright erschien. Er war allein, denn – sehr zu seiner Erleichterung – war der Sergeant zu einer dringenden, lokalen Angelegenheit abberufen worden. Er entschuldigte sich kurz für die Störung, dann warf er einen kurzen, etwas abfälligen Blick auf das überladene Wohnzimmer und fragte, ob er sich an den Eßzimmertisch setzen dürfe, sobald das Geschirr abgeräumt sei, um sich anschließend der Reihe nach mit jedem der Anwesenden zu unterhalten.

»Jetzt geht's uns an den Kragen«, kommentierte Anthony spöttisch. »Dritter Grad und so weiter, und keinerlei Kontakt unter den Verdächtigen, alles nach bestem Krimi-Muster. Aber wo bleibt denn unser zauberhafter Sergeant?«

»Sergeant Rutherford ist heute vormittag anderweitig beschäftigt«, antwortete Wright freundlich. Er hatte die Art dieses jungen Mannes bereits nach der gegenseitigen Vorstellung kennengelernt und war entschlossen, sich, wenn möglich, nicht darüber zu ärgern. Das war eben ein Mensch, dem es Spaß machte, durch seine zynischen Bemerkungen andere Leute zu ärgern; doch der Inspektor wollte ihm dieses Vergnügen nicht gönnen.

»Mrs. Holder bitte zuerst«, fuhr er höflich fort, und als die beiden anderen mit dem Geschirr hinausgegangen waren, begann er: »Mrs. Holder, ich möchte Sie wirklich nicht belästigen und Ihnen auch keine Fragen stellen, die Ihnen der Sergeant bereits gestellt hat. Ich habe seine Unterlagen und kann daraus ersehen, daß Sie

Ihren Mann das letztemal am Samstag um zirka 10 Uhr vormittags sahen. Wann hatten Sie zum erstenmal Sorge um ihn?«

Verity zögerte, und Wright hatte das Gefühl, daß die Abwesenheit ihres Mannes für sie wohl jedesmal eine gewisse Erleichterung bedeutet hatte. Sie sagte langsam: »Ich war überrascht, daß er zum Mittagessen nicht nach Hause kam, aber ich machte mir keine Sorgen. Er kam oft unpünktlich zum Essen. Doch als er zum Abendessen immer noch nicht auftauchte, begann ich mir allmählich Gedanken zu machen. Trotzdem erschien mir das etwas übertrieben, und ich ging zu Bett.«

»Das Beste, was Sie tun konnten. Und am nächsten Morgen?«

»Als er am nächsten Morgen noch nicht hier war und ich nach ihm sehen wollte – wir haben getrennte Schlafzimmer, weil ich eine schlechte Schläferin bin –«, fügte Verity peinlich errötend hinzu, »fand ich sein Bett unberührt. Da ging ich zur Garage und sah, daß sein Auto dort stand. Ich bekam Angst und ging zu Mrs. Morton hinüber. Sie hatte Gary auch nicht gesehen und riet mir, die Polizei in Willesden anzurufen, falls sich ein Unfall ereignet haben sollte.«

»Was Sie dann auch taten, wie mir Sergeant Rutherford sagte. Das war, seiner Meinung nach, um zirka 10 Uhr. Er sagte, daß Sie Ihren Mann nicht gesehen hätten und daß kein Unfall gemeldet worden sei, daß er jedoch mit Ihnen in Verbindung bleiben würde. Und dann?«

»Dann ging ich wieder zu Mrs. Morton. Ich war einsam und hatte Angst, und ich mag sie sehr gerne. Als ich bei ihr war, kam Mr. Milward vorbei und bot mir an, herauszufinden, wo Gary sei. Er – es klingt zwar dumm – aber er verfiel in eine Art Trance, und Mrs. Morton flüsterte mir zu, ruhig zu sein. Dann sagte er, daß die Geister mit ihm gesprochen hätten und daß ich auf einen Schock gefaßt sein müßte.«

»Eine merkwürdige Sache. Diese Trance – hatten Sie dabei den Eindruck, daß er nicht bei vollem Bewußtsein war?«

»Ich weiß es nicht. Seine Augen waren geschlossen, und er schwankte immer hin und her, während er etwas murmelte. Mrs. Morton schien sich etwas darüber lustig zu machen, aber sie unterbrach ihn nicht – und ich auch nicht.«

»Und als er aus seiner sogenannten Trance erwachte, sagte er . . .?«

»Daß er mir leider sagen müsse, daß ich meinen Mann verloren habe und daß ich sehr tapfer sein müsse.« Ihre Stimme war sehr leise, und sie hatte den Kopf herabgebeugt, um Wright nicht in die Augen schauen zu müssen.

»Verstehe. Das muß ein großer Schock für Sie gewesen sein.«

»Ja. Obwohl ich mir bereits gedacht hatte . . . Oh, ich weiß nicht mehr, was ich dachte, denn in dem Augenblick fragte Mrs. Morton, ob Gary ertrunken sei.«

»Und Milward bejahte das?«

»Nein, nicht ausdrücklich. Er sagte, die Geister hätten ihm mitgeteilt, daß seine Leiche in der Nähe des Wassers läge.«

»Nicht ertrunken, aber in der Nähe des Wassers. Sehr vielsagend. Und dann?«

»Dann schickte Mrs. Morton ihn fort. Ich blieb dort, und sie rief den Sergeant an und erzählte ihm, was Milward gesagt hatte.«

»Rutherford sagte mir, daß man den ganzen Montag die Strände abgesucht hätte. Sie hatten aber nichts gefunden. Am Montag abend kam Miss Marshall an und entdeckte die Leiche im Bootshaus. Dienstag früh rief dann Mr. Irving die Polizei. Schade, daß dazwischen so viel Zeit vergangen ist, aber schließlich konnten die beiden ja nicht in völliger Dunkelheit die Sumpfebene durchqueren. Meiner Meinung nach ist das schon bei Tag schwierig genug. Ja, Mrs. Holder, ich brauche Sie eigentlich jetzt nicht mehr länger. Später werde ich wieder auf Sie zurückkommen und, wenn Sie erlauben, die Papiere Ihres Mannes durchschauen. Eine letzte Frage – eine reine Routinesache. Sie haben dem Sergeant erzählt, daß Ihr Mann sich mit einigen Ihrer Nachbarn gestritten hatte. Haben Sie den Eindruck, daß einer von ihnen ihn so haßte, daß er bis zum Mord hätte gehen können?«

»O nein, das halte ich für ausgeschlossen. Sie mochten ihn zwar nicht – aber ein Mord? Nein.«

»Also, vielen Dank, Mrs. Holder. Würden Sie bitte jetzt Miss Marshall zu mir schicken?«

Rutherford war von Pauline nicht sehr angetan gewesen, und sie blickte daher den Inspektor zunächst etwas feindlich an. Doch sein

Benehmen war taktvoll, entschuldigend, und er schien etwas aufgetaut zu sein.

»Es tut mir leid, daß ich wieder davon anfangen muß, Miss Marshall. Das war eine schlimme Zeit für Sie und ein sehr ekelhafter Schock, und Sie wollen sicherlich alles so schnell wie möglich vergessen. Wie ich hörte, kamen Sie völlig unerwartet in die Hütte? Niemand wußte etwas von Ihrer Ankunft?«

»Niemand. Ich hatte mich am Morgen dazu entschlossen und nahm den Zehn-Uhr-Bus. Ich arbeite bei einem Arzt und hatte eine Woche Urlaub bekommen.«

»Und da dachten Sie, daß Ihnen zur Abwechslung etwas Landluft recht gut täte. Zwar nicht sehr reizvoll mitten im Winter – dieser Sumpf und diese Mangroven.«

»Ausgesprochen scheußlich. Als ich hier ankam, wußte ich, daß ich einen Fehler gemacht hatte«, gab Pauline offen zu. Ihre Vorsicht begann etwas zu schwinden. »Der Wirt in Willesden war freundlich und versuchte, mir eine Mitfahrt hierher zu vermitteln. Dann schlug er Dibbles Boot vor, mit dem ich schließlich herkam. Es war eine schreckliche Überfahrt – mit diesen wilden Felsen und dem alten Mann, der mir etwas von einem Ertrunkenen erzählte; und dann war ich an diesem unheimlichen Platz mit den entsetzlichen Mangroven.«

»An dem bereits Mr. Irving war. Das gab Ihnen den Rest – es sei denn, Sie empfanden es sogar als Trost, nicht ganz allein zu sein.«

»Was aber nicht der Fall war«, antwortete Pauline hitzig. »Ich hatte Anthony in der Stadt kennengelernt und ihn noch nie besonders gemocht. Ich war kaum in der Hütte, als wir bereits den ersten Streit hatten. Daher nahm ich einfach meinen Koffer und ging zum Bootshaus hinunter.«

Wright unterdrückte ein Lächeln. Er konnte sich sehr gut vorstellen, wie dieses hübsche, zornige Mädchen wie eine Wahnsinnige in die Nacht hinausraste, um in dem einzigen Unterschlupf, der sich ihr bot, Schutz zu finden . . .

»Nicht gerade sehr ritterlich von Mr. Irving, Sie gehen zu lassen. Eigentlich hätte er gehen müssen.«

»Dazu kam es gar nicht. Ich war zu böse und wütend. Aber er folgte mir, denn er begegnete mir, als ich wieder hinauflief.«

»Nachdem Sie den Toten gesehen hatten. Es tut mir leid, Miss Marshall, daß ich Sie bitten muß, mir alles genau zu beschreiben, was Sie gesehen haben; aber Sie könnten vielleicht einen Punkt beleuchten, den wir übersehen haben.«

»Das glaube ich zwar nicht, denn ich konnte mir gar nichts anschauen. Also, ich stieß die Tür auf und sah überall Spinnen. Ich hasse Spinnen und wollte schon wieder zur Hütte zurücklaufen, doch dann fand ich, daß sie immer noch besser waren als Anthony. Aber als mir eine in den Halsausschnitt fiel, geriet ich in Panik. Ich konnte sie jedoch abschütteln und richtete dann meine Taschenlampe auf das Boot – schrie auf und rannte hinaus und warf mich nahezu Anthony in die Arme, der gerade den Weg herunterkam. Das ist alles, wirklich, außer vielleicht, daß er recht nett war und nicht mehr so angeberisch. Er brachte mich ins Haus zurück und ging selbst noch einmal hinunter, um nachzuschauen. An demselben Abend konnten wir natürlich nichts mehr tun. Er fachte das Feuer an, überließ mir das Bett und saß die ganze Nacht im Sessel.«

»Und am Morgen?« fuhr der Inspektor unbeirrt fort.

»Am Morgen entdeckte Anthony die Hufspuren, deckte sie zu, sperrte den Bootsschuppen ab, und dann blieben wir im Sumpf stecken. Ich verstehe wirklich nicht, wieso sich David ausgerechnet an so einem Ort eine Hütte gekauft hat.« Dann machte sie eine Pause. Sie war entsetzt, daß sie ihrer Zunge so freien Lauf gelassen hatte. Doch der Inspektor schien ihren Worten keine besondere Bedeutung beizumessen.

»Na ja«, sagte er nebenbei, »heutzutage will eben jeder am Wochenende aus der Stadt weg und es sich so unbequem wie möglich machen, wenn er nur am Meer sein kann. Außerdem fischt und reitet Ihr Bruder gern«, doch irgendeine warnende Stimme flüsterte Pauline zu: »Paß auf. Der will dich nur in Sicherheit wiegen. Überleg dir, was du sagst.«

Sofort nach diesem Gedanken kam Wrights nächste Frage. »Sie und Mrs. Holder sind ja alte Freundinnen, nicht wahr?«

»Ja. Wir kennen einander von Kindheit auf.«

»Aber Sie hatten keinerlei Verbindung mehr?«

»Seit ihrer Heirat nicht mehr.«

»Und Sie wußten nicht, daß sie hier – in der Nähe der Hütte Ihres Bruders – wohnte?«

Hier lag Gefahr. Pauline antwortete gleichgültig: »Er hat es vielleicht einmal erwähnt. Das weiß ich nicht mehr so genau. Er hat mir nie sehr viel über die Hütte erzählt. Wissen Sie, David und ich wohnen nicht zusammen; und wenn wir uns sehen – was ziemlich selten ist – dann gibt es so viele Dinge zu besprechen. Irgendwie sind wir einfach nie darauf gekommen.«

Hatte sie jetzt zuviel gesagt und ihre Nervosität durch ihre Geschwätzigkeit verdecken wollen? »Verstehe. Zwar etwas merkwürdig, nachdem es Ihr Bruder wußte und er Mrs. Holder gelegentlich sah und auch ihren Mann kannte. Aber ... na ja, vielen Dank, Miss Marshall. Ich hoffe, daß alles bald hinter Ihnen liegen wird, der Schock, die Spinnen und auch die Mangroven und der Sumpf«, dann öffnete er ihr mit einem Lächeln die Tür. »Würden Sie jetzt Mr. Irving bitten hereinzukommen?«

Anthony hatte offensichtlich beschlossen, sich der Autorität nicht entgegenzustellen. Er antwortete frisch und geschäftlich, als Wright ihn fragte, warum er denn mitten im Winter diese Hütte aufgesucht habe. Er lächelte und sagte: »Der Augenblick der Wahrheit. Ich habe bisher ziemlich schwache Ausreden gebraucht, Inspektor. Aber es ist besser, der Polizei nichts vorzulügen.«

»Das ist es zweifellos. Aber warum sollten Sie jemanden anlügen?«

»Einfach deshalb, weil ich wegen einer sehr geheimen Aufgabe hier bin und man mich ausdrücklich gebeten hat, niemandem davon etwas zu sagen. Doch jetzt, da das Geheimnis zutage treten wird, kann ich meinen Schleier ruhig lüften, ebensogut den Mädchen gegenüber. Ohne Sie mit technischen Details langweilen zu wollen, kann ich Ihnen sagen, daß die Möglichkeit besteht, in dieser Gegend Kupfer zu finden; und man hat mich gebeten, hier in aller Ruhe zu schnüffeln und darüber einen Bericht einzusenden.«

»Und haben Sie geschnüffelt?«

»So seien Sie doch ehrlich, Inspektor. Wie sollte ich dazu gekommen sein – mit diesem Mord? Aber ich hoffe, daß Sie ihn im Nu aufklären werden, und dann kann ich mich endlich meiner Aufgabe widmen.«

»Seien Sie nicht zu optimistisch. Wunder können wir auch nicht vollbringen. Können Sie mir sagen, wer Ihnen diesen Auftrag erteilt hat? Sie dürfen sich natürlich darauf verlassen, daß jede diesbezügliche Mitteilung streng vertraulich behandelt wird.«

»Ich glaube, hier gibt es so eine Art Syndikat, aber der Mann, der mir schrieb und mich bat, hierherzukommen, war Robert Walker, der Farmer dort oben an der Straße.«

Wright zog die Augenbrauen hoch, als ihm Rutherfords Worte von gestern abend einfielen, »Walker ist in Geldnot. Sie müssen sich nur einmal sein Haus anschauen, um zu verstehen, was ich meine. Er besitzt zwar gute Schuppen, weil der Farmer, von dem er sie kaufte, sie renovieren ließ, aber – wie die meisten Farmer – mit den Schuppen anfing und das Haus in seinem schäbigen Zustand beließ. Dann wurde er krank, verkaufte, und Walker hat alles so gelassen, wie es war. Er hat keine Frau, die ihn etwas antreibt, und ist auch kein sehr geselliger Mann. Hat seine Schwester verloren, und dann wurde er noch finsterer. Ist zwar sehr um sein Land und seine Vorräte bedacht, aber hat nicht viel Geld dafür.«

Alles was der Inspektor sagte, war: »Danke, Mr. Irving. Und jetzt zur Entdeckung der Leiche ...«, woraufhin sie wieder die Ereignisse des Montagabend durchsprachen.

Als Anthony geendet hatte, stand Wright auf und sagte: »Das wäre es. Ich werde jetzt die verschiedenen Nachbarn befragen; aber würden Sie bitte Mrs. Holder ausrichten, daß ich gleich wieder zurück bin und mir dann die Papiere ihres Mannes durchsehen möchte.«

Ada Morton empfing ihn mit der ihr eigenen Freundlichkeit und beschrieb Veritys Erscheinen an jenem Sonntagmorgen. »Das arme Kind war ganz verwirrt und wußte nicht, was es tun sollte. Sie ist eine sehr einsame Frau.«

»Mrs. Morton, könnten Sie mir diesen Mr. Holder näher beschreiben, damit ich mir von ihm eine Vorstellung machen kann.«

»Das könnte ich schon, aber ich fürchte, daß sie nicht frei von Vorurteilen sein wird«, antwortete Ada grimmig. »Wissen Sie, ich mochte ihn nicht, und für meine Begriffe war er ein eingebildeter Esel und ein Ochse, der mit jedem stritt und seine armen Mitmenschen nur ausbeutete. Außerdem haßte er Tiere, was ich selbst zu spüren bekam«, schloß sie, wobei sie den großen Schildpatt-Kater daran hinderte, seine Krallen nach den langen Beinen des Inspektors auszustrecken.

»Und seine Ehe? Würden Sie diese als glücklich bezeichnen?«

Sie wurde vorsichtig und sagte frostig: »Darüber kann ich Ihnen nicht viel sagen. Wie ich schon sagte, ich mochte Holder nicht, und ich ging nie in sein Haus, wenn ich es irgendwie vermeiden konnte. Ich kann mir nicht vorstellen, daß seine Frau glücklich war, oder daß irgendeine Frau mit diesem brutalen Menschen hätte glücklich sein können. Aber sie hat nie darüber gesprochen, und sie war eine sehr treue Frau.«

Sollten diese letzten Worte etwas herausfordernd geklungen haben? Der Inspektor blickte sie einen Augenblick lang schweigend an, dann entschied er, daß in diesem Punkt wahrscheinlich keine Informationen mehr zu erwarten waren. Er lenkte das Thema darum auf den Heiler.

»Mrs. Holder hat mir von dem merkwürdigen Trance-Zustand Mr. Milwards erzählt und von seiner Behauptung, daß er wisse, wo man Holders Leiche finden würde. Was hielten Sie von dieser Darbietung, Mrs. Morton?«

Sie lächelte. »Das gleiche, was ich von den meisten seiner ›Darbietungen‹ halte, wie Sie es nennen – sie wirken lächerlich. Aber trotzdem kann ich sie nicht ganz ablehnen. Es scheint eben im Himmel und auf Erden mehrere Dinge zu geben, von denen wir nichts wissen. Viele Leute würden seine Methoden vermutlich als zweifelhaft bezeichnen, aber er wendet auf jeden Fall keinerlei Tricks an.«

»Haben Sie über derartige Trance-Zustände bereits vorher schon einmal etwas gehört?«

»Nicht dieser Art. Bisher haben wir noch nie nach Leichen gesucht. Aber Mr. Milward ist zweifellos im Besitz einiger merkwürdiger Fähigkeiten, er sagt, sie seien okkultistisch. Ich würde eher behaupten, sie sind hypnotisch; sie werden seine seltsamen Augen sehen. Außerdem kann er auf eine sehr erstaunliche und außergewöhnliche Art Tiere – und auch Menschen heilen. Aber wenn Sie ihn ins Verhör nehmen«, sagte sie, wobei es in ihren tiefblauen Augen zuckte, »dann würde ich Ihnen raten, ihn absolut ernst zu nehmen. Ansonsten werden Sie mit ihm nicht weit kommen. Holder hat ihn einmal vor einigen anderen Leuten ausgelacht, und Milward hat ihm das nie verziehen. Vielleicht ist es unklug von mir, aber ich kann Ihnen jetzt schon sagen, daß Milwards Groll gegen den Toten nicht tiefer ist als der eines jeden anderen auch. Mr. Holder war der am meisten gehaßte Mann, den ich kenne. Aber was den Mord anbetrifft – so war es bestimmt nicht der Heiler.«

»Vielen Dank für Ihre Auskünfte; und nun muß ich gehen und mir diesen geheimnisvollen Mann ansehen. Ich werde Ihren Rat beherzigen. Keinerlei Anzeichen von Skepsis«, darauf verabschiedete er sich freundlich von ihr und ging den Weg hinunter, wobei er immer wieder einige Schritte zur Seite tun mußte, um den auf der Lauer liegenden Katzen zu entgehen.

»Eine nette Frau und sehr scharfsinnig«, sagte er zu sich selbst, »und ganz gewiß auf der Seite der armen, mißhandelten Ehefrau – sie würde sogar etwas verheimlichen, was gegen diese gewertet werden könnte.«

Der Heiler kam ihm entgegen, um ihn zu empfangen. Sein weißes Haar sah aus wie prächtiges Gefieder, und sein Gesicht wirkte sehr selbstbewußt. Hinter ihm watschelte der alte Spaniel, der – im Gegensatz zu Adas Katzen – den Inspektor mit freudigem Schwanzwedeln empfing.

Der Inspektor dachte an Mrs. Mortons Warnung und begrüßte den Mann mit gebührender Achtung. Als er in der düsteren kleinen Küche Platz genommen hatte, sagte er gesprächig: »Eine üble Angelegenheit ist das, Mr. Milward.«

Doch der andere ließ sich zu keinerlei Ausdruck des Bedauerns hinreißen.

»Ein schlechter Mensch verdient ein schlechtes Ende«, gab er von sich. »Es ist nicht meine Aufgabe, Recht zu sprechen, aber ...« und dann erklärte er ausführlich, daß man auf einen Mann, der weder zu den Menschen noch zu den Tieren gut gewesen war, leicht verzichten könne.

»Sehr richtig«, sagte Wright in versöhnlichem Ton. »Aber jetzt zu Ihrem Traum. Ein äußerst bemerkenswertes Geschehnis, wenn ich mich so ausdrücken darf.«

»Traum? Das war kein Traum. Die Geister sprachen zu mir, und ich gab ihre Worte weiter. Das geschieht oft. Und das war alles«, sagte der Heiler mit bewundernswerter Einfachheit. »Ich bat sie um Hilfe, um die Angst des armen Mädchens zu lindern, und sie halfen. Die Nachricht war schrecklich, aber immerhin noch besser als diese Ungewißheit.« Plötzlich wurde er ernst. »Und wenn Rutherford auf mich gehört hätte, dann wäre die Leiche schneller gefunden worden. Dann hätte nicht ein junges Mädchen die schreckliche Wahrheit entdecken müssen.«

»Das ist wirklich sehr schade«, stimmte der Inspektor diplomatisch zu, dann änderte er schnell das Thema. »Und Sie hatten Holder schon einige Tage nicht mehr gesehen? Ich meine, Sie hatten keine Ahnung, wo er am Samstagmorgen hinging? Er ist nicht zum Beispiel an Ihrem Haus vorbeigekommen?«

Milward, der gerade dem Spaniel die Ohren kraulte, sagte entschieden: »Das ist er nicht. Mein Hund hätte geknurrt. Alle Tiere haßten Holder, selbst meine sanfte Miranda bildete da keine Ausnahme.«

Wright blickte Miranda etwas zweifelnd an. Sie wirkte sehr sentimental und etwas dumm, aber vermutlich war sie in der Lage, zu knurren, wenn sie jemand aufregte. Er fragte: »Können Sie mir noch irgendwelche anderen Mitteilungen machen? Ich meine – abgesehen von den Geistern – wissen Sie noch etwas?«

»Gar nichts«, sagte Milward ohne Zögern. »Ich kannte Holder kaum. Ich hatte mit ihm keine Verbindung. Er war ein schlechter Mensch, und meine Geister warnten mich vor ihm.«

Diese erneute Anspielung auf die merkwürdigen Geister waren für Wrights realistisches Denken zuviel. Er stand hastig auf und betonte dabei, daß es äußerst interessant für ihn gewesen sei, von diesen Mitteilungen und Gesprächen zu erfahren, daß er aber jetzt gehen müsse, um den Farmer aufzusuchen. »Ich glaube, er ist der einzige Nachbar, den ich noch nicht kenne«, sagte er, als er Milward noch einen angenehmen Tag wünschte.

Das Farmhaus lag etwa eine Meile weiter an der Straße und sah wirklich so aus, wie Rutherford es beschrieben hatte – ein schäbiges, altes Gebäude mit einem beeindruckenden Heustadel und einer gut erhaltenen Garage. Auf jeden Fall sah es nicht nach dem Zuhause eines Mannes aus, der die Finanzierung einer Kupfermine vorgeschlagen hatte; und Wright wunderte sich erneut, aus wem sich dieses seltsame Syndikat zusammensetzte. Seine Überlegungen wurden durch das Erscheinen des Besitzers unterbrochen, einem großen, bulligen Kerl mit breiten Schultern und grimmigem Gesichtsausdruck. Wright stellte sich vor und erklärte seine Aufgabe.

»Und was soll ich dabei für Sie tun? Natürlich habe ich erfahren, daß Holder tot ist, aber ich kann auch nicht helfen. Ich kannte den Mann nur geschäftlich und schätzte ihn nicht besonders.«

Er stand da, blickte Wright feindlich an und lud ihn nicht ein, ins Haus zu kommen. Der Inspektor sagte freundlich: »Ich dachte nur, vielleicht hätten Sie ihn noch am Samstagmorgen gesehen. Wir versuchen, seinem Weg auf die Spur zu kommen.«

»Das weiß ich nicht. Mir ist jedenfalls nicht bekannt, daß er in diese Richtung spazierte; ich war beschäftigt. Ich hab' keine Zeit, mich um die Angelegenheiten anderer zu kümmern«, dabei drehte er sich halb auf dem Absatz herum.

Wright fügte kurz hinzu: »Ich verstehe, daß Sie ein beschäftigter Mann sind, Mr. Walker, aber hier handelt es sich um die Aufklärung eines Mordes, und ich muß einfach alle Nachbarn fragen. Ich muß Sie fragen, wann Sie Holder das letzte Mal gesehen haben?«

»Wann ich den Kerl das letzte Mal gesehen habe? Zum Teufel, wie soll ich das genau wissen? Ich führe kein Tagebuch, wo ich mir derartige Ereignisse notiere. Die Polizei hat vielleicht für derartigen Unsinn Zeit, aber ich nicht.«

Wright übersah absichtlich seinen beleidigenden Ton und fügte hinzu: »Ich nehme also an, daß Sie den Toten schon seit einiger Zeit nicht mehr gesehen haben?«

»Sie können annehmen, was Sie wollen. Vielleicht habe ich vor einer Woche mit ihm geredet – ihm auf der Straße ›guten Tag‹ gesagt oder ihn in der Stadt in einem Pub getroffen. Mehr kann ich Ihnen nicht sagen – und jetzt würde ich gerne wieder weiterarbeiten. Es kommt ein Düngeflugzeug, und ich muß am Landeplatz noch etwas erledigen.«

»In Ordnung, ich will Sie nicht länger aufhalten«, sagte Wright zwar immer noch liebenswürdig, aber jetzt sehr bestimmt. »Aber ich warne Sie, Mr. Walker, es ist Ihre Pflicht, die Pflicht eines jeden Bürgers, der Polizei nach besten Kräften zu helfen. Es ist nicht sehr klug, einen derartigen Ton anzuschlagen, wenn einem eine höfliche Frage gestellt wird.«

Walker zuckte die Achseln, dann lächelte er plötzlich. Es war ein sehr merkwürdiges, aber seltsam entwaffnendes Lächeln. »Entschuldigen Sie«, sagte er, »ich bin etwas in Eile heute morgen. Aber wenn Sie etwas brauchen, kommen Sie doch heute abend noch einmal vorbei.«

Dann pfiff er seinem Hund und wandte sich ab. Wright stieg in seinen Wagen und fuhr langsam davon. Dieser Mann, so sagte er sich, war ein schwieriger Bursche. Wenn er ein Mensch wäre, der sich auf irgendwelche Vermutungen einließe und seinen plötzlichen Eingebungen nicht immer selbst mißtraute, dann wäre er zweifellos zu der Überzeugung gelangt, daß von all den Verhörten Walker der einzige wäre, dem er einen Mord zutraute. Dann lächelte er, als ihm aufgrund seiner Erfahrung einfiel, daß viele Mörder reizende Menschen waren und daß man, nur weil jemand unhöflich und bissig war, ihn nicht gleich schuldig sprechen dürfte.

Mit einem Seufzer des Bedauerns fuhr Wright zu Holders Haus zurück und setzte sich an den großen Schreibtisch, der in Holders Büro stand, um zu arbeiten.

9. Kapitel

Als Verity ihm die Schlüssel aushändigte, sagte Wright: »Sie werden verstehen, Mrs. Holder, daß wir einfach alles anschauen und durchsuchen müssen, obwohl uns diese Aufgabe nicht sehr viel Spaß macht. Aber es gehört zu meiner Pflicht, die Papiere Ihres Mannes durchzusehen, in der Hoffnung, darin irgend etwas zu entdecken, was Licht auf seinen Tod werfen könnte. Wissen Sie, ob er den Großteil seiner Geschäftsunterlagen hier aufbewahrte oder in seinem Stadtbüro?«

»Ich glaube in der Stadt, aber ich weiß es nicht genau. Doch ich vermute, daß hier auch einiges vorhanden ist.«

Der Schreibtisch war ein eindrucksvolles, mächtiges Möbelstück, typisch für einen Mann wie Holder. Wright begann, die Papiere der Reihe nach durchzulesen, aber er entdeckte nicht sehr viel Interessantes; die üblichen Rechnungen, Kontoauszüge, Quittungen. Er suchte vergeblich nach einer großen, unerklärlichen Einzahlung auf eine Bank oder etwas Ähnlichem, denn das wäre zumindest ein Hinweis auf Erpressung gewesen und hätte somit ein Motiv für den Mord sein können.

Plötzlich entdeckte er einige Unterlagen im Zusammenhang mit der geplanten Kupfermine, was bewirkte, daß er einen tiefen Seufzer ausstieß. Das bedeutete das Ende seines Verdachtes auf Walker und einen weiteren Beweis für den Wahnsinn, sich von einem unangenehmen Äußeren beeinflussen zu lassen. Walker war zweifellos ein ungehobelter, unansehnlicher Bursche, aber ebenso sicher hatte er Holder nicht ermordet. Im Gegenteil, er hatte allen Grund dazu, ihn am Leben zu erhalten, da aus den Papieren hervorging, daß das angebliche ›Syndikat‹ nur aus Holder und Walker bestand und daß der Ermordete die Suche nach Kupfer auf Walkers Grund hätte finanzieren sollen.

»Na ja«, murmelte Wright enttäuscht, »eines ist sicher. Es gibt einen Mann, der Holder lieber lebendig als tot sah – und bisher ist Walker der einzige, von dem man das behaupten kann.«

Das hatte der Farmer natürlich auch gemeint, als er erwähnte, daß er Holder nur von geschäftlichen Dingen her kannte. Es sah außerdem so aus, als ob der Großteil ihrer Geschäfte schriftlich abgewickelt worden wäre, denn es fanden sich etliche Kopien von Holders Briefen und die Originale von Walkers Antworten. Holder war ganz bestimmt nicht der Mann gewesen, der sich mit einer mündlichen Zusage zufriedengegeben hätte; aus diesem Grunde hatten sich die beiden vermutlich nicht sehr oft getroffen.

Enttäuscht, daß sein Hauptverdacht sich als unbegründet erwies, wandte sich Wright wieder dem Schreibtisch zu und lächelte, als er entdeckte, daß dieser die übliche Geheimlade besaß. Da derartige Vorrichtungen ihm nicht neu waren, gelang es ihm ohne viel Mühe, diese zu öffnen; doch diesmal war er echt enttäuscht. Darin lag keine Liste von schuldigen Männern und deren Geheimnissen, sondern lediglich ein Foto und ein Brief. Ersteres war in keiner Weise interessant, es zeigte nur eine Gruppe Touristen, die im Halbkreis um einen Wasserfall herumstanden, der sich irgendwo im englischen Lake-Disktrikt befinden mußte.

Wright blickte das Bild mit verwirrtem Stirnrunzeln an. »Warum sollte man so etwas verstecken?« murmelte er. »Ganz normal aussehende Leute. Nichts Besonderes an ihnen.«

Dann öffnete er den Briefumschlag und überflog den Inhalt. Dabei stieß er ein leises Pfeifen aus und las den Brief ein zweites Mal, noch aufmerksamer. Hier lag der Schlüssel zum Ganzen. Es handelte sich um ein Schreiben einer Gesellschaft von Privatdetektiven und einen Luftpostbrief aus England. Das Schreiben der Detektivgesellschaft lautete: »Sehr geehrter Herr, bezugnehmend auf Ihren Brief, in welchem Sie um Auskünfte über den Betroffenen baten, können wir Ihnen mitteilen, daß die Nachforschungen in England ergeben haben, daß der Betroffene die Schule, an der er lehrte, unter üblem Leumund verließ und angeblich von einer jungen Kinderschwester begleitet wurde, die ebenfalls an der Schule gearbeitet hatte. Wir haben in Erfahrung gebracht, daß die Ehefrau des Betroffenen noch in demselben Dorf lebt und sich nicht scheiden ließ, da die Religion ihr einen derartigen Schritt untersagt. Es heißt, daß der Betroffene bald nach seinem Ausscheiden aus der Schule England verlassen hat und daß er mit der Kinderschwester nach Neuseeland reiste, wobei sich das Paar als Mann und Frau ausgab. Anliegend übersenden wir Ihnen den Luftpostbrief unserer englischen Mitarbeiter, der die oben angeführten Mitteilungen enthält, sowie unsere Rechnung für die in Ihrem Auftrag durchgeführten Nachforschungen.«

»Na, das ist ja ein dicker Hund«, dachte Wright, »vorausgesetzt, daß es sich bei dem ›Betroffenen‹ auch um den Mann handelt, den ich meine. Und darüber muß ich mich zuerst vergewissern.« Dann ging er hinaus und fragte Verity, ob sie ihm noch ein paar Minuten widmen könnte.

Er begann entschuldigend: »Ich sagte Ihnen, daß wir einfach alles anschauen müssen, selbst wenn es uns nichtssagend erscheint. Ich habe jetzt im Besitz Ihres Mannes dieses Foto gefunden und möchte gerne wissen, ob Sie mir dazu etwas sagen können. Kennen Sie zufälligerweise diese Leute?«

Verity blickte auf das Bild und zögerte. Dann sagte sie leise:

»Das ist ein Foto von einem Ort, an dem wir auf unserer Hochzeitsreise waren. Ich weiß nicht, ob Sie gehört haben, daß mich mein Mann nach unserer Hochzeit nach England mitnahm?«

»Nein, das hatte ich nicht gehört. War es eine große Reise?«

»Wir flogen hin und blieben einige Monate dort«, sagte Verity mit völlig ausdrucksloser Strimme. Nichts, so dachte Wright, hätte beredter die Traurigkeit und Trostlosigkeit dieser Flitterwochen verraten können. Sie fuhr fort: »Wir fuhren zum Lake District, wo ich dieses Bild kaufte – von einem Ort, den wir gesehen hatten. Wir selbst waren nicht darauf, und wir wußten auch nicht, wer die Leute auf dem Foto waren.«

»Aber Sie bewahrten das Bild auf?«

»O ja. Eine Zeitlang bewahrte ich alle Dinge, die wir aus England mitgebracht hatten, auf. Doch dann – später, als ich fühlte ... na ja, ich fand einfach, daß es keinen Sinn mehr hatte, diese Dinge aufzuheben – da holte ich eines Tages alles aus meiner Schreibtischlade hervor und wollte die Sachen vernichten. Gary kam herein, als ich gerade beim Aussortieren war, und schaute alles an. Ich fragte ihn, ob er etwas haben möchte. Daraufhin murmelte er ein paar Worte vor sich hin und ging mit diesem Foto hinaus, aber ich dachte nicht, daß er es aufheben wollte. Ich weiß nicht, warum er das getan hat.«

»Sie erkennen darauf niemanden wieder, Mrs. Holder? Kommt Ihnen irgendein Gesicht bekannt vor?«

Verity nahm das Bild und schaute es lange an, dann gab sie es ihm zurück und sagte kleinlaut: »Es ist nicht sehr deutlich, nicht wahr? Nur einige Touristen, die sich einen Wasserfall ansehen. Ich – ich verstehe wirklich nicht, warum Gary es haben wollte.«

Doch sie wich Wrights Blick aus, und er hatte bemerkt, daß sie etwas errötet war. Er sagte ruhig: »Ich glaube, daß Sie jemand erkennen. Stimmt das?«

Einen Augenblick lang kam keine Antwort, und Wright wartete, ohne das Schweigen zu brechen. Dann sagte sie ausweichend: »Oh, man bildet sich oft ein, irgendwelche Ähnlichkeiten zu entdecken, aber ich habe niemand von diesen Leuten auf unserer Reise getroffen.«

»Mrs. Holder, ich will Sie wirklich nicht mehr länger ins Kreuzverhör nehmen, aber ich bitte Sie – im Interesse aller, die in diesem Fall betroffen sind, im Interesse aller unschuldigen Menschen, die verdächtigt werden könnten –, sagen Sie mir, ob Sie in dieser Gruppe jemand kennen.«

Sie hob zögernd den Blick und sagte langsam: »Ich glaube – ich bin nicht sicher. Wie kann man so etwas denn sicher sagen, wenn es sich um eine Gruppenaufnahme handelt? Aber ich glaube ...«

»Sie glauben, daß Sie jemand kennen?«

»Ja. Ich bin nicht sicher, Inspektor, aber der Mann dort drüben – der gutaussehende mit dem Feldstecher – also, der sieht so ähnlich aus wie Mr. Taylor, der Nachbar.«

»Aha. Der Mann, der an der High School unterrichtet?«

»Ja, aber ...«

»Aber?«

»Aber es ist nicht Mrs. Taylor. Diese Frau habe ich nie gesehen. Mrs. Taylor ist jung und sehr hübsch.«

»Mrs. Holder, sind Sie ziemlich sicher, daß es Taylor ist?«

»Na ja, nicht ganz. Es könnte auch jemand sein, der ihm sehr ähnlich sieht. Wie ich Ihnen bereits sagte, ich habe sie nie sehr oft gesehen. Gary mochte sie nicht und haßte ihr Haus. Mir wäre es auch lieber gewesen, sie hätten nicht gerade hier gebaut, aber schließlich war es ihr Grund, und sie hatten auch das Recht auf einen schönen Ausblick. Aber Gary ärgerte sich schrecklich darüber, obwohl ich glaube, daß, wenn er mit ihnen freundlich geredet hätte, sie ihm den Grund mit Haus verkauft hätten, um sich woanders etwas zu bauen.«

»Aber er versuchte es nicht auf diplomatische Art?«

»O nein. Es gab einen schrecklichen Streit. Ich weiß nicht, was sie sich gegenseitig an den Kopf warfen, aber Dibble – der alte Mann, der im Garten arbeitete – hat es gehört. Das war sicherlich auch der Grund, warum Gary ihn nicht mehr hier haben wollte, er sagte, er sei ein Horcher und ein Unruhestifter, der überall herumschnüffele und sich nicht um seine eigenen Dinge kümmere.«

»Aber Ihr Mann sagte Ihnen nicht, worum es bei diesem Streit mit Taylor ging?«

»Nein. Er sagte nur, daß Taylor sich geweigert habe, ihm das Haus zu verkaufen. Warum hätte er es schließlich auch tun sollen.

Sie kamen am Wochenende gerne hierher. Deshalb war ich auch so überrascht, als Pauline sagte, sie hätte gesehen, daß das Haus beim Makler zum Verkauf angeboten war.«

»Das Haus der Taylors? Ist es zu verkaufen?«

»Es war, aber nur für einige Tage. Der Makler erzählte Pauline, daß sie gestern ihre Meinung geändert und das Angebot rückgängig gemacht hätten; daher nehme ich an, daß sie weiterhin hier bleiben werden.«

Wright sah sehr nachdenklich aus, doch alles, was er sagte, war: »Dieser alte Dibble. Das ist der Schiffer, nicht wahr? Arbeitet er regelmäßig für Sie?«

»Nein, er hat mir nur ab und zu im Garten geholfen, aber nach seinem Streit mit Gary überhaupt nicht mehr. Gestern war er da und sagte, daß er mir wieder behilflich sein würde, was ich sehr nett von ihm fand. Er ist ein ziemlich mürrischer alter Mann, aber ich mag ihn.«

In auffallendem Gegensatz zu ihrem Mann, dachte Wright, schien Mrs. Holder jeden zu mögen – und sie mochte zweifellos auch jeder und hielt zu ihr. Dann sagte Wright: »Ich möchte mich gerne kurz mit ihm unterhalten. Glauben Sie, daß er heute kommt?«

»Ich nehme es an. Er sagte, daß er mir eine Fuhre Seegras bringen würde, obwohl ich nicht weiß . . .« Ihre Stimme verebbte, und sie blickte schweigend aus dem Fenster, wobei sie den Mann, der sie beobachtete, gänzlich vergessen zu haben schien.

»Sie wissen nicht . . .?« fragte er sanft, worauf sie sich mit einer hilflosen Bewegung umdrehte, die er unendlich rührend fand.

»Ich weiß nicht, ob es überhaupt Sinn hat, im Garten zu arbeiten. Ich weiß nicht, was ich tun werde. Ich – ich will nicht mehr hierbleiben«, und als ob sie Angst davor hätte, noch mehr zu sagen, verließ sie ihn und eilte hinaus.

Wright setzte sich wieder an den Schreibtisch und schaute das Foto an. Taylor und dessen Frau in England; Holder erkannte die beiden, stellte Nachforschungen an, nützte sein Wissen aus, um Taylor unter Druck zu setzen, um ihm das Haus abzukaufen, das für ihn anscheinend zum Alptraum geworden war. Ja, es paßte alles zusammen. Doch dann schüttelte Wright den Kopf. Er war immer skeptisch, wenn Beweise so zusammenpaßten.

Er saß immer noch am Schreibtisch, als er draußen Stimmen hörte und aus dem Fenster blickte. Ein gutaussehender, großer Mann, in Begleitung einer sehr hübschen Frau, kam den Weg herauf. Wright hörte, wie Verity die beiden etwas förmlich begrüßte. Die Stimme des Mannes klang warm und sympathisch.

»Ich hatte gerade etwas freie Zeit, Mrs. Holder, die ich nützen wollte, um zusammen mit meiner Frau um die Mittagszeit herauszukommen und Ihnen unser Beileid auszusprechen«, dann wurde das Angebot ausgesprochen, zu helfen.

»Wir werden zwar wie gewöhnlich bis zum Wochenende nicht hier sein, aber Sie brauchen uns nur in unserem Haus in Willesden anzurufen, dann können wir nach der Schule schnell herausfahren. Wir möchten wirklich gerne alles für Sie tun, was uns möglich ist, nicht wahr, Felicity?«

Die Stimme des Mädchens klang ebenso angenehm wie englisch. »Ja, natürlich. Bitte lassen Sie uns Ihnen helfen. Wir sind ja schließlich Nachbarn, nicht wahr?«

Nachbarn. Ohne lange zu zögern, öffnete Wright die Tür des Büros und ging zu ihnen hinüber. »Verzeihen Sie bitte, daß ich Sie unterbreche, aber Sie sind doch sicher Mr. und Mrs. Taylor.«

»Richtig. Ich bin Ralph Taylor, und das ist meine Frau.«

»Sehr erfreut. Ich wollte Sie schon in der Stadt anrufen und Sie dort aufsuchen, aber wenn Sie mir jetzt einige Minuten widmen könnten, dann könnte ich mir die Fahrt ersparen.«

»Aber selbstverständlich«, sagte der große Mann mit seiner sonoren Stimme. »Ich muß erst um zwei Uhr wieder in der Schule sein, Inspektor. Womit kann ich Ihnen dienen?«

»Vielleicht würde Mrs. Taylor mir gestatten, ein paar Worte allein mit Ihnen zu wechseln, während sie sich mit Mrs. Holder unterhält?« sagte Wright, und obwohl seine Worte liebenswürdig und höflich klangen, wirkten sie wie ein Befehl. Ihr hübsches, rosiges Gesicht lief purpurrot an, und sie sagte schnell: »Aber selbstverständlich, wenn es sich um etwas Privates handelt. Sie werden meinen Mann nicht sehr lange brauchen, oder?«

»Nur ein paar Minuten«, versicherte Wright ihr beruhigend,

doch er bemerkte den ängstlichen Blick, den sie ihrem Mann zuwarf, sowie das warme Lächeln, mit dem er sie besänftigen wollte.

Als sich die Bürotüre hinter ihnen geschlossen hatte, wandte Wright sofort die Schockmethode an. Er hielt Taylor das Foto hin und sagte: »Erkennen Sie das? Ich glaube, das sind Sie und Ihre Frau?«

Die Wirkung dieser letzten Worte auf Taylor war erschreckend. Das schöne, eher strahlende Gesicht wurde plötzlich kreidebleich, und einen Augenblick lang blickte er sprachlos vom Inspektor auf das Bild und zurück. Doch dann, als er ein wenig seine Selbstbeherrschung zurückgewonnen hatte, versuchte er etwas zu lachen. »Dieser Mann ist zweifellos Ihr sehr ergebener Diener; aber meine Frau? Sie haben Mrs. Taylor eben gesehen. Sie können sicherlich selbst beurteilen, ob es sich um dieselbe Frau handelt.«

»Gewiß kann ich das selbst beurteilen. Diese Dame ist nicht diejenige, die Sie mir als Mrs. Taylor vorgestellt haben. Diese Dame ist Ihre Ehefrau, die Sie in England verlassen haben und die sich nicht scheiden läßt. Die Dame, die ich eben kennenlernte, war Kinderschwester an Ihrer Schule und brannte mit Ihnen durch.«

Mit zitternder Hand legte Taylor das Bild auf den Schreibtisch. »Aber – aber wie haben Sie das denn herausgefunden?«

Wright legte das Foto sorgfältig zu seinen Akten und sagte anschließend: »Ich fand dieses Bild und einen Brief von einer Detektei in Mr. Holders Geheimlade. Er hatte Sie in dieser Gruppe erkannt und sein Wissen ausgenützt. Zunächst ließ er über Sie Nachforschungen anstellen und dann . . ., aber das wissen Sie ja alles selbst.«

»Was meinen Sie mit – alles?«

»Ich meine, daß Holder Sie erpreßte, nicht wahr? Ihnen drohte, den Schulrat zu informieren und Sie somit brotlos zu machen, es sei denn, Sie verkauften ihm das Haus zu einem lächerlichen Preis.«

Doch Taylor ließ sich diesmal nicht in Panik versetzen. Er erkannte die Gefahr und beherrschte sofort seine Aufregung. So konterte er mit dem Ausdruck äußerster Würde: »Erpressen? Mich? Das ist doch lächerlich. Ich hatte überhaupt keine Ahnung, daß Holder im Besitz dieser – dieser Information über mich war.«

»Aber Sie leugnen nicht, daß sie stimmt?«

»Das hätte wohl keinen Sinn. Die Tatsachen stimmen. Meine Ehe war ein bitterer Mißgriff. Meine jetzige Bindung – die nur deshalb nicht legal ist, weil meine Frau sich weigert, sich scheiden zu lassen – ist sehr, sehr glücklich. Ich hatte gehofft, daß die Wahrheit nie zutage treten würde. Ich fürchtete auch, daß ansonsten jegliche Möglichkeit, in diesem Lande Karriere zu machen, zunichte würde. Ich habe keine Ahnung – und es interessiert mich auch nicht –, wie Holder in den Besitz dieses Fotos gelangte. Mir hat er jedenfalls niemals etwas davon erzählt. Und was eine Erpressung anbetrifft, so besitze ich genügend Erfahrung, um zu wissen, was man im Falle einer Erpressung zu tun hat.«

»Ja? Und was hätten Sie in einem derartigen Fall getan, Sir?«

Taylor richtete sich auf, aber er bluffte jetzt, was beiden klar war.

»Ich wäre sofort zur Polizei gegangen und hätte diesen Mann angezeigt«, sagte er.

»Sehr vernünftig, Sir. Da kann ich nur hoffen, daß andere Opfer von Erpressungen dasselbe täten, denn es handelt sich wirklich um ein Verbrechen. Das Problem liegt darin, daß sie Publicity scheuen. Aber dieses Risiko hätten Sie auf sich genommen?«

»Ganz bestimmt. In derartigen Fällen werden die Personalien des Opfers vor Gericht nie preisgegeben.«

»Aber meistens werden sie erkannt, zumindest in einer Kleinstadt.«

Taylor errötete, und seine Stimme klang etwas hochtrabend, als er sagte: »Aber das Zusammenleben mit einer Frau, die nicht Ihre Ehefrau ist – zumindest nicht vor den Augen des Gesetzes, aber in jeder anderen Beziehung –, das ist kein Verbrechen. Erpressung ist eines.«

Plötzlich tat Wright der Mann leid. Er log zwar, darüber bestand kein Zweifel. Aber das Schicksal hatte ihm einen üblen Streich gespielt, als es dieses Foto dem skrupellosen Gary Holder in die Hände spielte. Er sagte deshalb milder: »Aber Sie hatten sich dazu entschlossen, Ihr Häuschen hier zu verkaufen. Der Grundstücksmakler hatte ein Foto in seiner Auslage und war sehr überrascht, als Sie plötzlich Ihre Meinung änderten. Sie änderten Sie an dem Tag, an dem Holders Leiche gefunden worden war. War das ein reiner Zufall, Mr. Taylor?«

»Das war es nicht. Ich mochte Holder nicht als Nachbar. Als ich hörte, daß er tot war, beschloß ich, das Haus zu behalten. Wir kommen gerne am Wochenende hierher; aber dieser Mann nebenan hatte uns allmählich den Aufenthalt hier vergällt. Als wir hörten, daß er tot war – obwohl wir natürlich über die Art seines Todes sehr bestürzt waren –, kamen wir zu der Überzeugung, daß es keinerlei Gründe mehr für einen Verkauf gäbe.«

»Verstehe. Sie behaupten also mit absoluter Gewißheit, daß Holder – obwohl er Ihre Geschichte kannte – niemals versuchte, dieses Wissen auszunützen, um Sie zum Verkauf des Hauses – zu einem Verlustpreis – zu zwingen.«

Wright seufzte. Im Augenblick konnte er nichts mehr tun. Aber er besaß eine Waffe mehr in seiner Hand. Er fragte plötzlich: »Worüber ging eigentlich dieser heftige Streit, den Sie vor einiger Zeit mit Holder hatten? Ein Streit, der so schlimm war, daß Sie seither keinerlei Kontakt mehr miteinander hatten?«

Taylor schwieg einen Augenblick, dann erwiderte er: »Das war eigentlich eine sehr persönliche Sache. Aber es macht mir nichts aus, sie Ihnen zu erzählen, Inspektor. Ich machte Holder Vorhaltungen, daß er seine Frau so grob und tyrannisch behandelte. Wir – wir beide mögen Mrs. Holder sehr gerne und waren oft gezwungen, seinen Ton ihr gegenüber mit anzuhören, worauf wir uns denken konnten, wie er dieses sanfte und hübsche Mädchen im allgemeinen behandelte.«

Wright überlegte. War das alles frei erfunden, oder war etwas Wahres daran? Taylor war ein intelligenter Mann, ein schwieriger Gegner. Für den Augenblick konnte er ihm nichts anlasten, aber er fragte sich, ob seine Geschichte wohl einem Kreuzverhör vor Gericht standhalten würde. Er sagte deshalb nur: »Das war sehr nett von Ihnen. Noch eine letzte Frage. Waren Sie letztes Wochenende hier?«

Taylor war darauf vorbereitet gewesen. Er lächelte und sagte verbindlich: »Wir waren hier – wie jedes Wochenende in diesem Jahr. Sonst noch etwas, Inspektor?«

»Im Augenblick nichts, Sir; und vielen Dank für Ihre Auskünfte. Es ist immer klug, mit der Polizei offen zu reden.«

Taylor ignorierte seinen Sarkasmus und wollte sich gerade würdig verabschieden, als er zögerte und noch einmal von der Türe zu ihm zurückkam: »Inspektor«, begann er, »was Sie herausgefunden haben ...«, dann stockte er, zutiefst gedemütigt, beschämt, um Diskretion bitten zu müssen.

Wright entgegnete ihm sofort: »Was ich herausgefunden habe, Mr. Taylor, ist Ihre Privatsache. Ich untersuche einen Mordfall und bin kein Hüter der Moral. Ihre persönliche Geschichte ruht bei mir in Sicherheit.«

»Vielen Dank, Inspektor. Ich weiß, daß ich mich auf Sie verlassen kann«, sagte Taylor und verließ schnell den Raum.

»Armer Teufel«, dachte Wright, als sich die Tür geschlossen hatte. »Nicht schön, sehen zu müssen, wie ein Mann jegliche Stärke verliert. Aber er hat natürlich gelogen. Holder zwang ihn zum Verkauf.«

Von dem Toten waren zweifellos Schwierigkeiten zu erwarten, entschied Wright lächelnd. Schließlich war er ja kein sehr einnehmender Mensch gewesen, wie sich der junge Irving ausgedrückt hatte. In diesem Augenblick klopfte Anthony an die Tür. Ob der Inspektor zum Mittagessen kommen möchte?

Wright entschuldigte sich. Wäre es vielleicht möglich, daß Mrs. Holder ihm eine Tasse Tee und ein Sandwich machte, damit er in seiner Arbeit fortfahren könnte? Aber natürlich nur, wenn das nicht zu viel Mühe bereiten würde.

»Überhaupt keine Mühe«, versicherte ihm Anthony. »Stets zu Diensten. Der Anlaß wäre natürlich ein etwas freudigerer, wenn ...«, dann ließ er seinen Satz unbeendet, was etwas merkwürdig wirkte.

Doch Wright lächelte freundlich. »Ich begreife, was Sie meinen, und gebe Ihnen völlig recht. Nichts ist verwirrender, als mit einem Polizisten zusammenzusitzen, der sich fragt, wer von den Anwesenden der Mörder war«, sagte er gewandt, worauf Anthony sich wegen des Fehlschlages seiner zynischen Äußerung etwas enttäuscht zurückzog.

Wright fuhr in seiner Arbeit fort, fand aber nichts Interessantes

– nur weitere Beweise des Reichtums dieses Mannes und der schamlosen Ausnutzung seiner Macht, aber nichts, was auf einen Mord hindeutete. Als Anthony gerade mit einem Tablett erschien, auf dem er Tee und Sandwiches brachte, sagte Wright plötzlich: »Der alte Mann, der gerade den Weg heraufkommt. Ist das Dibble? Ich glaube ja. Ich gehe schnell hinaus und spreche mit ihm.«

»Bevor jemand von uns ihn warnen kann?« sagte Anthony boshaft. Wright überhörte seine Stichelei. Er wollte auf jeden Fall nicht das Risiko eingehen, daß Verity Dibble ersuchte, nichts von dem Gespräch zwischen Holder und Taylor zu erzählen; denn Wright war überzeugt, daß, falls bei diesem Streit das Thema auf Holders Beziehung zu dieser Frau, die er seine Gattin nannte, gekommen war, Verity alles tun würde, um dieses unglückliche Paar zu schützen. Das war eben die Art der Frauen.

Dibble mochte die Polizei nicht. Das sah man schon an seinem ersten Blick, den er auf den Inspektor warf. Er wollte nicht verhört werden. Das ließ er sofort durchblicken. Er ging sogar zum Angriff über.

»Was ist jetzt wieder los? Wollen mich wohl ausfragen, so wie es die Polizei mit unschuldigen Leuten immer tut? Was ich gesehen habe? Wo ich war? Aber – die Antwort ist –, daß ich nichts gesehen habe, daß ich nichts getan habe, daß ich nirgendwo gewesen bin.«

Nach dieser glänzenden Darbietung über den Nutzen der allgemeinen Schulpflicht verfiel Dibble in brütendes Schweigen. Wright blickte ihn streng an und sagte: »Mein Lieber, es besteht keinerlei Grund, diesen Ton anzuschlagen. So reden nur Leute, die etwas zu verbergen haben. Das bringt mich übrigens auf einige Gedanken. Wann haben Sie Holder zum letzten Mal gesehen?«

Dibble spuckte kräftig aus, womit er nicht nur seine Meinung über den Verstorbenen, sondern auch die über die Polizei kundtun wollte.

»Hab' ihn schon ungefähr einen Monat nicht mehr gesehen. Konnt' ihn nicht riechen. Weiß nix von ihm, außer, daß seine Leiche irgendwo beim Wasser gefunden worden ist – so, wie es dieser alte Teufel vorhergesagt hat«, endete er triumphierend.

Wright blickte ihn interessiert an. Dibble schien darüber erfreut zu sein, daß man die Leiche in Davids Bootshaus gefunden hatte. Er sagte ruhig: »Dann mögen Sie also Mr. Marshall auch nicht so besonders? Was haben Sie gegen ihn einzuwenden?«

Doch jetzt war Dibble auf der Hut. Er hätte zweifellos David des Verbrechens beschuldigt, wenn er damit nicht Verity hineingezogen hätte. Er sagte unhöflich: »Hab' nix gegen ihn. Legen Sie mir nicht solche Worte in den Mund. Nur weil so ein Kerl den ganzen Tag wartend am Strand herumlungert; aber ich sag' nix, das sag' ich Ihnen.«

»Sie sind auch nicht besser, wenn Sie Marshall auf Schritt und Tritt beschnüffeln und beobachten. Aber vielleicht interessiert es Sie, daß er zu uns ganz offen geredet hat und daß wir wissen, daß er letztes Wochenende hier war. Ich möchte, daß Sie mir die Frage beantworten, was Sie bei dem Streit zwischen Holder und dem Mann von nebenan gehört haben. Denn gehört haben Sie alles. Sie hatten ja anschließend mit Holder Krach, weil er Ihnen sagte, Sie hätten geschnüffelt.«

Einen Augenblick lang war Dibble sprachlos, sein Mund ging ständig auf und zu, wie der eines Fisches, der seiner Beute nachjagt. Dann entschloß er sich, zu reden und ein für allemal die Wahrheit zu sagen.

»Ja, es stimmt, ich hab' sie gehört. Weil sie sich so angebrüllt haben. Holder sagte, entweder verkauft Taylor ihm das Haus zu dem verlangten Preis oder er schreibt einen Brief an den Schuldirektor. Darauf schimpfte Taylor ihn einen Erpresser, der seine Frau mißhandele und jeden hasse, und daß er es ihm eines Tages schon heimzahlen würde.« Der alte Mann strahlte Wright mit bösartigem Vergnügen an.

10. Kapitel

Nachdem sich Wright noch einige Zeit in Holders Stadtbüro aufgehalten hatte, kehrte er um fünf Uhr ins Willesden Hotel zurück, wo bereits Jim Middleton auf ihn wartete. Lloyd hatte sich sofort bereit erklärt, der Polizei sein eigenes Privatbüro zur Verfügung zu stellen. »Ganz selbstverständlich, Sir, bei einem solchen Anlaß. Ich bin glücklich, Ihnen einen Gefallen erweisen zu können. Willesden ist plötzlich bekanntgeworden. Heute waren den ganzen Nachmittag irgendwelche Zeitungsmenschen da. Sie kommen am Abend wieder, um von Ihnen irgendwelche Neuigkeiten zu erfahren.«

Der Wirt genoß offensichtlich seine Wichtigkeit, die er durch diesen Mord erlangt hatte, und so ging es vermutlich auch den anderen Bürgern von Willesden, dachte Wright grimmig. Doch je mehr er über Holder erfuhr, desto mehr mußte er ihre Meinung teilen.

Jim war freundlich wie immer, aber er wunderte sich, warum man ihn in seinem uralten Auto von so weit hergeholt hatte, nur um seine Meinung über Hufspuren zu erfahren.

»Mach dich bitte auf eine Enttäuschung gefaßt. Die Chancen stehen zwanzig zu eins. Aber wo ich nun einmal hier bin, kannst du mir ja die ganze Geschichte erzählen. Besonders erfreut wirkst du gerade nicht.«

»Der Haken liegt an diesem verdammten Bootshaus«, sagte Wright. »Ich kann jede Menge Mörder finden, aber keiner würde die Mühe auf sich nehmen, eine Leiche quer durch eine Sumpfebene zu schleppen, um sie dort liegenzulassen. Ich habe jedoch einen winzigen Anhaltspunkt, obwohl er nicht einmal mit dem Bootsschuppen in Zusammenhang steht. Wenn ich recht habe, dann kannst du mir sagen, daß ich dich umsonst herkommen ließ. Ich habe heute etwas in Erfahrung gebracht – wenn das stimmt – was gut möglich sein könnte . . .«

»Arbeitest du nicht mit dem hiesigen Polizisten zusammen?«

»Er wurde heute woandershin gerufen, worüber ich nicht sehr traurig war. Er ist ein guter und anständiger Kerl, der aber leider überall Sünde wittert und alles ablehnt.«

»Wie jeder gute Polizist. Übrigens weiß ich überhaupt nichts über die ganze Sache, außer dem, was in den Zeitungen steht. Sie fressen den ›Mangroven-Mord‹ geradezu. Holder scheint ein erfolgreicher Bursche gewesen zu sein, ein bekannter Mann hier, aber nicht sehr beliebt.«

»Eine scheußliche Arbeit auf jeden Fall. Seit seinem Tod ist die ganze Stadt in Ferienstimmung, weil ihn niemand ausstehen konnte. Das Begräbnis findet übrigens in Auckland statt. Verbrennung. Ganz privat. Holders Anwalt und sein Arzt werden die Familie vertreten.«

»Und die gerichtliche Untersuchung?«

»Für ein paar Tage vertagt, bis wir etwas Greifbares haben. Ich glaube, wir sollten jetzt hinüberlaufen, Jim, dann kannst du dir ein besseres Bild machen.«

»Jawohl, ich warte voller Spannung darauf.«

Wright erzählte ihm die Tatsachen, die Jim bereits teilweise kannte: wie man die Leiche gefunden hatte, Paulines und Anthonys Rolle in der ganzen Angelegenheit, die Voraussage des Hexendoktors, und so weiter.

»Und nun zu den Personen. Zunächst das Opfer selbst. Ein typischer Kleinstadt-Tyrann, der seine Hände überall im Spiel hatte. Im Privatleben ein Grobian, den jeder haßte oder fürchtete. Seiner jungen Frau machte er anscheinend das Leben zur Hölle. Übrigens sind keine Kinder da.«

»Die wird vermutlich auch niemand vermissen. Und jetzt zu deinen Verdächtigen – und meinen Hufspuren.«

»Nehmen wir also im Moment an, daß diese wichtig sind, daß die Leiche von einem Pferd zum Bootshaus getragen wurde. Ich kann mir nicht vorstellen, auf welche andere Art sie sonst dorthin gekommen sein könnte.«

»Vielleicht mit einem Boot.«

»Möglich, aber nicht wahrscheinlich. Jedes Boot müßte an Dibbles Hütte vorbeifahren; Dibble aber ist ein großer Schnüffler und hat Angst um seine eigene Haut. Er würde so etwas sofort erzählen. Abgesehen davon, was hätte es für einen Sinn, durch tiefes Wasser zu fahren, ohne dabei die Leiche darin zu versenken? Es wäre natürlich möglich, daß man den Toten in dem alten, wackeligen Kanu durch die Bucht zum Schuppen hinübergefahren hätte oder sogar in Marshalls Boot, aber wie hätte man ihn dann über die Weiden bis zur Bucht gebracht? Das läßt auf die Verwendung eines Fahrzeuges oder eines Pferdes schließen.«

»Richtig. Insbesondere da du sagst, daß die Spuren bis zum Schuppen hinführen. Ein Pferd würde niemals direkt zu einem Ort hinlaufen, es sei denn, es wird geführt; normalerweise gehen sie ziellos umher, wenn sie frei laufen können. Also schön. Nehmen wir an, daß die Hufspuren wichtig sind und daß die Leiche zum Bootshaus gebracht wurde. Das macht natürlich das Ganze noch schwieriger. Am liebsten möchte ich sie jetzt sofort sehen.«

»Die sind morgen auch noch da. Sie sind gut zugedeckt, außerdem ist David Marshall dort. Es könnte sie daher niemand verwischen, ohne daß er es bemerken würde, und es wäre reiner Wahnsinn, wenn er selbst es versuchen würde.«

»Richtig. Und jetzt zu den Verdächtigen. Zunächst, wie üblich, vermutlich seine Frau.«

»Ja. Verity Holder hätte genügend Gründe gehabt. Man merkt sofort, daß sie ihren Mann haßte und fürchtete; er hat sie sehr brutal behandelt. Außerdem ist sie möglicherweise in David Marshall verliebt, der sie seit ihrer Kindheit kennt und sie zweifellos liebt.«

»Wollen wir davon ausgehen, daß dies ein sehr starkes Motiv ist! Was ist das für ein Mädchen? Vermutlich eine Amazone, die eine Leiche auf ein Pferd heben könnte?«

»Sie ist keine Amazone. Ganz im Gegenteil. Eine zarte, kleine Person, sehr schön, etwas madonnenhaft. Sie selbst hätte das nie fertiggebracht, aber vielleicht hatte sie einen Komplizen?«

»Etwa David Marshall?«

»Ja. Er oder irgendein anderer Mann. Jeder mag sie, und jeder haßte Holder. Angenommen, daß sie die Kontrolle über sich verlor und ihm eins über den Kopf zog – obwohl ich mir nicht vorstellen kann, daß sie die Kraft dazu besäße, so wie sie aussieht. Aber wenn sie es getan hätte, so wäre ihr zweifellos jemand zu Hilfe gekommen. Aber sie hätte es nie zugelassen, daß man die Leiche in Davids Bootshaus bringt. Sie hat wahnsinnige Angst um ihn.«

»Dann können wir Verity Holder also vergessen. Und was wäre

mit der dritten Person in dieser üblichen Dreieckssituation? Mit David Marshall?«

»Da haben wir natürlich jegliches nur denkbare Motiv. Er liebt Verity, er kennt sie seit seiner Kindheit, und sie gab ihm vermutlich wegen Holder den Laufpaß.«

»Sie scheint ein ganz schönes Miststück zu sein.«

»Das kann ich nicht beurteilen. Sie war damals neunzehn und hatte, glaube ich, eine sehr ehrgeizige Mutter. Jeder gibt zu, daß Holder ein gutaussehender Bursche war und daß er charmant sein konnte, wenn er wollte. Er hat sich vermutlich in ein hübsches Gesicht verliebt und langweilte sich später mit einem Wesen, das viel zu sanft und unterwürfig für ihn war. Wie dem auch sein mag, David Marshall ist jedenfalls in sie verliebt und hat sich diese unansehnliche Hütte nur gekauft, um in ihrer Nähe sein zu können. Ich will damit auf nichts anspielen, worüber Sergeant Rutherford die Nase rümpfen würde. Ich meine nur, daß er sie einfach beobachten wollte, kurz: um in ihrer Nähe zu sein, wenn sie ihn brauchte.«

»Na, ihm hast du genügend Motive eingeräumt. Aber was würdest du von einem Mord aus Gelegenheit halten?«

»Ausgezeichnet. Er gibt zu, daß er am Wochenende hier war, obwohl er behauptet, er sei nur hergefahren, um etwas Abwechslung zu haben, habe aber niemanden gesehen. Zweitens wollte er nachsehen, ob hier alles in Ordnung sei, weil er seinem Freund die Hütte geliehen hatte. Auf jeden Fall war er aber da.«

»Wäre es möglich, daß er Holder irgendwo in der Nähe des Bootshauses gesehen hätte, daß er mit ihm gestritten und dabei die Kontrolle über sich verloren hätte? Aber es wäre auf jeden Fall Wahnsinn gewesen, die Leiche dortzulassen – es sei denn, er wäre gestört worden.«

»Und selbst wenn dies eingetreten wäre, so hätte er immer noch zwei Tage gehabt, um den Toten loszuwerden. Holder verschwand und wurde vermutlich am Samstagvormittag umgebracht. Die Leiche wurde aber erst am Montagabend gefunden. Marshall hätte also genügend Zeit gehabt, um sie ins Wasser zu werfen oder um sie hinter seiner Hütte in der Erde zu vergraben. Dort hätte sie einige Zeit bleiben können.«

»Ja. Das stimmt. Aber trotzdem sieht die Angelegenheit für den jungen Mann nicht sehr gut aus.«

»Sie wird noch schlechter aussehen, wenn du zufälligerweise entdecken solltest, daß diese Hufspuren zu seinem Pferd gehören, auf dem er drüben immer reitet.«

»Verlange bitte keine Wunder von mir. Es besteht nur eine sehr geringe Chance, daß ich sagen kann, welches Pferd diese Spuren hinterließ. Der nächste Verdächtige, bitte.«

»Als nächstes kommen die Nachbarn. Da gibt es einen komischen alten Vogel, der Menschen und Tiere durch eine Art Autosuggestion heilt, gemischt mit Farbtherapie und Geistern, die zu ihm sprechen. Er mochte Holder nicht, weil der Verstorbene es gewagt hatte, sich über seine okkultistischen Fähigkeiten lustig zu machen. Das könnte bereits ein Motiv sein.«

»Wenn das stimmt, dann kann man ihn wohl bereits ausschalten. Sagtest du nicht, er hätte vorausgesagt, daß man die Leiche in der Nähe des Wassers finden würde? Wenn er der Mörder gewesen wäre, hätte er dies doch bestimmt nicht gesagt.«

»Das ist richtig. Trotzdem hatte er einen Grund – und außerdem kann er mit Pferden und anderen Tieren offensichtlich machen, was er will. Er hätte die Leiche fortschleppen können. Er ist zwar nicht groß, aber sehr stark. Seine Prophezeiung hätte genausogut reiner Bluff sein können. Er könnte annehmen, daß man ihn nie verdächtigen würde, weil er diese Angabe gemacht hatte.«

»Sehr fein ausgeklügelt, das Ganze. Aber schwierige Mordfälle machen mir Spaß. Und was gibt es sonst noch für Nachbarn?«

»Neben ihm wohnt eine Witwe, eine gewisse Mrs. Morton. Eine liebe, sehr sensible Frau, abgesehen von der Tatsache, daß sie von Katzen besessen ist. Sie mag Verity Holder sehr gern. Sie wäre stark genug – und ich glaube auch, entschlossen genug –, einen Mann umzubringen, und sie besitzt zwei Pferde, mit denen sie die Leiche fortschleppen könnte. Aber wäre eine Frau je in der Lage, diese auf den Rücken eines Pferdes zu heben? Und warum sollte sie den Toten bis zum Schuppen tragen, anstatt ihn einfach hier im Fluß zu versenken?«

»Wie kam sie dir vor? Irgendwie verrückt? Meiner Meinung

nach hätte kein vernünftiger Mensch die Leiche dorthin gebracht, es sei denn, er wollte David Marshall in Verdacht bringen.«

»Das würde sie sicher nicht tun. Nicht der Typ für eine derartige Handlung; außerdem würde sie niemals einem Freund von Mrs. Holder schaden wollen, und obwohl sie wie ein Grab darüber schweigt, so weiß sie sicherlich über diese Beziehung Bescheid. Ich glaube, für den Augenblick können wir Mrs. Morton vergessen.«

»Und wer käme sonst noch in Frage? Sicherlich gibt es auch andere Nachbarn? Aber warum sollte man sich nur auf Nachbarn beschränken?«

»Wegen des Ortes, an dem die Leiche gefunden wurde. Wenn irgendeiner seiner ›wohlgesinnten Freunde‹ aus der Stadt Holder umgebracht haben sollte, so hätte er sicherlich die Leiche ins Meer geworfen, das dort sehr tief und ein wesentlich besseres Versteck als dieser verdammte Schuppen ist. Ja, es gibt noch zwei weitere Nachbarn ... der Farmer oben an der Straße. Dem fiel es schon schwer, höflich zu sein. Er war mehr besorgt um seinen Flugzeug-Landeplatz als um den Mord. Mir kam er von allen am meisten verdächtig vor, ein sehr grober und starker Bursche. Er sieht aus, als ob er jeden um einen Pfifferling ermorden würde.«

»Wie ihr Stadtmenschen doch sofort auf einen armen Farmer losgeht! Wahrscheinlich nur, weil er ein einfaches Kind der Scholle ist und ein graues Hemd und eine grobe Hose trägt, glaubt ihr bereits, er könnte ein Mörder sein.«

»Und was für einen Vogel ihr einfachen Kinder der Scholle doch manchmal habt! Walker scheidet leider aus. Er erweckt in mir genau die Vorstellung eines Mörders, aber er hat kein Motiv dafür. Im Gegenteil, für ihn wäre es wesentlich besser gewesen, wenn Holder noch lebte, denn der Tote wollte für ein Projekt Geld zur Verfügung stellen, und Walker hätte keinerlei finanzielle Sorgen mehr gehabt.«

»Es gibt keinen Farmer ohne finanzielle Sorgen. Das muß schon ein ganz besonderes Projekt gewesen sein.«

»War es auch. Anscheinend besteht die Möglichkeit, auf Walkers Grund Kupfer zu finden. Sie haben bereits einen Grubeningenieur herkommen lassen, der einen Bericht erstellen soll. Ein intelligenter Knabe, namens Irving. Ich werde gleich auf ihn zu sprechen kommen.«

»Ist er derjenige, von dem die Zeitungen schreiben, daß er die Leiche gefunden hat? Für mich würde er als Hauptverdächtiger in Frage kommen.«

»Da habe ich nicht viel Hoffnung. Holder war für ihn zwar wichtig, aber wichtiger noch für Walker. Ich habe ihn bereits von meiner Liste gestrichen.«

»Und wer bleibt noch übrig?«

»Zwei gute Fährten und zwei ziemlich schwache. Zunächst der Nachbar Taylor, ein Lehrer an der High School«, und dann fuhr Wright fort, den Streit der beiden Männer zu erzählen, und gab schließlich seine Entdeckung preis, die er mit den Worten beschloß: »Natürlich leugnete er, daß er über Holders Wissen informiert war und daß Holder ihn durch Erpressung zu einem Verkauf zwingen wollte, aber er leugnete zu heftig und zu hastig.«

»Er muß ein sehr naives Gemüt haben, wenn er annimmt, daß du ihm das glaubst.«

»Insbesondere da sein Haus zum Verkauf ausgeschrieben war und er dann plötzlich davon Abstand nahm. Sein Leugnen hat ihm jedenfalls nicht sehr viel genützt, da ein ekelhafter, alter Bursche, namens Dibble, ein Schiffer, der sonst noch alle möglichen Arbeiten verrichtet, den Streit der beiden hörte, bei dem Holder gedroht hat, Taylor anzuzeigen.«

»Dann muß er wirklich ein Narr sein, um so etwas abzuleugnen. Bei ihm finden sich also einige Anhaltspunkte.«

»Sehr richtig, vorausgesetzt, daß er reiten kann, was ich noch nicht herausgebracht habe. Aber dann haben wir wieder dasselbe Problem – warum sollte er die Leiche dorthin bringen? Sein Haus ist nicht weit von einigen tödlichen Felsklippen entfernt. Es heißt, daß alles, was dort hineingeworfen wird, sofort von der Strömung erfaßt und nie wiedergesehen wird. Taylor hat ein Auto. Warum sollte er nicht die Leiche dorthin fahren und sie hinunterwerfen? Er ist ein großer Mann und wäre dazu leicht in der Lage.«

»Diese Hufspuren sind wirklich ein Rätsel.«

»Das kann man wohl sagen. Manchmal denke ich sogar, daß es

besser gewesen wäre, man hätte sie nie gefunden oder daß sie weggewaschen worden wären.«

»Und das sind alle? Was ist mit Dibble selbst?«

»Ein unangenehmes Stück Arbeit. Außerdem hat er, glaube ich, keine ganz stubenreine Vergangenheit, vermutlich ein oder zwei Jahre Kittchen. Offensichtlich betet er Mrs. Holder an und haßte ihren Mann. Es reizte ihn, Marshall unter Verdacht zu bringen, vermutlich aus reiner Eifersucht. Aber er gab uns die Informationen über Taylor, und ich glaube eigentlich nicht, daß er mit dem Mord etwas zu tun hat.«

»Und warum nicht? Der Bootsschuppen liegt für ihn sehr günstig, außerdem hat er ein Boot. Er hätte aber kein Pferd gebraucht – was mir ohnehin als ein ziemlich verrücktes Transportmittel für eine Leiche erscheint.«

»Und wieder einmal derselbe Grund – warum sollte er die Leiche dortlassen? Er hat ein Boot, und nichts wäre für ihn einfacher gewesen, als den Toten ins offene Meer hinauszufahren. Schon möglich, daß er Marshall in die Sache hineinbringen wollte, aber ich glaube nicht, daß er sich deshalb so viel Mühe gemacht hätte oder sogar das Risiko eingegangen wäre, die Leiche in seiner unmittelbaren Nähe zu hinterlassen.«

»Ja, etwas unwahrscheinlich. Aber ich glaube, ihn kannst du auf deiner Liste stehenlassen.«

»Die letzten zwei sind nicht sehr viel wert, aber ich werde sie dir trotzdem nennen. Zunächst Pauline Marshall, das Mädchen, das am Montagabend die Leiche entdeckt hat. Sie ist Davids Schwester und hatte beschlossen – aus einem Grund, den sie nicht verraten will, so daß ich annehme, daß es sich um eine unglückliche Liebe handelt –, die Stadt zu verlassen, um hier, an diesem im Winter so unerfreulichen Ort, eine Woche Urlaub zu verbringen. Sie kam per Bus her, dann fuhr Dibble sie in seinem Boot hinüber. Als sie endlich dort ankam, fand sie Anthony Irving, den Grubeningenieur, im Besitz von Davids Hütte.«

»Und wie kam der hierher? Warum sagte Paulines Bruder ihr nicht, daß er seine Hütte bereits verliehen hatte?«

»Er sagte, er wußte nicht, daß sie hinfahren wollte. Sie sehen sich anscheinend nicht allzu oft. Er ist mit Anthony befreundet und hat ihm das Haus geliehen, damit er dort seine Kupfer-Studien anstellen könnte. Übrigens kann ich mir vorstellen, daß der junge Irving und sie sich noch nie besonders gut ausstehen konnten, sie ist eine ziemlich heftige Person. Sie war anscheinend wütend, als sie ihn dort vorfand, und raste zum Bootshaus hinunter, um dort zu schlafen – natürlich eine verrückte Idee von ihr.«

»Und dort entdeckte sie dann die Leiche. Nicht gerade angenehm für sie. Aber dieser Irving hätte doch ihr die Hütte überlassen können und selbst im Bootshaus schlafen.«

»Sie ließ ihm dazu keine Zeit. Als sie schreiend aus dem Schuppen rannte, kam er herunter, um seinen verspäteten Akt der Ritterlichkeit nachzuholen. Ich muß sagen, daß Irving in dieser Situation ziemlich vernünftig handelte. Er führte sie zur Hütte hinauf, überließ ihr sein Bett und versuchte, sie zu beruhigen. Am nächsten Morgen schloß er nicht nur die Tür zum Bootsschuppen ab, sondern deckte auch die Hufspuren zu, die er entdeckt hatte.«

»Warum bis zum Morgen warten? Warum hat er nicht gleich die Polizei informiert?«

»Warte, bis du diese Sumpfebene gesehen hast, dann wirst du es begreifen. Ein scheußlicher Platz, an dem nur ein sehr junger und sehr verliebter Mann seine Wochenenden verbringen möchte. Die Überquerung der Sumpfebene ist ziemlich heimtückisch. Der Sergeant erzählt immer noch die Geschichte, wie er sich seine Uniform beschmutzte. Jetzt sind wir etwas organisierter; ein Boot liegt drüben, und ein anderes wartet an der Mündung, bis das Wasser genügend gestiegen ist, so daß man die Bucht im Boot durchqueren kann. Aber das erste Mal hatten wir ein ziemliches Theater – und das war noch bei strahlendem Tageslicht. Wirklich, in Anbetracht der Tatsache, daß es dunkel war, tat Irving das einzig Richtige.«

»Was ist das für ein Bursche?«

»Ganz in Ordnung, glaube ich. Aber er scheint es recht lustig zu finden, alle Leute mit seinen merkwürdigen, spitzen Bemerkungen zu ärgern. Zu Mrs. Holder jedoch war er sehr gut und freundlich. Das Marshall-Mädchen jedoch scheint sich über seinen spöttischen Ton maßlos aufzuregen. Ich glaube zwar, daß sie ihn recht gerne mag, aber seine Neckereien nicht ausstehen kann – und auch nicht, daß er sich Verity Holder gegenüber ganz anders verhält. Er und Pauline wohnen zur Zeit bei ihr.«

»Wann fuhr Irving zur Hütte – und wie?«

»In seinem eigenen Wagen, am Montagmittag. Das haben wir alles überprüft. Das Wochenende hat er in der Stadt verbracht.«

»Und Holder verschwand am Samstagmorgen? Somit können wir ihn also endgültig von der Liste streichen, nicht wahr?«

»Eigentlich schon, obwohl er von allen der einzige ist, dem ich den Plan eines so phantastischen Mordes zutrauen würde – auf Grund seines makabren Humors und seiner kühlen Überlegung. Aber wie du richtig sagst, mit ihm kommen wir nicht weit. Wir haben nur noch die Wahl zwischen Dibble, David und Taylor – wobei ich die letzten beiden vorziehe.«

»Da gebe ich dir recht, schon allein deshalb, da Frauen, wenn sie ein Problem haben, dieses unbedingt loswerden müssen; und sowohl Taylor als auch Marshall werden vermutlich eine schwache Frau beschützen. David erscheint mir als der Verdächtigere von den beiden. Er reitet. Seine Hütte ist nicht sehr weit von Holders Haus entfernt. Du sagst, er sei bis über beide Ohren in dieses Mädchen verliebt. Das stärkste Motiv und die beste Gelegenheit. Wenn wir aus diesen Hufspuren etwas in Erfahrung bringen können – wofür nicht allzu viel Möglichkeit besteht, wie ich dir bereits sagte –, dann stünde es schlecht um den jungen Mann. Nur – warum er sein eigenes Bootshaus benützte?«

»Das ist natürlich das stärkste Argument zu seinen Gunsten – das er aber vielleicht erkannt hat. Er ist kein Idiot, obwohl er nicht diese seltsame Phantasie seines Freundes Anthony besitzt. Aber er ist intelligent und um dieses Mädchen äußerst besorgt. Er hätte sich denken können, daß man ihn nie verdächtigen würde, wenn man auf seinem eigenen Grund die Leiche findet. Vielleicht ein Täuschungsmanöver.«

»Das wäre eine sehr gute Erklärung. Ich wollte immer schon einen wirklich spitzfindigen Mörder kennenlernen, und wenn David Marshall Holder tatsächlich umgebracht und ihn dort hingeschafft haben sollte, dann gebührt ihm echte Bewunderung.«

»Morgen wirst du ja den Beweis erbringen können. Aber im Moment lungert der Wirt draußen herum und will die angestrengt arbeitenden Gehirne nicht stören; aber er hofft dennoch, daß wir bald zum Essen kommen, ansonsten bekommt er morgen von seinem Koch die Kündigung.«

11. Kapitel

Am Donnerstagmorgen zu früher Stunde verließ Gary Holders Leiche Willesden, begleitet von einem Wagen, in dem ein Anwalt und ein Arzt saßen. Seine Abreise aus der Stadt, die er beherrscht und in der er sein prunkvolles Leben geführt hatte, ging ohne großes Aufsehen vonstatten. Verity hatte dankbar den Rat des Arztes angenommen und war nicht zum Begräbnis gefahren. Anthony, dem Pauline vorgeschlagen hatte, Verity zu vertreten, hatte für diese Idee gedankt, aber sofort spöttisch hinzugefügt, daß er diesen Spaßvogel nie lebendig gekannt habe, er ihn daher auch tot nicht interessiere und daß er keinen Grund sähe, sich zu engagieren. sagte leise zu Jim, daß dieser Mangel an Ehrerbietung den Diktator sehr wütend gestimmt hätte.

as ist da schon besonderes dabei? Erstens kann er daran s mehr ändern, und zweitens gibt es keinen Grund, warum die te jetzt mit einem Mann Mitleid haben sollten, den sie immer aßt haben, nur weil er ermordet worden ist«, erwiderte ihm Jim d blickte mit Abscheu auf die Bucht. »Wenn es etwas gibt, das ich och mehr hasse als Mangroven, dann sind es Krabben«, fügte er hinzu.

»Darüber mußt du dich einmal mit Miss Marshall unterhalten«, bemerkte Wright, während er die Hufspuren freilegte und Jim beobachtete, der sich niederkniete, um sie unter die Lupe zu nehmen.

»Donnerwetter«, murmelte sein Freund plötzlich und sagte anschließend, »was weißt du von ...« Doch als Wright ihn mit den Worten »etwas Außergewöhnliches?« unterbrach, wies Jim ihn sofort in seine Schranken.

»Du mußt mir Zeit lassen. Hast du noch nie zuvor einen Sachverständigen befragt?« Dann entstand wieder eine Pause, die Wright nahezu wahnsinnig machte, während Jim langsam von einer Fährte zur anderen ging, sie abmaß, verglich und sogar eine kleine Skizze davon anfertigte. Endlich richtete er sich auf und sagte: »Du hast mehr Glück, als du verdienst, mein Alter. Unglaubliches Glück. Es ist ein außergewöhnlicher Zufall, daß an diesen Spuren etwas Merkwürdiges ist. Siehst du es denn nicht selbst?«

Wright schüttelte ungeduldig den Kopf. »Sie stammen von einem Pferd – und nicht von einem Kamel oder einer Ziege. Das ist alles, was ich dazu sagen kann.«

»Und du wirst auch nie mehr dazu sagen können, wenn du dir nicht angewöhnst, die Dinge genauer anzusehen,« sagte Jim väterlich.

»Du solltest wissen«, gab sein Freund zurück, »daß wir uns keine Sachverständigen nehmen, um dann deren Arbeit zu leisten. Jim, ich bitte dich, sei jetzt ernst. Was regt dich denn an den Spuren so auf?«

»Das Pferd hat einen ungleichen Gang.«

»Na und? Das haben vermutlich viele. Du kannst doch nicht erwarten, daß jeder Gaul denselben Gang hat.«

»Deine Unwissenheit ist ungeheuerlich. Ein unregelmäßiger Gang bedeutet viel mehr. Siehst du denn nicht, daß die Fährte der Hinterhand verwischt ist?« Jim zeigte auf die Spuren – »hier und hier – und hier wieder. Das ist kein Zufall. Die Fährten sind alle genau gleich. Ich würde jede Wette eingehen, daß das Pferd, das hier gegangen ist, einen Hahnentritt hatte.«

»Und was ist das, bitte?«

Jim war jetzt ganz ernst – ein Sachverständiger, der über ungeheuer wichtige Dinge sprach, ob die nun mit Mord zu tun hatten oder nicht. »Das ist eine nervöse Verspannung der Muskeln, so ähnlich wie ein Krampf.«

»Und kommt das selten vor?«

»Nicht so selten, wie es eigentlich sein sollte, aber immerhin selten genug, um mit Sicherheit annehmen zu können, daß diese Spuren nicht von irgendeinem lahmen Pferd stammen. Wir werden jetzt alle hiesigen Pferde betrachten müssen, um das richtige zu finden.«

»Du lieber Gott, der Farmer besitzt vermutlich ein halbes Dutzend.«

»Na ja, den ganzen Tag werden wir dazu schon nicht brauchen. Am besten fangen wir gleich beim Pferd des jungen Marshall an. Rufst du ihn bitte?«

David kam heraus und wurde mit Jim bekannt gemacht. Der Inspektor begann: »Ich glaube, ich erzählte Ihnen bereits, daß ich einen Sachverständigen erwarte, der die Hufspuren untersucht, nicht wahr Mr. Marshall? Das ist der Mann. Und jetzt möchte er sich die Pferde der Umgebung ansehen. Macht es Ihnen etwas aus, wenn wir mit Ihrem beginnen?«

»Aber keineswegs. Ich werde es gleich einfangen. Wir müssen aber hinübergehen, da es die Sumpfebene haßt und sich fürchterlich benimmt, sobald ich es nur in die Nähe führe.«

»Tatsächlich?« sagte Jim und blickte Wright kurz an. »Merkwürdig, wie verschieden diese Tiere sind; die einen hassen, die anderen lieben den Sumpf. Wir lassen uns hinüberfahren und werden den alten Burschen auf der Weide begutachten.«

Joe war ein liebenswerter, etwa fünfzehn Jahre alter Wallach mit einem klugen Kopf und gutmütigen Augen. David ging sofort auf ihn zu und legte ihm ohne große Mühe das Zaumzeug an. »Ich werde ihn halten. Außerdem interessiert mich das, und ich möchte gerne zusehen. Oder stört Sie das, Inspektor?«

»Ganz und gar nicht. Eine reine Routineangelegenheit.«

David grinste Jim an. »Die unvermeidlichen Fragen der Polizei; aber ich wußte nicht, daß sich diese auch auf Pferde erstrecken. Joe, mein Junge, du stehst unter Verdacht.«

Das Pferd legte ein Ohr zurück, als es seinen Namen hörte, und David rieb ihm zärtlich die Schnauze. Jim stützte sich auf Davids Schulter und hob einen Vorderfuß hoch, blickte ihn kurz an, dann einen Hinterhuf, den er sorgfältig betrachtete. Anschließend nahm er David die Zügel aus der Hand und führte das Pferd auf und ab.

»Keine Anzeichen von Lahmheit«, sagte er kurz, »und die Hufe sind größer als die, die wir brauchen. Joe, du bist aus dem Verhör entlassen – und zwar ohne einen dunklen Fleck auf deiner Weste.«

»Und ich, für meine Person, würde dasselbe auch von dem Jungen sagen«, fügte Jim hinzu, als er mit Wright den Hügel hinaufging und David zu seiner Hütte zurückkehrte. »Sein Pferd hat auf jeden Fall nicht diese Hufspuren hinterlassen. Und es ist kaum anzunehmen, daß er sich ein anderes Pferd beschaffen würde, wo er dieses hier so gut kennt und es sicherlich mit gutem Zureden zur Überquerung der Sumpfebene bewegen könnte. Ich glaube wirklich, daß David nicht mehr in Frage kommt; und ich bin sehr froh darüber, weil er ein so lieber Mensch ist, wie Annabel sich ausdrükken würde.«

Wright lächelte, als ihm einfiel, daß Annabel Middleton bei jedem Mordfall nur Unschuldige sah, weil jeder ein »so lieber Mensch« war. Er schlug vor: »Jetzt schauen wir uns die Pferde des Farmers an. Vielleicht haben wir dort mehr Erfolg, obwohl ich es sehr bezweifle – außerdem vermute ich, daß unser Grobklotz nicht sehr erfreut sein wird, wenn wir seine Pferde unter die Lupe nehmen.«

»Das kann ich ihm nicht übelnehmen. Ich wäre wütend, wenn jemand die Hufe von Knight-at-Arms abmessen würde.«

»Knight-at-Arms wäre es vermutlich auch, wenn ich ihn richtig in Erinnerung habe«, erwiderte Wright trocken, worauf Jim lachen mußte, als die beiden den Hügel, der zur Straße führte, hinaufkletterten.

Plötzlich blieb er mit einem leisen Aufschrei stehen. Sein Arm packte den des Inspektors. »Bleib einen Moment stehen«, rief er aufgeregt. »Bleib stehen und schau dir das an«, und dabei deutete er auf eine Mähre, die sich langsam von ihrem Gefährten entfernte, um zum Wassertrog hinunterzugehen. Bei jedem Schritt zog sie ein Hinterbein hoch, als ob sie einen Krampf hätte.

Die Männer drehten sich um und blickten einander an. »Ist es das?« fragte Wright, »ist es das, was du als Hahnentritt bezeichnest?«

»Das ist es; geradezu ein Paradebeispiel dafür. Die Mähre war ein Rennpferd, und aus diesem Grund hat man sie wahrscheinlich pensionieren müssen. Wem gehört sie? Vermutlich Mrs. Morton?«

»Ja. Und würde das für die merkwürdigen Hufspuren sprechen?«

»Jawohl, und auch für die verwischten Fährten der Hinterhand. Donnerwetter, wer hätte das gedacht? Kaum eine Chance, dahinterzukommen, wie ich dir bereits sagte. Sehr unwahrscheinlich, an

Hufspuren etwas Außergewöhnliches zu erkennen – und hier – ein Hahnentritt; und das Pferd, von dem die Fährte stammt, blickt uns über den Zaun her an. So, alter Junge, da hast du dein Pferd. Aber nun zum Reiter!«

»Sehr richtig. Das ist das Problem. Wer würde sich denn je so ein altes Pferd schnappen, nur um damit eine Leiche wegzuschaffen?«

»Irgend jemand muß es aber getan haben. Die Spuren kamen mir ziemlich tief vor. Diese Mähre hat etwas Schweres getragen. Ich glaube, diese Tatsache können wir als ziemlich sicher annehmen. Vielleicht hat deine Mrs. Morton doch etwas mehr damit zu tun, als du angenommen hattest?«

»Aber ich glaube, zunächst sollten wir uns doch noch vergewissern, ob es sich um dasselbe Pferd handelt. Ich glaube nicht, daß Hahnentritt so selten vorkommt.«

»Das vielleicht nicht; aber es ist wohl kaum anzunehmen, daß es hier in der Nachbarschaft zwei Pferde mit demselben Gehfehler gibt. Aber warten wir ab, bis wir es genau angesehen und die Hufe abgemessen haben. Ich glaube nicht, daß Mrs. Morton Schwierigkeiten machen wird?«

»Die bestimmt nicht. Sie ist sehr vernünftig und bereit, mit der Polizei zusammenzuarbeiten. Außerdem ist sie gar keine so alte Dame, trotz ihrer Katzen.«

Als Wright an ihre Tür klopfte und ihr Jim vorstellte, lächelte sie offen. »Vermutlich einer Ihrer Sachverständigen? Bitte, kommen Sie doch herein.«

»Macht es Ihnen etwas aus, Mrs. Morton, wenn wir uns hier etwas umsehen; eine reine ...«

»Routineangelegenheit. Ich weiß«, sagte sie mit einem belustigten Blick. »Selbstverständlich können Sie sich überall umsehen, aber passen Sie auf die Katzen auf.«

Jim lächelte. Er mochte diese Frau auf Anhieb, obwohl ihm bereits eine ihrer lauernden Katzen, die ihn vom Sofa her angesprungen hatte, einen tiefen Kratzer verpaßt hatte. Er meinte: »Ist es nicht so? Sie fragen sich sicher auch, wie man nur Polizist werden kann. Alles Routine, immer Verhöre und Verdächtigungen – wobei letzteres natürlich im Moment nicht zutrifft.«

»Darüber würde ich nicht so sicher sein. Keine voreiligen Entschlüsse. Man merkt sofort, daß sie nicht einer von ihnen sind. Aber der Inspektor hat sogar recht. Ich müßte auf seiner Liste der Verdachtspersonen ganz oben stehen. Ich hatte allen Grund, Holder umzubringen.«

Jim schaute etwas verwirrt, dann lachte er. »Das kann ich mir vorstellen. Einen Grund hat anscheinend jeder gehabt. Aber trotzdem würde ich Sie von dieser Liste streichen.«

»Warum? Weil ich Pferde mag und zwei besitze?«

Jim erschrak. Denn schließlich ging es jetzt um eins ihrer Pferde. So fuhr er fort: »Na ja, natürlich wäre ich bei jedem Menschen, der Pferde liebt, voreingenommen.«

Mrs. Morton warf ihm ein warmes Lächeln zu. »Das weiß ich. Ich habe über Sie und Ihr Pferd, Knight-at-Arms, gelesen; übrigens ein hübscher Name. Sie sind zwar auch den Pferden verfallen, aber selbst Pferdeliebhaber bringen Menschen um, oder möchten es zumindest. Ich hätte diesen widerlichen Holder gerne eigenhändig ermordet.«

Wright lächelte. »Jetzt will ich einmal nicht als Polizist sprechen, sondern einfach als neugieriger Mann. Was wollten Sie mit diesen Worten sagen?«

»Oh, daß ich ihn nicht ausstehen konnte. Ich mag Verity sehr gerne, und er nahm diesem armen Kind jegliche Lebensfreude. Ein Biest und ein sturer Ochse, der es einfach nicht lassen konnte, ein sanftes Wesen zu quälen, das nicht in der Lage war, ihm seine Behandlung heimzuzahlen. Ja, ich haßte Holder aus diesem Grund, aber auch, weil ich meinen eigenen Ärger mit ihm hatte.«

»Und weshalb?«

»Er war ein Tierfeind. Insbesondere hatte er es auf Katzen abgesehen. Er behauptete, daß meine armen Tierchen zu ihm hinübergingen und seinen Garten ruinierten. Schon möglich, daß sie manchmal, wenn sie gerade auf Brautschau waren, umhergestreift sind, aber sie haben bestimmt niemals weder ihm noch seinem Garten Schaden zugefügt. Trotzdem erklärte er ihnen den Krieg und streute Gift.«

»So etwas darf ein Nachbar wirklich nicht tun. Gift ist eine gemeine Waffe«, sagte Jim ernsthaft erregt.

»Das ist es auch, und eine meiner Katzen starb daran. Das arme

Ding hatte einen schrecklichen Todeskampf, und wenn ich an jenem Abend Holder erwischt hätte, hätte ich ihn mit großer Genugtuung umgebracht. Am nächsten Tag muß eine andere etwas davon erwischt haben. Sie wäre auch gestorben, wenn Mr. Milward nicht gewesen wäre. Sie mögen zwar die okkultistischen Fähigkeiten dieses komischen kleinen Mannes belächeln; aber auf jeden Fall versteht er es sehr gut, mit Tieren umzugehen, und außerdem liebt er sie.«

»Und das genügt Ihnen bereits, um ihm seinen ganzen Humbug zu vergeben?« fragte Wright lächelnd.

»Humbug ist nicht das richtige Wort dafür. Milward mag zwar etwas verrückt sein, aber in ihm schlummert irgendeine geheimnisvolle Kraft. Er ist ein sehr selbstherrlicher, kleiner Mann, aber das liegt daran, daß er sich wirklich für berufen hält. Ich werde nie vergessen, wie er die arme kranke Katze behandelte; ich würde ihm jedes Tier anvertrauen.«

»Auch jeden Menschen?«

Ada zögerte, dann zwinkerte sie. »Jetzt wollen Sie mich aushorchen, und das lasse ich nicht zu. Fahren Sie mit Ihrem Verhör fort, und versuchen Sie bitte nicht, mich zu sehr zum Reden zu bewegen. Sagen Sie mir, Mr. Middleton, wie steht es mit Ihren Fohlen in dieser Saison?«

Jim berichtete ihr ausführlich und begeistert, dann ergriff Wright, der bisher geduldig zugehört hatte, das Wort. »Weil wir gerade von Pferden sprechen, was ist eigentlich mit Ihren beiden Pferden, Mrs. Morton? Reiten Sie noch?«

»Nein. Ich nicht. Die Pferde sind alt, und ich bin es auch. Möchten Sie sie gerne anschauen, Mr. Middleton? Die Mähre war in ihrer Jugend sehr gut, aber jetzt ist sie alt und lahm, das arme Mädchen.«

Jim kam sich etwas hinterlistig vor, als er darum bat, sie anschauen zu dürfen.

»Ich glaube, ich fange sie besser ein«, sagte Ada, mit einem Strick in der Hand. »Sie ist ziemlich empfindlich.« Doch Jim lächelte.

»Keine Angst. Ich erwische sie schon.«

»Das gelingt nur sehr wenigen Menschen. Milward mag sie natürlich gerne, Verity darf sie auch streicheln, aber ansonsten wendet sie sich von den meisten Leuten ab – aber nicht von Ihnen«, schloß sie überrascht, als Jim auf die Mähre zuging, sanft zu ihr sprach und ihr schließlich zärtlich den Hals kraulte. Das alte Pferd wandte den Kopf, blickte ihn neugierig an und stand still. Ada lachte. »Ich vergaß, daß ich mit einem Fachmann spreche. Aber was soll das eigentlich alles bedeuten? Sie wollen doch nicht nur einfach meine alte Freundin streicheln? Ich sehe, daß aus Ihrer Tasche ein Maßstab herauslugt. Ihre Hufe? Das dachte ich mir. Na ja. Ich glaube, ich stelle jetzt besser keine Fragen mehr, sondern halte den Mund.«

Jim blickte vom Huf der Mähre hoch und grinste sie an. »Die Schuld liegt beim Inspektor, Mrs. Morton. Sie und ich, wir müssen herausfinden, um welche Fährte es sich handelt. Sagen Sie, haben Sie einen Sattel?«

Sie nickte und setzte wieder ihr belustigtes Lächeln auf. »Sie können mir doch nicht einreden, daß der Inspektor einen kurzen Galopp ausprobieren will? Er sieht nicht gerade wie ein Reiter aus – und Sie wieder zu sehr, um ein Pferd mit einem Hahnentritt zu reiten. Ja, ich habe einen Sattel, aber er ist alt und verstaubt. Sie müssen ihn erst reinigen, wenn Sie ihn benützen möchten. Und mein Zaumzeug besteht leider auch nur aus dem Kopfstück. Die Zügel sind im Laufe der Zeit brüchig und schlecht geworden. Aber vielleicht läßt sich für den Inspektor ein Stück Seil finden«, und wieder lachte sie. Diesmal lachte Jim mit, sehr zu Wrights Ärger. Diese Frau war intelligent genug, um sie in die Irre zu führen. Ob sie vorhatte, das zu tun?

Doch als sie die beiden zum Schuppen führte und ihnen den Sattel zeigte, rief sie überrascht aus: »Verdammt noch mal – bitte entschuldigen Sie den wenig damenhaften Ausdruck. Aber wer hat denn diesen Sattel von der Wand genommen und gereinigt? Als ich ihn das letzte Mal sah, war er voller Staub, und eine freundliche, alte Spinne hatte darüber ihr Netz gewoben. Und jetzt ist er ganz sauber. Es würde mich nicht überraschen, Inspektor, wenn Sie mir jetzt die Handschellen anlegen würden. Sie müssen ja annehmen, daß ich Sie belogen habe.«

Wright erwiderte ernst: »Ich glaube nicht, daß Sie gelogen haben, Mrs. Morton; aber ich glaube, daß jemand innerhalb der letzten Tage diesen Sattel benützt hat – und zwar ohne Ihr Wissen.«

»Aber wozu denn? David und Walker sind die einzigen Reiter in der Umgebung, und beide haben ausgezeichnete Sättel. Wer möchte denn schon dieses alte Ding benützen – und wozu auch?«

Zum ersten Mal war sie wirklich verwirrt und besorgt. Sie blickte Jim mit ihren klaren, blauen Augen an und sagte: »Ich bin froh, daß Sie gekommen sind. Sie werden alles aufklären können. Nicht, daß ich dem Inspektor nicht vertraue, aber man braucht eben einen Reiter und Pferdekenner, um derartige Dinge herauszufinden. Ich möchte auf jeden Fall wissen, wer sich an meiner alten Mähre und an meinem Sattel zu schaffen gemacht hat.«

Wright erwiderte: »Wir werden unser Bestmögliches tun, Mrs. Morton, aber sie müssen uns ein wenig Zeit geben. Los, Jim, komm jetzt. Wir sehen nach, ob wir noch andere Hufspuren finden; und dann werden wir Ihnen sagen können, Mrs. Morton, wer sich an Ihre Besitztümer herangemacht hat.« Dann verließen sie die Männer eilig in Richtung der Straße.

»Auf jeden Fall kommen wir weiter. Zuerst das Pferd, dann der Sattel und die Hälfte des Zaumzeuges. Jetzt müssen wir noch den Mann finden. Vorläufig müssen wir uns jedoch erst bemühen, auch an anderen Stellen Spuren zu finden. Für diesen Hahnentritt müssen wir Gott danken, obwohl Mrs. Morton das nicht unbedingt zu hören braucht. Hier gibt es nichts. Die Straße ist zu hart. Gehen wir lieber zu Walker hinauf und schauen wir, ob wir dort einige Spuren finden. Genügend Schmutz und Schlamm gibt es dort ja.«

»Aber ich dachte, du hättest ihn von der Liste gestrichen. Und warum sollte er sich ausgerechnet eine empfindliche, alte Mähre aussuchen, wenn er vermutlich ein eigenes, ruhigeres Pferd besitzt?« fragte Jim, und Wright stimmte ihm mit einem nachdenklichen Nicken zu.

»Das ist ein Argument. Die ganze Angelegenheit wird immer verzwickter. Jetzt suchen wir erst einmal die Grundstücke der Nachbarn hier ab. Zuerst einmal zu Taylor.«

Das Ergebnis war negativ. Weder im Garten noch auf dem weichen Torfboden, der zwischen dem Gartentor und der Straße lag, fanden sich irgendwelche Spuren, die auf die Schritte eines Pferdes hingewiesen hätten. Wright mußte brummelnd zugeben, daß – zumindest für den Augenblick – Taylor nicht in Frage käme, dieses seltsame Pferd geritten zu haben.

»Und jetzt zu Mrs. Holder«, sagte er und richtete nach einer vergeblichen Suche sein Rückgrat wieder auf.

»Warum dort? Ich dachte, sie wäre auch nicht mehr auf der Liste.«

»Wir waren uns nur darin einig, daß sie nicht in der Lage wäre, eine Leiche auf den Rücken eines Pferdes zu heben. Aber sie hätte das Pferd einfangen können und David die Arbeit verrichten lassen. Du hörtest doch, daß Mrs. Morton sagte, Verity käme mit dem Pferd sehr gut zurecht.«

»Ja. Sie und dein Hexendoktor. Aber ich glaube, daß wir mit diesen Vermutungen nicht viel anfangen können.«

»Ich sehe schon ... jetzt fängst du mit der Geschichte der wahren Liebe an. Trotzdem werde ich nachsehen.«

Sorgfältig suchten sie den Zufahrtsweg und das Gras ab, das zwischen dem Haus und der Straße lag, aber sie fanden nichts. Während ihre Köpfe über diese Aufgabe gebeugt waren, kam ein Mädchen aus dem Hause gerannt. Jim richtete sich auf und warf ihr einen anerkennenden Blick zu. Das konnte nicht die trauernde Witwe sein, überlegte er. Dieses hübsche junge Ding erweckte keineswegs den Eindruck einer Madonna; sie sah eher aus, als ob sie Holder oder jedem anderen Kerl den Garaus machen könnte. Ihm gefielen ihr offener Gesichtsausdruck und ihre Freimütigkeit, mit der sie herausplatzte: »Was machen Sie denn da? Suchen wohl Zigarettenstummel oder etwas Ähnliches? Ich wußte nicht, daß Detektive heutzutage so arbeiten. Sie sind bestimmt Mr. Middleton. Ich habe schon über Sie gelesen und bin sehr froh, daß Sie da sind«, worauf sie ihm spontan ihre Hand zur Begrüßung entgegenstreckte.

Doch dann blickte sie plötzlich sehr ernst drein und fragte: »Oh? Geht es um die Hufspuren? Haben Sie welche gefunden? Mr. Middleton, Sie kennen sich doch mit Pferden aus. Sie glauben doch nicht, daß diese Fährten von Davids Pferd stammen, oder? Bitte sagen Sie, daß das nicht der Fall ist.«

Jim lächelte sie an und mißachtete Wrights abweisenden Blick. Dann sagte er: »Ich bin kein Polizist, Miss Marshall, daher muß ich auch keine Diskretion wahren: Also, diese Hufspuren stammen nicht vom Pferd Ihres Bruders. Daran besteht kein Zweifel.«

»Oh, dafür möchte ich Sie am liebsten umarmen. Sie sind ein Schatz. Ich wußte, daß Sie zu vernünftig sind, um so etwas zu glauben. Aber die Polizei hat eben so einseitige Gedankengänge«, zwitscherte sie, wobei sie Wright boshaft anlachte, der jedoch ihr Lächeln völlig unbeeindruckt erwiderte. Dann fuhr sie aufgeregt fort: »Aber von wem stammen denn dann die Spuren? Ich meine, von welchem Pferd? Aber der Inspektor erlaubt wahrscheinlich nicht, daß Sie mir das sagen. Doch die Hauptsache ist schließlich, daß sie nicht von Davids Pferd sind. Tausend Dank, Mr. Middleton. Ich muß das jetzt sofort Verity sagen.« Sie rannte davon, drehte sich noch einmal um und rief Wright lachend zu: »Das möge Ihnen eine Lehre sein, nicht mehr so gehässig und argwöhnisch zu sein.«

Jim lächelte, als sie einen letzten abfälligen Blick auf das Gras warf. »Ein nettes Mädchen. Ich sehe sie gut vor mir, wie sie in rasender Wut zum Bootshaus hinunterrannte. Armes Kind, sie hat nicht verdient, so etwas vorzufinden. Und übrigens, hier finden wir gar nichts. Außerdem habe ich keine Lust, mir bei dieser Herumkriecherei einen Hexenschuß zu holen.«

Wright richtete sich auf und warf noch einen letzten, bedauernden Blick auf den weichen Torf.

»Nein, hier finden wir nichts. Aber wo, zum Teufel, ist dieses Pferd denn gegangen? Als nächster kommt der Heiler dran, obwohl ich nicht viel Hoffnung habe, dort etwas zu entdecken. Dieser Spaßvogel sieht mir nicht gerade wie ein wilder Reiter aus.« Dabei gingen beide Männer über die Weiden zu Milwards Häuschen hinüber.

12. Kapitel

Als sie an den letzten Gartenzaun kamen, der das Grundstück des Heilers von dem Ada Mortons trennte, blieb Wright stehen und betrachtete ein Stück Schnur, das über dem Zaun hing. Die beiden Enden sahen aus, als ob sie erst vor ganz kurzer Zeit abgeschnitten worden wären. Er wandte sich zu Jim.

»Ob man aus diesem Stück die Zügel gemacht hat?« fragte er.

»Das Gewicht stimmt auf jeden Fall«, gab Jim zu, »aber man hätte den Strick auch zu einem anderen Zweck verwenden können.«

Im feuchten Erdboden im Hof entdeckten sie einen weiteren Beweis. Es bestand kein Zweifel, daß die Mähre mit dem Hahnentritt hier gewesen war. Sie fanden unverkennbare Spuren an vielen Stellen. Wright blickte um sich, aber von Milward war nichts zu sehen. Dann ging er schnell auf einen kleinen Schuppen zu, der in der Ecke des Hofes stand. Das erste, was er dort fand, war ein langes Stück Schnur, von dem offensichtlich der am Zaun hängende Strick stammte. Jim maß die Schnur nach und stellte dabei fest, daß sie die richtige Länge aufwies. »Aber trotzdem ...« sagte er. Wrights Gesicht war sehr grimmig, als er die Gartentür aufstieß und brummte: »Dieser Spaßvogel wird uns Schwierigkeiten bereiten. Am besten kommen wir sofort zum Thema.«

Der Heiler war in seinem kleinen Kräutergarten und sammelte sorgfältig Knospen und Blätter ein. Dabei summte er eine Melodie vor sich hin, die Jims fasziniertem Lauschen wie eine Kantate erschien, vermutlich aber nur ein altes Volkslied war. Er blickte erschrocken auf, als er die beiden Männer herankommen sah. Wright verlor, nachdem er Jim kurz vorgestellt hatte, keine unnützen Worte mehr.

»Mr. Milward, wir sind auf der Suche nach Pferdespuren, die mit jenen übereinstimmen, die wir in der Sumpfebene gefunden haben. Und genau diese haben wir jetzt in Ihrem Hof entdeckt.«

Jim kam es vor, als ob der Mann erblaßt wäre, doch dieser sagte nur: »Na und? Die Pferde kommen oft in meinen Hof. Sie sind meine Freunde.«

»Wir haben auch ein frisch abgeschnittenes Stück Schnur entdeckt, das man als Zügel für Mrs. Mortons Pferdegeschirr verwendet haben könnte. Auch ihr Sattel ist während der letzten Tage benützt worden, und die Spuren hier stammen von ihrem lahmen Hengst.«

»Stute, mein Herr, Stute! Das Geschlecht sollte man sowohl bei den Menschen als auch bei den Tieren ehren. Ich bitte Sie, diese galante, alte Mähre mit dem richtigen Namen zu benennen.«

Jim mußte bei diesen Worten etwas lachen; als er jedoch Wrights Blick begegnete, versuchte er, es in ein Husten umzuwandeln.

»Lenken Sie nicht vom Thema ab, Sir«, sagte der Inspektor streng. »Was ich wissen möchte, ist – sind Sie auf diesem Pferd – dieser Stute – durch die Sumpfebene geritten, und haben Sie auf ihm – oder ihr – die Leiche Gary Holders transportiert?«

Milward war jetzt kreidebleich, aber er antwortete hochmütig: »Wenn Sie sich einbilden, Inspektor, daß ich mit dem Tod dieses Mannes etwas zu tun habe, dann sind Sie ein sehr schlechter Kenner Ihrer Mitmenschen. Ich achte jedes Leben. Es ist mir heilig. Ich trete sogar zur Seite, um nicht einen armen Wurm zu zertreten.«

»Das ist sehr edel von Ihnen, ganz gewiß«, antwortete der angestachelte Inspektor, »aber Sie haben meine Frage nicht beantwortet.«

»Soll das heißen, daß Sie mich verhaften wollen, weil ich Holder getötet habe?«

»Noch nicht. Ich frage Sie nur, ob Sie mir irgendwelche Auskünfte über den Mord geben können«, dabei zuckte Wright optimistisch sein Notizbuch.

Milward blickte ihn arrogant an. Seine weiße Haarmähne stand in die Höhe wie das Gefieder eines zornigen Papageis. »Ich hatte mit Holders Tod nichts zu tun, und ich weiß auch nicht, wer ihn umgebracht hat«, brüllte er geradezu. »Ich rufe die Höheren Mächte an . . .«

Hier hielt er plötzlich inne. Hauptsächlich wohl deshalb, weil er sich nicht mehr verständlich machen konnte, da die Höheren Mächte anscheinend geantwortet hatten, denn plötzlich vernahm man ein ohrenbetäubendes Geknatter. Alle erschraken, dann erkannte Jim, daß der Lärm von einem kleinen, tieffliegenden Flugzeug stammte. »Das Düngeflugzeug, das sie erwartet haben«, sagte er und wandte sich wieder dem Heiler zu. Doch dieser hatte unterdessen seine Verteidigungsstellung aufgegeben, er machte jetzt sogar einen äußerst liebenswürdigen Eindruck, als ob er sich für diesen Zwischenfall entschuldigen wollte. Er hatte etwas Zeit gehabt, sich zusammenzunehmen.

»Ich lehne jegliches Kreuzverhör ab, Inspektor. Sie haben kein Recht dazu. Ich kenne das Gesetz dieses Landes und werde keine weitere Aussage mehr machen, es sei denn, in Gegenwart meines Anwaltes.«

Wright zuckte die Achseln und klappte sein Notizbuch wieder zu. »Wenn Sie natürlich diese Haltung einnehmen, dann kann ich Sie nicht zum Sprechen zwingen. Wenn Sie an diesem Mord unschuldig sind, dann würde ich Ihnen empfehlen, uns nach besten Kräften zu helfen. Ich finde, daß Sie sich äußerst dumm benehmen.«

Doch Milward beherrschte die Situation wieder und sagte überheblich: »Ich habe es bereits abgelehnt, zu antworten. Gibt es noch irgendeinen Grund, dieses Gespräch fortzuführen? Ich bin beschäftigt, Kräuter zu sammeln; und ich erschlage keine Menschen.«

Natürlich hatte er das letzte Wort gehabt. Wright sagte nur: »Ich werde später wiederkommen. Ich kann nur hoffen, daß Sie dann die Lage etwas weniger unsinnig sehen.« Daraufhin schritt er den Weg hinaus, gefolgt von Jim, der seine Erheiterung nur schwer verbergen konnte. »Kam gerade zur richtigen Zeit, dieses Flugzeug«, sagte er. »Schau, da ist es ja gelandet. Und da drüben sind Miss Marshall und dein Freund Irving, die es sich gerade ansehen.«

»Verdammtes Flugzeug. Wenn es nicht gerade in diesem Augenblick gekommen wäre, hätte ich aus dem Burschen vielleicht etwas herausgebracht. Aber ich werde mir alles noch einmal anschauen. Was für einen Eindruck hat denn dieses kleine Zwischenspiel auf dich gemacht?«

»Natürlich hatte der Kerl etwas zu verbergen, aber, zum Teufel noch einmal, ob das wirklich der Mord war? Obwohl viele Dinge dafür sprechen, kann ich mir nicht vorstellen, daß dieser Bursche einen Menschen umbringen würde; und zwar einfach deshalb, weil er nicht genügend Hirn besitzt.«

»Man braucht nicht sehr viel Hirn, um einem Mann von hinten eins über den Schädel zu hauen. Aber ich kann Milward wegen eines Strickes und einiger Hufspuren nicht einsperren lassen. Ich kann ihm nicht einmal vorwerfen, daß er der Polizei nicht geholfen hat. Ich werde mir jetzt noch einmal alles ganz genau ansehen und anschließend wieder mit ihm reden, diesmal ohne die uns unterbrechenden Höheren Mächte. Dann werden wir uns kurz mit Mrs. Morton unterhalten. Sie versteht ihn, und zur Abwechslung ist es recht angenehm, mit jemandem zu sprechen, der geistig gesund ist. Vielleicht bietet sie uns sogar eine Tasse Tee an. Es ist beinahe zwölf Uhr.«

Zur gleichen Zeit sagte Pauline: »Ich habe noch nie eine Flugzeugdüngung gesehen. Ich hoffe, daß der Pilot bald startet. Ob er das Gebiet um den Landeplatz des Farmers düngt?«

»Ja, aber ich weiß nicht, ob da sehr viel abfällt – er kann es sich nicht leisten. Verity sagt, der Mann, von dem er den Grund und das Haus kaufte, hatte den Landeplatz gebaut, und Walker berechnet den Nachbarn soundso viel pro Tonne, damit sie ihn benützen dürfen. Donnerwetter, das ist ja der alte Barney.« In diesem Augenblick hatte der Pilot den Landeplatz verlassen und kam ihnen auf der Straße entgegengeeilt.

»Barney O'Connor!« rief Pauline in höchster Aufregung. »Das ist ja wunderbar. Barney ist ein Schatz. Ich wußte gar nicht, daß er ein Freund von Ihnen ist. Jeder betet ihn an. Er ist so herrlich verrückt.«

Der verehrte Pilot war nicht schön; ein mittelgroßer Mann, rothaarig, sommersprossig, mit einem äußerst freundlichen und ansteckenden Grinsen. Er begrüßte Pauline mit mindestens ebensoviel Begeisterung, wie sie für ihn gezeigt hatte. »Pauline, mein Engel. Du lebst noch, um meine Augen zu weiden. Ich habe alles über dich in der Zeitung gelesen – attraktives Mädchen mit einem großen Schock – aber so siehst du eigentlich nicht aus. Überhaupt wenn du mich so anlachst – attraktiv stimmt, aber von Schock merkt man nichts«, daraufhin küßte er sie herzlich, während Anthony spöttisch zuschaute. Dann drehte er sich um und begrüßte ihn mit ebensoviel Freundlichkeit. »Tony, alter Bursche« – hier sei festgehalten, um einen Hinweis auf den Charakter des Neuankömmlings zu geben, daß er der einzige Mensch war, der jemals den Namen seines Freundes abgekürzt hatte, und daß er dies immer noch trotz Anthonys heftiger Ablehnung zu tun wagte. »Gefeierte Menschen seid ihr zwei.« Sein irischer Akzent kam beim Sprechen immer etwas zum Vorschein, obwohl O'Connor behauptete, er sei ein ›waschechter Kiwi‹.

»Liebster Barney«, rief Pauline hingerissen aus, »so jemand wie dich haben wir wirklich gebraucht. Es war so düster hier, mit dem Mord, dem Sumpf und den Mangroven. Sag, bleibst du etwas länger hier?«

»Natürlich. Ich bleibe einige Tage. Die Farmer setzen mich überall ein. Ich habe eine ziemliche Menge Dünger zu verteilen. Aber sagt einmal, was wolltet ihr beiden eigentlich anstellen? Was wird denn Lionel dazu sagen – diese Hütte von David – und ihr zwei da drin? Es war ein echter Schock für euren Onkel Barney.«

Pauline lachte etwas gezwungen. »Bitte, mein Lieber, jetzt keine deiner schmutzigen Anspielungen. Und was Lionel anbetrifft, so ist er ausgeschieden – wir haben uns getrennt, bevor ich herkam.«

»Tatsächlich? Sehr klug, wenn ich das sagen darf«, erwiderte Barney und änderte sofort das Thema. »Aber nun zu diesem Mord. Holder war ein ekelhafter Bursche. Ich konnte ihn nicht riechen. Aber wie geht es der armen kleinen Verity? Das wäre ein Engel für dich.«

»Vorsicht«, bemerkte Anthony scharf. »Paß auf, daß der Inspektor deine Worte nicht hört, sonst hat er einen weiteren Verdächtigen.«

Barney zuckte die Schultern. »Also ich habe den alten Knaben bestimmt nicht ins Grab gebracht, obwohl ich mich freue, daß es jemand getan hat. Und was Verity anbetrifft, so kannte ich sie schon, als sie früher hier lebte. Mrs. Morton – übrigens auch ein großartiges, altes Mädchen für dich – ist eine Freundin meiner Mutter und hat uns bekannt gemacht. Aber was Gary angeht . . .«

»Deine Ansichten liefern auch nicht viel neue Gesichtspunkte«, gab Anthony spöttisch zurück. »Jeder scheint den widerlichen Kerl gehaßt zu haben, der nur die Armen ausbeutete, wie unser Sergeant sich ausdrücken würde.«

»Schlimmer als das«, sagte Barney, und sein Gesicht war plötzlich finster. »Er stiftete viel Unheil an – und zwar bei unschuldigen Leuten. Ich selbst war ihm nur einmal böse, als wir eine Auseinandersetzung wegen eines lächerlichen Unfalles hatten, weil ich über sein Grundstück geflogen war.«

Anthony lachte. »Einer deiner unglücklichen Tage? Sag mir nicht, daß du ihn mit Unkrautvertilger übersät hast? Das hätte selbst ihm wohl den Garaus gemacht.«

»Nein, es fiel nur etwas auf seinen Garten. Verity lachte, aber er mußte sofort ein riesiges Theater machen. Aber bei einem starken Wind passieren derartige Dinge so schnell ...«

»Ich verstehe einfach nicht, Barney, wie du es machst, daß du aus deinem Job nicht hinausfliegst«, sagte Anthony unfreundlich. »Jedes Mal, wenn ich dich sehe, ist dir irgend etwas Ähnliches passiert. Das letzte Mal hattest du vergessen, aufzutanken, und kamst mit letzter Mühe noch heil herunter, nachdem du deine Ladung ausgestreut hattest. Und das vorletzte Mal hattest du gewettet, daß du eine Bierflasche in den Garten eines Freundes abwerfen könntest, ohne daß sie zerbrechen würde; aber dann hast du den falschen Garten erwischt und beinahe dem Besitzer den Kopf zerschmettert. Und ein anderes Mal ...«

»Jetzt hör aber auf«, warf Barney gutmütig ein. »Wir haben alle unsere schlechten Tage, und meistens erledige ich meine Aufgaben gut, obwohl sie auch manchmal danebengehen. Manchmal glaube ich, daß ich ein Pechvogel bin, aber heute nicht, wo ich meine süße Pauline getroffen habe. Jetzt werde ich mich schnell mit Verity unterhalten – vielleicht lädt sie mich zum Mittagessen ein –, dann sehe ich euch ja wieder. Das Flugzeug ist bereits aufgeladen, aber ich muß warten, bis dieser Wind aufhört. Jetzt kann ich ja in dieses Haus gehen, da der alte Schurke fort ist. Gott sei seiner elenden Seele gnädig«, mit diesen Worten wandte O'Connor sich Holders Gartentüre zu und winkte ihnen noch fröhlich zu.

Pauline lachte, als sie sich umdrehten. »Haben Sie jemals einen Menschen gekannt, der sich so oft in die Nesseln setzte und immer wieder heil herauskam? Trotzdem sagt man, daß er ein hervorragender Pilot sei, der keine Angst kennt.«

»Wer immer dieses ›man‹ auch sein mag, jedenfalls ist das ausnahmsweise richtig. Der alte Barney war ein toller Bursche, als er im Pazifik war. Er war fast noch ein Kind – natürlich hatte er ein falsches Alter angegeben –, aber es gab unzählige Geschichten über seine Taten. Er war schnell wie der Blitz und kannte keinerlei Skrupel.«

»Ich nehme an, daß Sie ihn häufiger in Ihrem Flieger-Club treffen?«

»Wenn er etwas freie Zeit hat. Er ist bei weitem der beste Mann, den wir haben, aber immer mit irgend etwas Verrücktem beschäftigt.«

»Er müßte doch allmählich vernünftiger werden, obwohl er anscheinend nie altert. Warum er eigentlich nicht geheiratet hat? Ich glaube, daß er irgendein Mädchen sehr gern mochte, das aber dann auf merkwürdige Art starb. Ich kenne aber den Namen nicht, wissen Sie ihn?«

»Mein liebes Kind, ich habe andere Dinge zu tun, als auf Tratschgeschichten zu hören«, gab Anthony in einem derart vernichtenden Ton zurück, so daß Pauline sofort davon überzeugt war, daß er die ganze Geschichte kannte. Sie sagte beleidigt: »Sehr überlegen, wie üblich. Jetzt werde ich mich aber auf die Suche nach dem freundlichen Mr. Middleton machen. Ich glaube, ich kann aus ihm herausbringen, was sie über die Hufspuren beschlossen haben. Versuchen wir es zunächst beim Heiler.«

Dort fanden sie ihn auch, in dem winzigen Garten auf- und abgehend. Er wies mit seinem Kopf warnend zum Haus. »Gehen Sie lieber nicht hinein. Wright versucht, diesem Burschen Vernunft beizubringen. Er ist ein sturer, alter Teufel.«

In diesem Augenblick erschien der Inspektor an der Türe, gefolgt vom Heiler, der verärgert ausrief: »Sie beschuldigen mich, Sir? Sie wagen es, einen Mann, der sich ausschließlich der Erhaltung des Lebens widmet, zu beschuldigen, einen Menschen umgebracht zu haben?«

Pauline starrte die beiden an, und selbst Anthony wirkte erschreckt. Wright zuckte ungeduldig die Schultern. »Ich erklärte Ihnen bereits, daß es nichts mehr zu sagen gibt, wenn Sie diesen Ton anschlagen.«

Diese Worte konnten den zornigen, kleinen Mann jedoch nicht

davon abhalten, das zu sagen, was er wollte. Er wandte sich voller Überzeugung an seine neuen Zuhörer. »Ich wende mich an euch. Man hat mich verdächtigt, gequält, eingeschüchtert. Und warum? Weil ein lahmes, altes Pferd in meinen Hof kam und nach dem üblichen Futter suchte. Eine Scheibe Brot – dafür muß ich jetzt leiden.«

Jim und Anthony unterdrückten ein Lächeln, aber Pauline war sofort wutentbrannt. Sie blickte mit funkelnden Augen den etwas peinlich berührten Inspektor an. »Wollen Sie wirklich behaupten, daß dieses nette alte Lamm Holder ermordet hat? Dann sind Sie einfach verrückt. Er liebt Tiere und würde nicht einmal einer Fliege etwas zuleide tun.«

»Nicht einmal einem Floh«, murmelte Anthony, der gerade voller Interesse die Ohren des Spaniels unter die Lupe genommen hatte. Dann veranlaßte ihn ein böser Teufel dazu, zu Wright zu sagen: »Also wirklich, alter Bursche, das ist etwas zu dick aufgetragen.«

Ausnahmsweise verlor der Inspektor seinen bewundernswerten Sinn für Humor. »Vielen Dank«, erwiderte er eisig. »Die Polizei freut sich immer über Unterstützung von begabten Amateuren.«

Anthony applaudierte leise. »Das war sehr gut. Weiter, Inspektor, Sie sind großartig. Ich mache mir Notizen für eine Radioserie.«

Wright wandte sich an Jim. »Obwohl das vielleicht für eine Radioserie recht unterhaltsam sein mag, so müssen wir leider jetzt doch weitermachen. Ich verliere meine Zeit. Wir gehen jetzt zu Mrs. Morton und untersuchen anschließend noch einmal Holders Schreibtisch.«

»Übrigens, Inspektor, kann ich Ihnen das Geschenk eines neuen Verdächtigen machen. Der Dünge-Pilot verehrt Mrs. Holder. Wer weiß, vielleicht hat er vom Himmel aus etwas auf Holders Kopf fallen lassen? Barney könnte so etwas schon gelingen. Jetzt habe ich aber wirklich meine Großmütigkeit bewiesen, nachdem man mich so angefaucht hat.«

Doch Pauline schnaubte immer noch vor Wut. Sie wandte sich Milward zu und sagte sanft: »Machen Sie sich keine Sorgen. Man kann Sie nicht einfach in diese Geschichte hineinbringen. Und warum? Sogar ich sehe, daß Sie damit nichts zu tun hatten.«

Wright blieb einen Augenblick stehen: »Vielleicht sind Sie dann so gut und klären mich auf, Miss Marshall. Handelt es sich nur um eine Eingebung Ihrerseits, oder verbergen Sie etwas vor der Polizei?«

Bei dieser zynischen Bemerkung verlor Pauline den Rest ihrer Selbstkontrolle: »Sehr gescheit. Aber ich wette, daß ich etwas finden werde, womit ich es Ihnen beweisen kann. Selbst der genialste Detektiv kann eine Kleinigkeit übersehen. Denken Sie nicht mehr daran, Mr. Milward. Man wird Sie nicht mehr länger beschuldigen. Ich werde einen Beweis erbringen, der Ihre Unschuld bezeugt. Vielleicht werde ich sogar etwas finden, was die Polizei auf die Spur des richtigen Mörders bringt.«

Wright zuckte die Achseln und ging fort. Jim aber genoß dieses Schauspiel und wartete noch ein wenig, als er Anthony sagen hörte: »Ein herrlicher Abtritt, meine Süße, aber etwas zu theatralisch. Glauben Sie wirklich, daß Sie – eine nette, hübsche Halbirre – bei einem Mordfall helfen können?«

Jetzt benahm sich Pauline wirklich wie unzurechnungsfähig. Wie ein Blitz drehte sie sich zu Anthony um. »Wie können Sie es überhaupt wagen, so zu mir zu sprechen? Eine Halbirre, so etwas. Ich werde Ihnen schon zeigen, wie irre ich bin.«

»Bemühen Sie sich nicht zu sehr, meine Liebe. Ich weiß es bereits. Aber machen Sie sich deshalb keine Sorgen. Ich mag Sie so, wie Sie sind.«

»Tatsächlich? Aber ich mag Ihre Frechheiten nicht und habe keine Lust, mich von Ihnen immer bevormunden zu lassen. Nein, kommen Sie nicht mit mir. Ich erledige das allein – dann werden Sie Ihre Worte noch bedauern«, und im nächsten Augenblick war sie den Weg hinuntergelaufen, und sie hörten das Zuschlagen des Gartentores.

Jim tauschte mit diesem seltsamen, jungen Mann ein verstehendes Lächeln, dann sagte Anthony: »Ich mag ja ihre Art, aber ich weiß genau, daß sie die Dinge für jeden noch komplizierter machen wird.«

13. Kapitel

Pauline verlangsamte ihr Tempo, nachdem sie etwa hundert Meter gelaufen war und um sich geblickt hatte. Anthony machte offensichtlich keinerlei Anstrengungen, ihr zu folgen, was ziemlich erstaunlich war, denn er hatte sich anscheinend angewöhnt, an ihrer Seite zu bleiben. Sie kam sich jetzt ziemlich albern vor und wünschte, daß sie bei diesem sarkastischen Inspektor nicht so in Wut geraten wäre. Denn – was konnte sie wirklich in dieser Sache tun?

Auf jeden Fall würde sie nicht klein beigeben. Sie war entschlossen, alle zu überraschen. Aber wie? Wo sollte sie hingehen, und wonach sollte sie suchen? Sie hatte keine Ahnung. Das einzig Mögliche war, zurück zum Bootshaus zu gehen und zu versuchen, sich nochmals an jedes Detail in dieser gräßlichen Nacht zu erinnern. Nachdem sie nicht mehr in Sichtweite war, ging sie langsam zum Zaun hinunter und überquerte die Weiden, die zur Sumpfebene führten. Dort angelangt, wollte sie am liebsten wieder umkehren. Der Sumpf sah so finster aus wie immer, das faule Wasser kroch langsam an den Mangrovenstämmen hoch.

Sie mußte einfach vernünftig sein, im Kanu hinüberfahren und David rufen, damit er ihr zu Hilfe eile. Mit viel Mühe ruderte sie hinüber und rief laut – aber es kam keine Antwort. Daraufhin lief sie eilig zur Hütte. Von David keine Spur. Er hatte vermutlich sein Elend und seine Angst vergessen wollen und war fortgegangen. Sie rief immer wieder nach ihm, aber es kam keine Antwort – nur ihr Echo hallte von den Felsen hinter der Hütte zurück.

Sie überlegte und rannte dann schnell zum Bootshaus hinunter. Die Türe war offen, und sie zwang sich, auf der Schwelle stehenzubleiben und in den düsteren Raum hineinzublicken. Er sah genauso aus wie das letzte Mal, nur daß einige Spinnennetze verschwunden waren und sich niemand mehr im Boot befand. Dann überlegte sie sich, daß sie jetzt hier stehenbleiben und jede Situation jener Nacht nochmals durchleben müsse.

Sie erinnerte sich an alles – ihren Ekel vor den Spinnen und ihren Schrecken, als eine auf ihren Hals gefallen war. Und was hatte sie dann getan? Ja – jetzt fiel es ihr ein. Sie hatte sie fortgeschleudert – um sich geblickt und ein Büschel Heu aufgehoben, mit dem sie ihre Hand abgewischt hatte. Heu? Wieso gab es eigentlich Heu in diesem Bootshaus?

Dann erinnerte sie sich an die Lampe. Sie war in Stroh verpackt gewesen. Wahrscheinlich war es etwas von dem Stroh gewesen. Auf jeden Fall mußte sie sich davon überzeugen. Stolz lächelte sie in diesem Augenblick über sich selbst. Ob ein Büschel Stroh eine besondere Bedeutung haben konnte?

Aber was hatte sie damit getan? Sie erinnerte sich, daß sie aus dem Schuppen hinausgerast und den Weg hinaufgerannt war, und plötzlich mußte sie auch an Anthonys tröstende Arme denken. Doch sofort schob sie diesen Gedanken von sich und dachte angestrengt: Was hast du dann mit diesem Heu gemacht? Du hattest es nicht mehr, als du dich an Anthonys Brust warfst, denn er hätte sonst sicherlich darüber eine seiner zynischen Bemerkungen gemacht. Sie mußte es also weggeworfen haben, als sie den Weg hinaufeilte.

Nur um sich nochmals davon zu überzeugen – und da sie nichts anderes tun konnte –, wollte sie es suchen, um es mit der Verpackung der Lampe zu vergleichen. Sie suchte sorgfältig jede Seite des Weges ab und fand es plötzlich hinter einem Strauch. Ja, das war das Strohbüschel, genauso, wie sie es in der Hand zerknüllt hatte. Sie lief zum Haus hinauf, zog die Lampe unter dem Tisch hervor, wo sie immer noch unbenutzt lag.

Es war keineswegs dasselbe. Sicherlich würde ihre Entdeckung nicht von großer Bedeutung sein, aber trotzdem steckte sie es in die Tasche, um es Wright zu zeigen. Zumindest würde sie damit beweisen, daß sie besser suchen konnte als die Polizei.

In ihrer Eile, von diesem Ort möglichst schnell wegzukommen, kippte sie beinahe mit dem Boot um und landete im Sumpf. Doch ohne einen Blick auf ihre schmutzigen Schuhe zu werfen, eilte sie auf das Haus des Heilers zu. Keine Spur von Wright. Doch Jim ging dort auf und ab und rauchte eine Zigarette. Dann würde sie ihren Fund eben ihm zeigen. Er war ohnehin viel liebenswerter als dieser überlegene Inspektor. Falls er ihr sagen würde, daß man zur Verpackung von zerbrechlichen Gegenständen häufig Heu verwendete, dann würde sie es einfach wegwerfen und niemandem davon etwas erzählen.

Er begrüßte sie freundlich. »Hallo, Sie waren wohl im Sumpf? Ein ekelhafter Ort. Wright ist zu Mrs. Holder zurückgegangen. Wollten Sie zu ihm?«

»Nein, ich kann es auch Ihnen zeigen«, mit diesen Worten zog sie ihr Heubüschel aus der Tasche und sagte: »Schauen Sie, Mr. Middleton – aber lachen Sie mich nicht aus, sondern sagen Sie mir –, verwendet man dieses Zeug zur Verpackung von Steingut?«

Er blickte erstaunt, nahm es in die Hand und lächelte auf sie herab. »Im allgemeinen nicht. Das Heu von Luzernen-Weiden ist zu kostbar für eine Verpackung. Damit füttert man wertvolles Vieh, sofern man das Glück hat, eine derartige Weide zu besitzen – so wie dieser Farmer dort drüben.«

Pauline nickte, und es überkam sie ein Gefühl von Zufriedenheit, gemischt mit einer unbegründeten Angst. Es fiel ihr ein, daß Anthony an jenem ersten Morgen auf diesen blaugrünen Flecken gezeigt hatte, als sie sich gerade den Hügel hinaufkämpften. Er hatte gesagt, daß es Luzerne sei und vermutlich Walker gehöre. Aber was hatte Luzernen-Heu in diesem Bootshaus verloren?

Jim blickte in ihr aufgeregtes Gesicht und fragte: »Was ist denn los? Wo haben Sie das gefunden? Sie sehen so nachdenklich aus – und etwas ängstlich.«

Doch mit seiner Frage erreichte er nicht viel. Pauline hatte nicht die Absicht, auch nur ein Sterbenswörtchen zu verraten. Anthony würde sich wieder über sie lustig machen, wenn sie jemandem davon etwas erzählte. So lachte sie nur etwas überheblich und sagte: »Ängstlich? Ich bin doch nicht ängstlich, ich glaube nur, daß ich vielleicht einen Schlüssel gefunden habe. Ja, ganz gewiß. Etwas, was unserem klugen Inspektor entgangen ist. Unten beim Bootshaus. Aber mehr will ich Ihnen darüber nicht verraten. Und wenn ich es tun werde, dann wird sich dieser neunmalkluge Anthony Irving wie ein Trottel vorkommen.« Sie lächelte bezaubernd und ging davon. Jim blickte ihr mit verwirrtem Stirnrunzeln nach.

Es stand außer Frage, daß Pauline jetzt völlig den Kopf verloren hatte und nur noch von einem Wunsche beseelt war – allen zu beweisen, welch intelligente und mutige Person sie war. Sie beschloß daher, jetzt ihre eigenen, harmlosen Nachforschungen anzustellen.

Vielleicht sollte sie herausbringen, ob der Farmer derartiges Heu besäße? Darin läge ja wohl kein Risiko, obwohl sie natürlich wünschte, daß es sich nicht gerade um diesen Mann handelte. Sie hatte Walker seine Grobheit am Tage ihrer Ankunft noch nicht verziehen, und sie dache, daß er vielleicht sehr ekelhaft sein würde, wenn er dazukäme, wie sie seinen Heustadel durchstöberte. Aber sie hoffte, daß er draußen bei der Arbeit wäre. Farmer arbeiteten ja von früh bis spät auf dem Feld. Das Schlimmste, was ihr also passieren könnte, wäre, daß er sie wiederum anschnauzen würde.

Sie war froh, als sie feststellte, daß sich der Heustadel nicht in der Nähe des Hauses befand. Außerdem bellte kein Hund, was sie zuversichtlich stimmte. Sie schlüpfte schnell zur Tür herein und blickte sich um. Der Stadel war bis oben mit Heu angefüllt, das in großen Bündeln sorgfältig übereinander gestapelt war – mit Ausnahme eines Bündels, das aufgelöst auf einem Haufen lag. Sie ging darauf zu, um es mit dem Büschel, das sie in der Hand hielt, zu vergleichen.

Es war dasselbe Heu. Darüber bestand kein Zweifel. Sie hob eine Handvoll auf und betrachtete es nochmals. Es war ebenfalls Luzerne. Jetzt hatte sie etwas, was sie diesem überlegenen Inspektor unter die Nase reiben konnte – und Anthony würde ebenfalls seine freche Bemerkung zurücknehmen. Eine Halbirre! Diesen Irrtum würde er büßen müssen.

Sie drehte sich schnell um und blieb plötzlich atemlos stehen. In der Tür stand Robert Walker und blickte sie an.

Wie lange stand er wohl schon dort? Sie hatte keinerlei Schritte gehört. Sie versuchte, ihn anzulächeln, und sagte dann sehr verwirrt: »Was für ein herrlicher Heustadel – und der Geruch dieses Heus! Ein Stapel über dem anderen. Ihre Tiere werden ihre Freude daran haben.« Dann hielt sie inne, da ihr klarwurde, daß sie wie ein Trottel daherredete, was keineswegs ihr Eindringen erklären konnte.

Zu ihrer großen Erleichterung schien er nicht verärgert zu sein. Er sah sie seltsam an. Einen Augenblick lang fühlte sie sich ziemlich unbehaglich, doch dann dachte sie, daß dieser merkwürdige

Eindruck, den er auf sie machte, von ihrem eigenen schlechten Gewissen herrührte – denn plötzlich lächelte er sie an und zögerte, als ob er etwas sagen wollte, was ihm unangenehm war. Trotzdem fand sie sein Gesicht immer noch verwirrend; einen derartigen Ausdruck hatte sie zuvor noch bei keinem Menschen gesehen.

Er ging auf sie zu und sagte langsam: »Ich habe Sie gesucht. Man hat mir gesagt, daß Sie vielleicht hier wären. Es – es tut mir leid, aber ich habe eine schlechte Nachricht.«

»Eine schlechte Nachricht?« Das klang so unerwartet, daß Pauline der Atem stockte. Sie hatte befürchtet, daß er sie wegen ihres Eintretens in seinen Stadel anbrüllen würde; statt dessen versuchte er, ihr etwas Unangenehmes und Aufregendes beizubringen. Was das wohl sein könnte? Einen schrecklichen Augenblick lang dachte sie, daß er ihr sagen wollte, daß David verhaftet worden sei. Doch bevor sie den Mut aufbringen konnte, ihn danach zu fragen, fuhr er fort: »Ihr Freund, der Grubeningenieur, Mr. Irving ... ich soll Sie sofort zu ihm fahren. Er ist – er ist verletzt.«

Eigentlich hätte sie Davids wegen erleichtert sein sollen; doch statt dessen merkte sie, wie ihr das Blut in den Kopf schoß und wie ihre Stimme ganz verändert klang. »Anthony? Aber wieso? Anthony ist verletzt? Was ist denn passiert?«

Walker beschloß, diese Spannung zu beenden. Er blickte ihr ins Gesicht und sagte beinahe grob: »Er ist gestürzt – und zwar sehr schlimm. Er war mit seinem Freund, dem Piloten, zusammen. Die beiden suchten nach irgendeiner alten Bergwerksgrube – und dann gab der Boden nach. Es – es tut mir leid.«

Er wirkte so ehrlich betrübt, daß Pauline trotz ihres Schreckens bemerkte, daß sie diesen Mann völlig verkannt hatte. Sie sagte: »Aber das verstehe ich nicht. Er war doch bei Milward. Wo ist denn diese Grube?«

»Es ist eine ganz alte und ziemlich weit weg. Sie fuhren mit dem Wagen hin. Miss Marshall, wir müssen uns beeilen, wenn – wenn Sie ihn noch sehen möchten ...«

Ihn lebend sehen möchten, wollte er eigentlich sagen; aber das kam ihm nicht über die Lippen. Er fuhr fort: »Eine Kopfverletzung. Man glaubt nicht ...«, dann erstarb seine Stimme.

Pauline starrte ihn an, ohne ihn zu sehen und ohne etwas zu begreifen. Sie war einfach fassungslos. Anthony, der noch vor so kurzer Zeit gelacht, sie geneckt und mit ihr gestritten hatte. Anthony, der so jung und voller Leben war. Anthony, von dem sie plötzlich entdeckt hatte, daß sie ... aber nein, daran durfte sie jetzt nicht denken. Jetzt mußte sie nur daran denken, möglichst schnell zu ihm zu kommen. Sie fragte mit erstickter Stimme: »Aber wo ist er denn?« und er antwortete schnell: »Ziemlich weit weg. Unten bei den Felsklippen.«

Diese schrecklichen Klippen, von denen sie in jener Nacht geträumt hatte. Sie sagte atemlos: »Nein – nicht dort. Ist er – ist er dort gestürzt?«

»Nein, aber die alte Grube ist in der Nähe. Wir werden einige Zeit brauchen, bis wir dort sind; wir sollten uns jetzt beeilen. Mein Wagen ist bereit. Ich fahre Sie schnell hinüber.« Und nach zwei Minuten hatte er den Wagen aus der Garage gefahren und half ihr beim Einsteigen.

Er fuhr schnell und ohne ein Wort zu reden, bis sie an den Häusern vorbei waren. Sie entdeckte Jim und Wright, die auf der Straße neben Wrights Wagen standen und deren Gesichter sehr überrascht wirkten, als sie das Auto vorbeifahren sahen. Sie wußten anscheinend noch nichts. Man hatte ausdrücklich nach ihr verlangt, Anthony hatte nur sie sehen wollen.

Zu ihrer großen Überraschung verlangsamte Walker das Tempo, als sie außer Sichtweite waren. Ungeduldig und beunruhigt trieb sie ihn an: »Schnell, schnell. Sie sagten, wir kämen vielleicht nicht mehr rechtzeitig hin.«

Er änderte die Geschwindigkeit nicht, sondern deutete nur auf einen riesigen Teestrauch am Rande der Straße und sagte beiläufig: »Hier hatte ich Holders Leiche versteckt.«

Pauline glaubte einen Augenblick, daß sie den Verstand verloren habe, daß sie träume und Worte hörte, die sie sich nur einbildete. Sie fragte höflich: »Was sagten Sie da eben, Mr. Walker?« Worauf er ganz selbstverständlich wiederholte: »Ich zeigte Ihnen, wo ich Holders Leiche am Samstagabend versteckt hatte. Am Sonntag war sie noch da, und wie sie in diesen Bootsschuppen gelangte, ist mir völlig unbegreiflich.« Dann verlangsamte er das Tempo noch weiter, um ihr die Stelle genau zu zeigen.

Eine Minute lang herrschte völlige Stille, dann sagte Pauline mit einer Stimme, die sehr angespannt und unnatürlich klang: »Aber Anthony ... wo ist Anthony? Sie sagten, er sei schwer verletzt.«

Zu ihrer Überraschung lachte er plötzlich aus vollem Halse. »Irving?« sagte er. »Er ist ja gar nicht verletzt. Ich mußte Ihnen das nur sagen, um Sie aus dem Wege zu schaffen. Seitdem Sie Bescheid wußten, mußte ich natürlich beschließen, Sie umzubringen – und ich kann nicht noch mehr Blutspuren im Heustadel haben. Sie haben doch das Blut gesehen, oder?«

Pauline erkannte plötzlich, daß seine Erzählung wirklich stimmte. Sie hatte ihm zunächst kein Wort geglaubt. Jetzt war sie mit dem Mörder allein, der nun auch sie töten wollte. Er fuhr mit ihr auf diese Felsklippen zu, deren Anblick sie seit jenem ersten grauen Abend, an dem sie mit Dibble dort vorbeigefahren war, nicht mehr losgelassen hatte. Klippen, an einer Strömung gelegen, von der man sagte, daß nichts, was je dort hineingeriet, jemals wieder gesehen würde.

Aber selbst in diesem Augenblick des Schreckens dachte sie noch: Aber Anthony geht es gut – und sofort darauf –, doch ich muß sterben, und es gibt keine, überhaupt keine Hilfe. Dabei erinnerte sie sich an die überraschten Gesichter von Jim und Wright, als sie im Wagen an ihnen vorbeiraste. Ob sie etwas vermuten würden?

14. Kapitel

Jim hörte nicht zu, was der Inspektor zu ihm sagte. Er starrte dem Auto nach, das so schnell vorbeigerast war. »Ein verrückter Fahrer, dieser Kerl. Wer war das denn?«

»Robert Walker, der Farmer, den ich als Hauptverdächtigen auswählte, ihn aber leider wieder fallenlassen mußte. Ich frage mich nur, was Pauline Marshall in seinem Wagen tut? Sie kann ihn nämlich genausowenig ausstehen wie ich – weil er sie an dem Abend, an dem sie ankam, nicht mitnehmen wollte. Du weißt doch, was für ein Hitzkopf sie ist.«

»Jetzt sah sie gerade nicht wie ein Hitzkopf aus. Sie war zu Tode erschrocken, so als ob sie einen schrecklichen Schock erlitten hätte. Irgend etwas stimmt da nicht. Da wette ich mit dir.«

Wright zuckte die Achseln. »Bei diesem Mädchen weiß man nie, was es im Schilde führt. Als ich sie das letzte Mal sah, rannte sie davon, um Milwards Unschuld zu beweisen. Was, zum Teufel, soll ich nur mit diesem Burschen anfangen? Er sagt einfach keinen Ton, und ich schwöre, daß er mit dem Abschleppen der Leiche etwas zu tun hat.«

Doch Jim unterbrach ihn. »Beweise? Jetzt fällt mir ein, daß das Mädchen zurückgelaufen kam und erzählte, sie habe im Bootsschuppen etwas gefunden.«

Wright blickte ihn scharf an. »Etwas gefunden? Quatsch. Sie hat dich auf den Arm genommen. Wir haben alles sorgfältig – bis auf die Spinnennetze – untersucht. Da war nichts mehr zu finden.«

»Sie hatte aber etwas. Und zwar ein Büschel Heu. Wollte wissen, ob man mit diesem Zeug Steingut verpackt. Natürlich nicht. Es war nämlich Luzernen-Heu. Das erklärte ich ihr und sagte ihr auch, daß der Farmer oben an der Straße Luzernen anpflanze. Daraufhin raste sie davon und sagte, daß sie einen Verdacht habe, daß sie es aber niemandem sagen würde, falls sie sich doch geirrt haben sollte.«

»Luzernen-Heu im Bootshaus? Ich setze meinen ganzen guten Ruf aufs Spiel, wenn das stimmen sollte. Übrigens habe ich selbst ein Büschel Stroh aus dem Sumpf gezogen und es Marshall gezeigt. Doch als ich sah, daß er eine Patentfeuerlampe besaß, die darin eingepackt war, warf ich es ins Feuer. Aber – Luzernen-Heu! Wie kam das nur dorthin? Jim, in welche Richtung ging das Mädchen, nachdem es mit dir gesprochen hatte?«

»Die Straße hinauf – und zwar wie der Teufel. Sie wirkte äußerst aufgeregt.«

In diesem Moment fragte eine lässige Stimme: »Wer ist aufgeregt? Doch nicht mein Freund, der Inspektor? Dann kann es sich nur darum handeln, daß Sie einen neuen Verdächtigen gefunden haben. Übrigens, hier ist derjenige, den ich Ihnen anbieten wollte – Barney O'Connor, Verity untertan, und außerdem haßte er den armen, alten Holder, wie alle anderen auch. Barney, wo warst du in der betreffenden Nacht? So beginnt nämlich jedes Verhör. Also, leg dir deine Lügen zurecht.«

Wright erwiderte den Gruß, ignorierte jedoch die Neckereien. Er fragte lediglich: »Haben Sie zufällig Miss Marshall gesehen? Sie ist mit Walker fortgefahren. Sie sind gerade im Wagen hier vorbeigerast.«

Anthony zuckte die Achseln. »Die Wege einer Frau – dabei behauptete sie noch, daß sie ihn hasse.« Trotzdem blickte er Wright etwas beunruhigt an und fügte hinzu: »Was zum Teufel wollte sie denn mit Walker?«

»Das fragen wir uns auch – und Middleton sagt, daß sie sehr aufgeregt wirkte. Er behauptet, sie hätte ihm ein Büschel Heu gebracht, das sie im Bootshaus gefunden hatte, und das sie für einen wichtigen Fingerzeig hielt. Dann ging sie in Richtung Farmhaus.«

»Luzernen-Heu im Bootshaus? Und Heu im Stadel des Farmers? Warum nicht?« fragte Anthony, wobei seine Stimme nicht mehr ganz so lässig klang. »Wir wissen schließlich alle, daß sich Heu überall befinden kann.«

»Aber nicht eine Meile weit vom Stadel entfernt. Und nicht, wenn es nicht zufälligerweise dort liegenblieb, weil man etwas anderes hintrug. Mr. O'Connor, was ist denn los?« Barney hatte sich plötzlich auf dem Absatz umgedreht und wäre davongelaufen, wenn der Inspektor ihn nicht am Arm festgehalten hätte. »Was ist denn, Mann? Sehen Sie Geister?«

Barney sagte heftig: »Ja – den Geist von Walkers toter Schwester Alison. Holder hatte ein Verhältnis mit ihr und ließ sie dann sitzen. Sie brachte sich um. Ich – ich kannte sie und hatte das bereits vermutet, aber Walker nicht. Jetzt ahnt er es anscheinend, und wenn das der Fall ist, dann ist er Ihr Mörder, und Pauline sitzt in seinem Wagen.« Darauf schüttelte er Wrights Hand ab, sprang über den Zaun und lief so schnell er konnte zum Landeplatz, wo das beladene Flugzeug wartete.

»Was?« brüllte Anthony und riß die Tür zu Wrights Wagen auf, warf sich hinein, drehte die Zündung an. Der Inspektor hinderte ihn nicht an seinem Tun, sondern eilte zur anderen Tür, sprang ebenfalls hinein, während es Jim irgendwie gelang, in aller Eile die hintere Tür zu öffnen und sich auf den rückwärtigen Sitz zu werfen. Sie fuhren sehr schnell, und Wright hatte große Mühe, sich auf seiner Seite zu halten und nicht auf den Fahrer zu fallen.

Anthony sagte plötzlich etwas – mit einer Stimme, die niemand für die seine gehalten hätte. »Wie lange ist das her, seit sie hier vorbeigefahren sind?«

Wright antwortete: »Vier oder fünf Minuten. Schwer zu sagen. Vorsicht an dieser Kurve. Es ist niemandem geholfen, wenn wir uns überschlagen.«

Vom rückwärtigen Sitz her sagte Jim: »Nichts in Sicht. Haben wir noch eine Chance?«

»Kaum. Wenn er sieht, daß wir ihn verfolgen ... vorausgesetzt, daß unsere Vermutung stimmt und daß er unser Mann ist.«

Anthony erwiderte heftig: »Sind Sie kein Narr. Natürlich haben wir eine Chance. Er wird diesem Mädchen nichts tun, oder ...« Der Inspektor blickte ihn mitleidig an. Aber er entdeckte keine Spur von Verzweiflung auf dem Gesicht, nur den Ausdruck einer grimmigen Entschlossenheit.

Sie fuhren den Hügel hinauf und rasten an der Stelle vorbei, an der Holders Leiche versteckt gewesen war und vor der sie auf so seltsame Weise verschwunden war, vor sich nichts als die leere, kurvige Straße. Dann – eine Meile weiter – entdeckten sie nach einer Kurve den Wagen. Er fuhr langsam, näherte sich aber bereits dem Ende der Straße, wo die Felsklippen ins Meer abfielen. Wright fluchte bei dem Gedanken an die Zeit, die er und Jim mit ihrem Gespräch auf der Straße versäumt hatten.

»Er wird uns jeden Augenblick sehen«, murmelte er, »und dann ...«

Und dann hörten sie den ohrenbetäubenden Lärm eines Motors über sich, der alle anderen Geräusche übertönte. Jim blickte hoch. Der Pilot flog mit seinem Düngeflugzeug so gefährlich tief, daß er instinktiv seinen Kopf einzog. Er flog in Richtung auf die Klippen zu, wo der Wagen unterdessen stehengeblieben war und ganz nahe an der gefährlichen Stelle stand. »Es nützt nichts«, murmelte er und sprach dabei eher zu sich selbst als zu den beiden anderen. »Verdammt noch mal, das nützt nichts mehr. Selbst wenn er eine Bruchlandung macht, kommt er zu spät.«

Das Flugzeug war jetzt ziemlich weit vor ihnen. Als Anthony

ihm nachblickte, entrang sich ihm ein Laut, der beinahe wie ein Seufzer klang. Hoffnungslos. Barney konnte auf diesem winzigen, steinigen Flecken einfach nicht landen. Er würde es zwar versuchen, aber vermutlich dabei verunglücken. Er konnte jetzt deutlich Walker erkennen, der vor dem Wagen stand, und, mit einem Gewehr in der Hand, hochblickte. Aber er würde gleich erkennen, daß das Flugzeug hier nicht viel ausrichten konnte. Fast hatte er das Gefühl, daß für Pauline keine Hoffnung mehr bestand. Bei diesem Gedanken fluchte er und drückte verzweifelt das Gaspedal ganz durch. Die Tachometernadel stieg auf hundert.

Nachdem Walker zu reden aufgehört hatte, saß Pauline wie gelähmt im Wagen. Dann blickte sie über die Schulter zurück. Es würde doch sicher jemand kommen? Wright hatte sicher erraten, daß etwas nicht stimmte. Es mußte ihm doch seltsam vorgekommen sein, daß sie sich in Walkers Auto befand! Bestimmt würde er ihr folgen – und wenn es nur aus reiner Neugier war.

In der Zwischenzeit mußte sie alles tun, um diesen Mann gesprächig zu halten, um seine Aufmerksamkeit abzulenken, sobald das Verfolgungsauto in Sicht kommen sollte. Denn daß es kommen würde, war ihr klar. Walker fuhr langsam und in Gedanken versunken dahin. Er genoß seinen Triumph und wollte von der Tat sprechen, die er begangen hatte. Er war voller Zuversicht und überzeugt, daß er keinerlei Verdacht erweckt hatte. Dann sagte er nachdenklich: »Schade, daß Sie sich da hineinmischen mußten. Herumschnüffeln, bis Sie die Blutflecken entdeckten. Warum haben Sie das getan? Warum mußten Sie Ihre Nase hineinstecken? Holder war doch kein Freund von Ihnen!«

Sie sprach hastig, mit einer kleinen Hoffnung im Herzen. »Aber ich habe kein Blut gesehen. Ich ahnte wirklich nichts. Ich hatte mir nur das Heu angesehen. Ich glaube, Sie erfinden das alles nur? Ich nehme es Ihnen einfach nicht ab, daß Sie Holder umgebracht haben.« Natürlich glaubte sie ihm jetzt jedes Wort, aber sie mußte versuchen, ihm glauben zu machen, daß sie das alles für einen üblen Scherz hielt. Dann würde er sich vielleicht damit zufriedengeben und sie laufenlassen. Aber er ließ sich nicht täuschen. Er sagte gänzlich ungerührt: »Sie wissen ganz genau, daß ich ihn umgebracht habe. Schade ist nur, daß er so lange gelebt hatte, weil ich den Brief nicht früher gefunden habe. Wissen Sie, ich fand ihn an jenem Morgen – einen Brief von Alison – meiner kleinen Schwester. Natürlich hatte ich die ganze Zeit schon gewußt, daß sie Selbstmord begangen hat. Alison wäre niemals an einem schönen, windstillen Tag im ruhigen Meer ertrunken. Ich wußte, daß irgendein Mann dahintersteckte. Ich habe gewartet und gesucht und nichts gesagt – und dann stellte sich heraus, daß es Holder war – Holder, mit dem ich auf gutem Fuße stand, der meine Kupfermine finanzieren wollte. Wenn die Kupfermine nicht gewesen wäre, hätte ich diesen Brief nie gefunden. Und Alison war so jung und so hübsch. Sie war erst achtzehn. Und sie war alles, was ich besaß.«

Dann verfiel er in Schweigen und fuhr so langsam, daß Pauline einen Augenblick überlegte, auszusteigen. Ich springe einfach hinaus. Ich öffne die Tür, springe hinaus und verstecke mich – noch bevor er anhalten kann. Verstecken? Sie überblickte die leere, schlechte Straße, die sich nach vorn und hinten grau dahinzog. Das Gesträuch an den Seiten war so niedrig, daß sich darin nicht einmal ein Kaninchen hätte verstecken können. Dann entdeckte sie sein Gewehr. Es lag greifbar in seiner Nähe. Nein, sie mußte warten. Auf keinen Fall durfte sie jetzt in Panik geraten.

Sie begann wieder: »Und trotzdem glaube ich Ihnen nicht. Sie konnten Holder nicht umbringen. Irgend jemand hätte Verdacht geschöpft. Der Inspektor hätte es herausgefunden.«

Er antwortete mit der für einen Mörder typischen Arroganz: »Wright? Oh, den habe ich zum Narren gehalten. Er fand die Papiere über die Kupfermine und nahm daher an, daß ich unschuldig sei. Wer würde denn einen Mann ermorden, der einem ein derartiges Projekt finanziert? Aber wer würde einen Mann nicht ermorden, der seine kleine Schwester betrogen hat? Ich bin froh, daß ich ihn umgebracht habe. Es war kein Mord. Es geschah aus Rache.«

Sie hatte schon einmal gehört, daß Mörder immer so redeten, weil sie sich auf ihre Klugheit etwas einbildeten und um sich zu rechtfertigen. Doch alles, was sie sagte, war: »Aber – aber Ihre

Schwester starb doch schon vor drei Jahren. Warum haben Sie so lange gewartet? Wie haben Sie das herausgefunden?«

Der Wagen fuhr jetzt ganz langsam. Sie mußte alles tun, um sein Vorhaben hinauszuzögern. Er mußte weiterreden. Er war so von sich überzeugt, so sicher, daß er sie umbringen könnte, ohne entdeckt zu werden, daß er sich nicht beeilte. Außerdem wollte er reden. Das hatte er vermutlich schon seit Tagen gewollt – aber er konnte nur mit jemandem reden, der demnächst sterben würde. Also fuhr er in seinem Erzählton fort: »Ja, das war eine seltsame Geschichte. Sie hatte mir einen Brief geschrieben. Ich hatte mich immer schon gewundert, warum sie von mir weggegangen war, ohne ein Wort zu sagen, da sie mich doch gern hatte. Aber sie hatte einen Brief geschrieben, den sie zwischen den Papieren auf meinem Schreibtisch versteckt hatte, in der Annahme, ich würde ihn dort finden. Dort lagen die Unterlagen zur Kupfermine.«

»Zur Kupfermine? Aber ich dachte, das wäre ein ganz neues Projekt?« flocht sie ein, um Zeit zu gewinnen.

»Nein«, sagte er ungeduldig. »Ich begann damit vor drei Jahren, aber wir kamen nicht weiter. Wie dem auch sei, die Papiere lagen am Schreibtisch, und sie legte ihren Brief dazwischen. Doch nachdem – nachdem man sie gefunden hatte, räumte irgend jemand meinen Schreibtisch auf und schob die Papiere in eine Lade. Dort ließ ich sie liegen. Ich wollte sie nie wieder anschauen. Doch als Holder am Samstag die Eigentumsurkunde sehen wollte, nahm ich den Umschlag heraus – und fand den Brief. Ich – ich glaubte, ich würde verrückt, als ich ihn las. Dann ging ich hinaus – und da stand er, um mit mir zu reden. Ich zeigte ihm den Brief, er lachte nur und sagte irgend etwas – etwas Häßliches über Alison. Da schlug ich ihn nieder, und anschließend brachte ich ihn um und versteckte seine Leiche im Heu.«

Seine Stimme erstarb, und Pauline sagte verzweifelt: »Und dann? Warum haben Sie die Leiche hierher gebracht?« Sie fuhren immer noch langsam; Walker konzentrierte sich auf seine Geschichte, aber die Felsklippen mußten bereits nahe sein, sehr nahe. Er muß unter allen Umständen weiterreden, dachte Pauline und begann aufs neue: »Warum gerade hier?«

»Weil ich seine Leiche über die Felsklippen werfen wollte – die

Felsen da vorne, wo die Straße aufhört. Aber am Hügel oben ging das Auto kaputt, daher mußte ich ihn hinter diesem dichten Teestrauch verstecken. Hier kommt nie jemand her. Niemand würde ihn finden. Ich schob den Wagen den Abhang herunter – von dem Versteck weg –, damit die Leute von der Garage nicht in der Nähe wären, wenn sie den Wagen holen kommen würden. Aber sie kamen erst am Montag. Ich wollte dann die Leiche Montag nacht verschwinden lassen.«

»Und warum haben Sie das nicht getan?« Sie war selbst über ihre noch ziemlich gefaßt klingende Stimme überrascht, obwohl sie vor Angst erstarrt war. Sie wußte, daß er sie umbringen würde, denn kein Mensch erzählte jemand eine solche Geschichte, wenn er nicht wüßte, daß er ihn töten würde.

»Weil die Leiche verschwunden war, als ich am Montagabend hierher kam. Sonntag früh war sie da. Ich bin hingeritten – und dann das letzte Stück ganz vorsichtig über das Gras hinübergegangen, um kein Risiko einzugehen. Sie war noch da – aber am nächsten Abend war sie fort. Dabei wäre es so leicht gewesen, sie über die Klippen zu werfen. Denn nichts, was dort hinunterfällt«, so fügte er beiläufig hinzu, »wird je wieder gesehen.«

Sie schrie beinahe auf. Diese schrecklichen Felsklippen. Und er plante, sie dort hinunterzuwerfen. Verzweifelt blickte sie auf den Tachometer. Sie krochen dahin. Sie würde jetzt alles riskieren und hinausspringen. Diese Qual konnte sie nicht mehr länger ertragen. Besser ein schnelles Ende. Ihre Hand glitt zum Türgriff hinab, wobei sie sich ihm zuwandte, um ihre Bewegung zu verbergen. Aber er sagte ruhig: »Das würde ich nicht tun. Dieses Gewehr ist geladen. Sie haben keinerlei Chance. Schade, daß ich nicht erkannt habe, daß Sie genauso dumm sind wie alle anderen und genauso leicht hereinzulegen. Aber sagen Sie mir, warum haben Sie das Heu angeschaut? Sie behaupten, Sie hätten kein Blut gesehen. Was haben Sie sich denn dann angesehen?«

Voller Verzweiflung sagte sie: »Ich hatte ein Büschel Heu in der Nähe des Bootshauses gefunden und fragte mich, wie es nur da hingekommen sein könnte. Ich verglich es mit dem Heu in Ihrem Stadel. Ich entdeckte, daß es dasselbe war.«

Er nickte, jedoch keineswegs beunruhigt. »Ja, das stimmt. Ich glaube, daß noch etwas Heu an seinen Kleidern hing. Wissen Sie, er starb dort, und seine Leiche hatte den ganzen Tag im Stadel gelegen. Wer immer der Narr gewesen sein mag, der seine Leiche dort hinübergebracht hat, muß etwas Heu verloren haben. Sehr dumm von ihm. Das Schlimme daran ist nur, daß Sie das alles wissen. Sie müssen wohl einsehen, daß es für Sie keine Rettung mehr gibt, oder?«

Seine Stimme klang beinahe entschuldigend, so als ob er es bedauerte, sie töten zu müssen. Vielleicht war das sogar der Fall. Vielleicht nützte es noch etwas, wenn sie ihn anflehte. Sie versuchte es.

»Aber was haben Sie davon, wenn Sie mich umbringen? Sie gehen ein großes Risiko ein. Wenn Sie mich erschießen und meine – meine Leiche – angeschwemmt wird, dann wird man feststellen können, daß die Einschüsse von Ihrem Gewehr stammen. Außerdem ist es mir völlig gleichgültig, wer Holder umgebracht hat. Er hat es auf jeden Fall verdient. Ich verspreche Ihnen, daß ich niemandem davon ein einziges Wort erzählen werde.« Sie schluchzte jetzt und stammelte – doch er blieb gänzlich ungerührt und lenkte den Wagen langsam und sorgfältig an die Stelle, an der die Straße aufhörte und die Felsklippen begannen.

Er schüttelte den Kopf. »Die Versprechungen einer Frau. Selbst wenn Sie das versuchen wollten, man würde es Ihnen herauslocken – aber dieser Weg ist sicher. Ich werde Sie natürlich nicht erschießen. Wie Sie ganz richtig sagen, besteht zweifellos die Möglichkeit, daß man die Leiche entdeckt. Aber ich bin ein schlechter Fahrer. Jeder weiß das. Der Wagen gerät einfach außer Kontrolle, er rast eben über die Felsen – und ich kann mich glücklicherweise noch retten. Das geht sehr leicht, weil ich gar nicht im Wagen sein werde, verstehen Sie. Ich werde ihn schieben. Und dann werde ich natürlich fürchterlich aufgeregt sein. Ein nettes Mädchen, das mit mir an einem schönen, sonnigen Nachmittag eine Spazierfahrt unternimmt und dabei getötet wird. Ich werde fast wahnsinnig werden. Ich bin ein guter Schauspieler, wie Sie wissen. Seit Alisons Tod mußte ich vielen Leuten etwas vorspielen – und dann war es Holder, mit dem ich immer freundlich war«, bei der Erwähnung dieses

Namens verzog sich sein Gesicht zu einer schrecklichen Grimasse, als ob er verrückt wäre.

Aber er war nicht verrückt, zumindest nicht mehr wie jeder Mensch, der einem anderen das Leben nimmt. Er war eher erschreckend friedfertig und vernünftig. Die Straße war jetzt zu Ende; zwischen dem Auto und den Felsklippen lag ein kurzes, steiniges Stück. Einen Augenblick lang hegte sie noch etwas Hoffnung. Er würde Mühe haben, den Wagen hinüberzuschieben. Doch dann wurde ihr klar, daß ein so starker Mann wie Walker das zweifellos zustande brächte, anschließend dem Wagen einen kräftigen Stoß versetzte und daraufhin selbst zurückspränge.

Doch sie wollte nicht im Inneren des Wagens ihrem Tod entgegengehen. Wenn sie schon sterben mußte, dann sollte er sie erschießen, das wäre wenigstens ein schneller Tod. Außerdem gab es da eine Sekunde Zeit, während der er um den Wagen zu ihr herüberlaufen mußte. Sie wollte es zumindest versuchen.

Seine Hand lag am Gewehr, und er sprang so rasch aus dem Wagen, wie es für einen derart großen Mann äußerst ungewöhnlich war. Er hatte den Motor laufenlassen, und er wollte das Auto mit eigener Kraft über den steinigen Grund schieben.

In diesem Augenblick erkannte Pauline, daß es für sie keine Hoffnung mehr gab. Niemand würde ihr mehr rechtzeitig zu Hilfe kommen. Selbst wenn Wright die Gefahr erkannt haben sollte, wenn Anthony gehört hatte, daß sie mit Walker im Auto saß, so könnten sie trotzdem nicht rechtzeitig hier sein. Und dann kam es ihr plötzlich vor, als höre sie Motorengeräusch, das immer näher kam. Sie schaute nach rückwärts – doch ihre Hoffnung erfüllte sich nicht. Die Straße war leer. Keine Spur eines Wagens. Sie hatte sich das Geräusch anscheinend nur eingebildet. Es gab niemand, der ihr helfen konnte.

Doch dann hörte sie es wieder. Es war kein Auto, sondern ein Flugzeug, das gefährlich tief flog und bereits in ihrer Nähe war. Walker starrte hinauf. Sein Gesicht wirkte zornig und angsterfüllt. Er beobachtete sie nicht – er blickte nur auf das Flugzeug. Das war ihre Chance. Doch plötzlich kauerte sie sich im Auto zusammen. Das Flugzeug war unmittelbar über ihnen.

So konnte nur Barney fliegen. Kein anderer würde dieses Risiko eines Aufpralls eingehen. Endlich war jemand gekommen. Zwar nicht Anthony, aber Barney. Aber er kam zu spät. Er konnte nicht mehr rechtzeitig landen, um Walker von seinem Vorhaben abzuhalten.

Doch er hatte ihr noch eine Atempause vergönnt. Sie wollte gerade ein zweites Mal versuchen, die Tür zu öffnen, als sich alles um sie verdunkelte. Ein Schrei, ein Brüllen – das nicht von ihr kam, denn ihre Kehle war vor Angst wie ausgedorrt –, dann das Geräusch eines kreisenden Flugzeuges – und dann fiel Pauline nach vorne und empfand mit grauenhafter Sicherheit, daß dies Wahnsinn oder Tod bedeutete.

15. Kapitel

Anthony bremste den Wagen so plötzlich ab, daß Wright nach vorne geschleudert wurde. »Um Gottes willen, was tut denn Barney?« Das Flugzeug befand sich jetzt so knapp über Walkers Auto, daß es aussah, als ob es jeden Augenblick auf dem Wagen aufprallte. Die drei Männer rissen die Türen auf und stürzten hinaus, dann zögerten sie etwas und hielten den Atem an, als das Flugzeug etwas höher stieg, um diesmal im Sturzflug zurückzukommen. Walker kroch am Rande der Felsen entlang, mit dem Gewehr in der Hand; seine Arme hielt er über dem Kopf, als ob er Angst hätte, getroffen zu werden. Aber von Pauline fehlte jegliche Spur. Hatte er sie bereits getötet? Fluchend rannte Anthony nach vorne.

Doch dann blieb er stehen, denn es hatte sich etwas Unglaubliches ereignet. Einen Augenblick lang hatten sie Walker und den Wagen gut sehen können. Im nächsten waren beide verschwunden – durch einen dicken, grauen Vorhang verdeckt. Wright rief aus: »Du liebe Güte, er hat seine ganze Ladung Dünger fallen lassen – direkt auf sie abgeworfen«, alle starrten diesen grauen Wirbelsturm an, bis sich die Luft wieder aufklärte und nur noch vereinzelte Teilchen umherflogen, die sich langsam auf das beinahe gänzlich eingehüllte Auto senkten.

Und Walker – wo war er jetzt? Das Flugzeug kreiste immer noch in der Luft, etwas höher jetzt, drehte dann ab zu den Klippen und zum offenen Meer. Dann flog es in Richtung Landeplatz, der etliche Meilen weit entfernt lag. Eine grauweiße Schicht Dünger lag auf dem Auto und in dessen Umgebung – von Walker keine Spur mehr. Sie hatten diesen einen schrecklichen Schrei gehört – dann nichts mehr.

Anthony lief zum Auto hinüber, gefolgt von den anderen. Was war mit dem Mädchen geschehen? Sie bahnten sich ihren Weg durch diese pulvrige Masse aus Superphosphat, husteten und spuckten, als diese erneut durch ihre Schritte aufgewirbelt wurde. Sie wischten das Zeug vom Auto fort, das beinahe bis zu den Fenstern reichte. Anthony öffnete die Tür und stand einen Augenblick lang starr da. Sein sonst so überhebliches Gehabe war verschwunden.

Der Motor lief noch. Pauline war bereits dem Tod sehr nahe gewesen, aber sie lebte noch. Sie lag zusammengekauert ohne Bewußtsein am Boden des Wagens. Auf der Stirn klaffte eine große Wunde.

Wright schaltete die Zündung aus. »Wir brauchen das arme Wesen nicht auch noch mit Kohlenmonoxyd zu vergiften«, sagte er langsam und betrachtete anschließend schweigend das Mädchen.

Sie sah sehr jung aus, völlig gebrochen und wehrlos. »Dieser Schuft. Wenn man ihn aufgehängt hätte, wäre das noch eine zu milde Strafe für ihn«, sagte Anthony.

»Da haben Sie recht«, erwiderte Wright kurz, »aber diesem Schicksal scheint er entgangen zu sein und hat dadurch dem Land eine Menge Unkosten erspart.« Dann ging er zu den Felsklippen hinüber und blickte hinunter.

Jim folgte ihm. Schritt für Schritt versuchten sie, Walkers letzten Unternehmungen zu folgen. Das war nicht leicht, denn der Dünger hatte sich bereits am Boden festgesetzt, aber sie nahmen an, daß er bis zum Letzten gekämpft hatte, voller Wut und Verzweiflung. Offensichtlich hatte er durch diesen plötzlich herabfallenden Dünger ein paar Sekunden nichts mehr gesehen und war umhergeschwankt. Dabei hatte er die Gefahr erkannt, daß er sich in unmittelbarer Nähe der gefährlichen Felsen befand, doch er konnte nicht sehen, in welche Richtung er ging. Dann hatte er das Gleichgewicht verloren und war gestürzt. Man konnte erkennen, daß er in seiner letzten Verzweiflung, sich festzuklammern, ein Grasbüschel mitgerissen hatte. Am Rande der Felsklippen entdeckten sie seine klobrigen Fußspuren – und dann nichts mehr.

Als Wright und Jim hinunterblickten, konnten sie sich alles Weitere denken. Der Mörder war genau in jene Falle gegangen, die er Pauline zugedacht hatte, in diese gefährliche Strömung, dieses wirbelnde Wasser – und seine Leiche wurde vermutlich bereits ins offene Meer hinausgetragen. Jim sah richtig grün im Gesicht aus, als er vom Rand zurücktrat.

»Armer Teufel«, murmelte er. »Ein schreckliches Ende.« Doch Wright sagte mit mehr Gefühl als normalerweise: »Er war ein kaltblütiger Mörder und hat es verdient. Ich spreche jetzt nicht von Holders Tod – das wollen wir nur annehmen. Aber er wollte zweifellos dieses Mädchen ermorden, nur aus dem Grund, weil sie vielleicht zufällig etwas entdeckt hatte, diese arme, kleine Närrin. Er wollte nicht den Tod seiner Schwester rächen oder Gerechtigkeit walten lassen, sondern er wollte einfach seine eigene Haut retten. Ich muß sagen, daß ihm das Schicksal gnädiger war, als er es verdient hatte. Und es würde mich überraschen, wenn wir ihn begraben müßten. Trotzdem«, so schloß er und war wieder der typische Polizist, »werden wir lange nach seiner Leiche suchen müssen . . . aber jetzt zu dem Mädchen.«

Anthony, so stellte Wright belustigt fest, hatte sein freches Benehmen völlig abgelegt. Er versuchte völlig geistesabwesend, mit seinem Taschentuch Pauline den Düngerstaub aus dem Gesicht zu wischen, wobei er ihr sanfte und liebe Worte sagte, die er selbst in einem ruhigeren Augenblick als lächerlich empfunden hätte. Er war auf die anderen beiden Männer sehr böse, weil sie – wie er sich grob ausdrückte – zuviel Zeit mit einem Mann, der ohnehin bereits über die Felsklippen hinuntergestürzt war und das auch verdient hatte, verloren hätten. »Viel wichtiger ist doch, daß wir dieses Mädchen zu einem Arzt bringen und herausfinden, wie schwer es verletzt ist. Schauen Sie sich diese Platzwunde an! Glauben Sie, daß dieser Hund sie geschlagen hat oder daß sie sich beim Fallen verletzte? Um alles in der Welt, so tun Sie doch etwas. Stehen Sie nicht glotzend wie zwei Fische hier herum.«

Jim stieg in den Wagen und betrachtete das ohnmächtige Mädchen. Dann sagte er sanft: »Ich glaube nicht, daß er sie verletzt hat. So sieht es jedenfalls nicht aus. Ich glaube, daß sie vor Schrekken das Bewußtsein verlor und sich den Kopf anschlug, als sie zu Boden fiel. Glücklicherweise waren die Fenster geschlossen. Sie hat von diesem Zeug nichts in die Lungen bekommen. Wir fahren sie jetzt sofort zurück.«

Ohne weitere Worte zu verlieren, ging Wright zu seinem Wagen und fuhr ihn so nahe wie möglich an den anderen heran. Dann hoben Jim und Anthony Pauline sehr sanft auf den rückwärtigen Sitz. Wright setzte sich hinter das Lenkrad.

»Jetzt fahre ich«, sagte er kurz. »Schließlich ist dieses Fahrzeug Staatseigentum. Außerdem bin ich durch die letzte Fahrt um mindestens zehn Jahre gealtert.«

Jim lachte, während er sich neben ihn setzte. Anthony kletterte nach rückwärts. »Glaubst du wirklich, daß unser Freund selbst fahren wollte, während du hinten sitzt und den Kopf seines Mädchens hältst?« fragte er leise.

Wright startete und murmelte: »Ganz interessant zu beobachten, wie dieser Junge dahinschmilzt. Ich war immer schon überzeugt, daß er ein anständiger Kerl ist, aber er hat mich beinahe wahnsinnig gemacht. Er machte auch das Mädchen wütend. Ich hoffe nur, daß er dieses blöde Gehabe ein für allemal aufgibt.«

»Das wird er bestimmt nicht tun«, antwortete Jim fröhlich. »Das ist bestimmt nur eine reine Verteidigungsmaßnahme. Eine rauhe Schale, mit der er ein weiches Herz verbergen will. Aber sie wird das schon herausfinden und ihn verstehen.«

»Ich würde sagen, daß sie fürchterlich streiten werden«, gab der Inspektor zurück, dem nichts über seine Ruhe ging.

»Werden sie auch, aber es wird ihnen Spaß machen«, antwortete Jim, dessen einzige Beschwerde gegenüber Annabel darin bestand, daß es unmöglich war, sich mit ihr zu zanken.

Wright war schnell gefahren. Als sie bei Veritys Gartentüre anlangten, war Pauline noch nicht bei Bewußtsein. Verity eilte ihnen entgegen. Wright, der gesehen hatte, wie erschreckt und hilflos sie war, wunderte sich über ihre Selbstbeherrschung und Vernunft. Sie stellte keine Fragen, sondern ging ihnen voran zu Paulines Zimmer.

Dann zeigte sie Jim das Telefon, gab ihm die Telefonnummer des Arztes, füllte Wärmeflaschen und half schließlich Anthony, Paulines Kopf zu waschen.

Erst als sie wußte, daß Doktor Carr zu Hause war und daß er sofort kommen würde, fragte sie: »Aber könnten Sie mir bitte jetzt erzählen, was geschehen ist? Nur ganz kurz.«

Wright blickte sie abschätzend an. Wieviel würde sie vertragen können? Dann merkte er, daß sie den Schock über den Tod ihres Mannes inzwischen überwunden hatte. Sie gab nicht vor, Gary Holder zu betrauern. Jetzt hatte sie nur Angst um die Lebenden, um David Marshall und den Beweis seiner Unschuld, und um seine Schwester, die verletzt war.

Er sagte: »Es ist noch nicht alles geklärt, Mrs. Holder. Eigentlich ist das meiste eine Vermutung, die wir O'Connors Worten, die er uns zurief, bevor er zu seinem Flugzeug raste, entnehmen. Aber anscheinend hat Pauline irgendwie den Argwohn des Mörders erweckt. Er glaubte, daß sie der Wahrheit auf der Spur war, und versuchte daher, sie aus dem Wege zu schaffen.«

»Des Mörders? Aber wer ist es denn . . .?« Sie hatte offensichtlich nicht die geringste Ahnung, doch ihre Stimme klang bereits erleichtert. Das bedeutete, daß David gerettet war.

Wright erwiderte ruhig: »Es ist noch nichts bewiesen. Es kann auch nichts bewiesen werden, bevor Pauline nicht wieder bei Bewußtsein ist; aber es besteht kaum ein Zweifel daran, daß der Mann, der Ihren Gatten ermordete, Robert Walker war.«

»Walker? Doch nicht der Farmer? Ich habe nie gehört, daß er mit Walker Streit gehabt hat. Sind Sie denn ganz sicher? War es wirklich Walker?«

»Ja, ich glaube, wir können sicher sein; auf jeden Fall hat er versucht, dieses Mädchen umzubringen. Er fuhr mit ihr zu den Felsklippen. Ich glaube, daß er sie erschießen wollte, um sie dann hinunterzuwerfen. Er hielt ein Gewehr in den Händen, als wir ihn zum letzten Mal sahen. Und das Auto stand sehr nahe am Rand der Felsen.«

Verity war sehr bleich geworden, aber sie fragte weiter: »Aber warum? Warum hätte er Gary töten sollen? Gary erzählte einmal, daß er sehr scharf auf irgendeine Mine wäre, die auf Walkers Grund läge.«

»Das war er auch. Und hier lag mein Fehler. Das Ganze hatte nichts mit der Mine zu tun. Das war eine alte Geschichte, Mrs. Holder«, dann zögerte er einen Augenblick. Doch ihre Augen ruhten fest auf ihm, und er dachte: Sie kann es verkraften. Sie ist nicht dumm und hat ihn schließlich nicht geliebt. Ruhig fuhr er fort: »Anscheinend war Ihr Mann mit Walkers kleiner Schwester befreundet gewesen. Das Mädchen hat Selbstmord begangen. Sie tat es – weil er sie sitzenließ.«

»Aber das ist doch schon Jahre her – ich meine, daß Alison Walker starb. Ich wußte nie, daß Gary mit ihr – befreundet war.«

»Nein. Das war anscheinend vor Ihrer Ehe. Walker hat es auch nicht gewußt – ich verstehe nicht, wieso, und ich kann Ihnen auch nicht sagen, wie er jetzt draufgekommen ist, aber ich glaube, daß er es wußte. Und aus diesem Grund hat er Ihren Mann ermordet.«

»Aber hat er auch die Leiche in Davids Bootshaus getragen?«

Das war die Frage, so dachte Wright, über die er immer noch keine Klarheit hatte. Er sagte: »Das müssen wir erst noch herausfinden . . ., aber inzwischen kümmern wir uns besser um das Mädchen.«

»Natürlich. Wieso wurde sie denn verletzt? Haben Sie sie gerettet?«

»Nein. Wir hätten nicht rechtzeitig dort sein können. Walker ist es gelungen, sie in sein Auto zu bekommen – keiner von uns kann sich vorstellen, wie ihm das möglich war –, und dann wollte er sie über die Felsen werfen. Wir versuchten, ihn zu verfolgen, aber es war O'Connor, dem dieses Kunststück gelungen ist.«

»Barney. Aber der ist doch beim Düngen. Ich hörte vor kurzem, wie das Flugzeug startete.«

»Das stimmt. Aber nicht zum Düngen. Er erzählte uns seinen Verdacht gegenüber Walker, dann raste er davon zum Flugzeug, startete und flog an die Stelle, wo er seine gesamte Ladung auf Walker und den Wagen abwarf.«

»Und Pauline saß im Auto?«

»Glücklicherweise – bei geschlossenen Fenstern.«

»Und Robert Walker?«

»Er ist fort – hoffentlich. Er befand sich ganz nahe am Abgrund, als das Zeug herunterkam und er dadurch ein paar Augenblicke nichts mehr sehen konnte, zumindest lange genug, um hinunterzustürzen. Das ist alles, was wir bis jetzt wissen. Aber jetzt muß ich unseren Freund O'Connor fragen. Vielleicht hat er Walkers Ende gesehen. Das war ein unglaublicher Geistesblitz von diesem Kerl. Man hätte das Mädchen durch nichts anderes retten können.«

Er fand Barney, der gerade das neue Aufladen seiner Maschine überwachte. »Der Wind hat sich gelegt«, sagte er heiter, »jetzt muß ich aber wieder an die Arbeit.«

Vor Überraschung konnte Wright ihn nur anstarren. War diese zur Schau gestellte Gleichgültigkeit echt? Es war doch nicht möglich, daß ein Mensch so völlig normal aussah und gänzlich unbeeindruckt von diesem Schauspiel über Leben und Tod, in welchem er die Hauptrolle gespielt hatte, war?

Doch dann sagte ihm die Vernunft, daß dieser Mann sich wahrscheinlich seine Aufregung nie anmerken lassen würde. Das wäre seinem Wesen zu fremd. Er war ein ehemaliger Kriegspilot, der dem Tod sehr häufig begegnet war. Das Leben eines Mörders bedeutete ihm nicht viel, und sein eigenes zu riskieren sogar noch weniger.

In diesem Augenblick wandte sich O'Connor dem Mann zu, der ihm gerade geholfen hatte. »Das langt«, sagte er mit seinem freundlichen Grinsen, »bis später.« Dann drehte er sich Wright zu: »Was ist mit dem Mädchen? Hat er sie verletzt?«

»Bisher haben wir nichts festgestellt. Auf jeden Fall hat er sie nicht erschossen. Sie ist bewußtlos, aber das kommt wahrscheinlich von einem harten Aufprall ihres Kopfes, infolge des Schocks. Der Arzt kommt gleich, und dann werden wir mehr wissen. Aber jetzt erzählen Sie mir bitte, was Sie gesehen haben, nachdem Sie den Dünger abgeworfen hatten.«

»Wie stellen Sie sich denn das vor, Mann? Ich habe auch nichts anderes gesehen als Sie, wahrscheinlich sogar noch weniger. Alles, was ich tun konnte, war, schnell wieder aufzusteigen, ohne noch lange nach Walker zu sehen. Ich konnte durch diese Dünger-Wolke nicht mehr sehen als Sie.«

»Aber wieso waren Sie plötzlich davon überzeugt, daß sich Miss Marshall in Gefahr befand?«

»Weil ich Walker kannte. Schon seit Jahren. Ich komme schon seit langer Zeit hierher. Ich hatte ihn oft gesehen, als seine Schwester noch lebte, hatte beobachtet, wie sie heranwuchs. Sie war noch ein Kind, und ich wartete bis ... Aber das ist vorbei. Ich glaube, daß ein anderer Mann im Spiel war, als sie ihre Zuneigung zu mir verlor. Und dann kam ihr Tod. Ich wußte, daß es kein Unfall war. Ich bin sehr oft mit Alison geschwommen; in einem ruhigen Meer, wie es an jenem Tag war, wäre sie nie ertrunken. Walker wußte das auch.«

»Und ihr Tod ging ihm sehr nahe?«

»Wem auch nicht – ein glückliches, kleines Mädchen, wie sie es war? Er ist daran zerbrochen. Er war zu ihr beinahe wie ein Vater – der Altersunterschied zwischen den beiden betrug fünfzehn Jahre, und seine Eltern hatten sie ihm so ans Herz gelegt, als sie starben. Er hatte das Gefühl, versagt zu haben, und er war immer schon ein grüblerischer, finsterer Mensch gewesen. Nur Alison konnte mit ihm tun, was sie wollte.«

»Und nach ihrem Tod wurde er noch finsterer?«

»Viel. Er ging kaum aus, lebte nur für seine Farm und hatte immer die fixe Idee, daß er eines Tages herausfinden würde, wer ihr so weh getan hatte. Mit mir wollte er auch nichts mehr zu tun haben; so hielt ich mich abseits.«

»Und er hatte nie vermutet, daß Sie vielleicht derjenige sein könnten?«

»Nein. Er kannte mich ziemlich gut, und ich war – na ja, ich war auch ziemlich bestürzt. Er wußte, daß ich damit nichts zu tun hatte – aber das Merkwürdige an der Sache ist, daß er niemals gegen Holder Verdacht geschöpft hat. Ich schon – aber ich behielt meine Vermutungen für mich. Als ich erfuhr, daß Holder ermordet worden sei, war ich nicht von sehr großer Trauer erfüllt. Ich dachte nur, daß diesem Hund recht geschehen sei, und fand meinen Verdacht schließlich bestätigt. Für mich gab es keinen Zweifel darüber, daß Bob dahintergekommen war und ihn umgebracht hatte.«

»Aber, Mr. O'Connor, warum haben Sie Ihre Vermutungen denn nicht vorgebracht?«

»Warum hätte ich das tun sollen? Ich habe Holder nie gemocht. Aber ich bin kein Mörder. Trotzdem, wenn jemand schon Gary beiseite schaffen wollte, so bin ich nur froh darüber. Außerdem, warum hätte man wieder alles aufrühren sollen? Die Leute glauben, Alison sei ertrunken; warum hätte man jetzt allen Menschen die Wahrheit verkünden sollen? Sie war ein so liebes Mädchen. Aber was ich wissen möchte, ist, warum Bob sich die Mühe machte, die Leiche zu Marshalls Bootshaus zu schleppen?«

Wright runzelte die Stirn. Genau das wollte er auch wissen. Doch er sagte nur: »Sie haben also dem Mädchen das Leben gerettet. Das erforderte schnelles Denken.«

Barney zuckte die Achseln. »Es war doch klar, daß Sie ihn nicht bis zu den Felsen hin verfolgen konnten. Aber für mich hatte es keinen Sinn, zu landen. Das wäre hoffnungslos gewesen, und ich habe schon mit zu vielen Flugzeugen eine Bruchlandung gemacht. Die Firma könnte pleite gehen.«

»Aber die Idee, den Dünger abzuwerfen – das war phantastisch.«

»Das möchte ich nicht unbedingt behaupten. Ich werfe meine Ladung immer ab. Fragen Sie Anthony.« Darauf grinste Barney.

»Und Sie haben keine Ahnung, was mit Walker geschehen ist?«

»So seien Sie doch nicht so unbarmherzig. Ich war zu sehr mit mir selbst beschäftigt. Nachdem sich die Luft etwas geklärt hatte, war von ihm keine Spur mehr zu entdecken. Ich flog etwas auf das offene Meer zu, aber er war natürlich bereits verschwunden. Wissen Sie, dieses Zeug enthält jede Menge Schwefelsäure – ziemlich schlimm für die Augen –, dann verlor er sein Gleichgewicht und stolperte über den Abgrund. Ein armer Teufel, aber seit Alisons Tod hat ihm das Leben nicht mehr viel bedeutet.«

»Und das Leben hätte ihm auch nicht mehr viel gegeben, ein Leben im Gefängnis, wenn er Glück gehabt hätte«, schloß Wright und war wieder über O'Connors Fröhlichkeit überrascht, mit der dieser sagte: »Aber jetzt muß ich wirklich starten. Es wird bestimmt verdammt viel Zeit vergehen mit diesen Verhören, und der Dünger wartet auf mich – abzüglich einer Ladung«, dann lächelte er munter, stieg in das Flugzeug und ließ den Motor aufheulen.

Wright stand nachdenklich da und blickte ihm nach. Es war ihm klar, daß Barney nichts anderes als ein merkwürdiges Gefühl von Mitleid für Walker empfand, obwohl er nicht gezögert hatte, seinen Tod herbeizuführen. Seiner Meinung nach hatte Holder sein Schicksal verdient. Doch als O'Connor von Alisons Tod gesprochen hatte, war aus seiner Stimme Trauer zu entnehmen gewesen. Einen Augenblick lang hatte er den Eindruck eines traurigen, etwa fünfzig Jahre alten Mannes gemacht. Dem Inspektor wurde plötzlich klar, daß er dieses Mädchen wirklich geliebt haben mußte.

Langsam schlenderte er zu Veritys Haus zurück. Der Wagen des Arztes stand vor der Tür, und Ada Morton war ebenfalls zu Hilfe geeilt. Sie traf ihn, als er gerade eintreten wollte.

»Es geht ihr gut«, sagte sie mit ihrem freundlichen, zuversichtlichen Lächeln. »Sie ist nicht mehr ständig bewußtlos, aber der Arzt hat ihr ein Schlafmittel gegeben und gesagt, daß sie bis morgen völlige Ruhe haben muß. Anthony sitzt ergeben neben ihrem Bett und vergißt gänzlich seine spöttische, weltmännische Art. Morgen wird sie sprechen können und die Dinge aufklären – das hoffe ich zumindest, aber bis dahin . . .«

»Bis dahin«, fuhr Wright bissig fort, »werde ich meine Zeit damit zubringen, herauszufinden, warum die Leiche zum Bootshaus geschleppt worden ist. Ich werde wieder einmal Ihren Freund, den Heiler, befragen.«

Adas blaue Augen konnten ein Zwinkern nicht unterdrücken. »Na ja, dann wünsche ich Ihnen viel Glück. Ich persönlich habe da meine eigene Theorie . . .«, und dann ging sie sehr schnellen Schrittes zurück ins Haus.

16. Kapitel

Am nächsten Nachmittag saß Wright an Veritys Eßzimmertisch und öffnete die Akten zum »Mangroven-Mord«. Er war nur von vier Leuten umgeben, denn Verity und David hatten einen Spaziergang zu den Hügeln unternommen. Wright hatte dies vorgeschlagen und ganz privat zu David gesagt: »Es ist besser für Mrs. Holder, wenn sie nicht alles hören muß. Sie kennen die Fakten und können ihr davon die wichtigsten Dinge mitteilen. Aber es wäre für sie bestimmt nicht angenehm, die ganze Diskussion mit anhören zu müssen. Schließlich handelt es sich ja doch um ihren Mann.«

David hatte zugestimmt, und sie waren beide zusammen fortgegangen. Verity hatte glücklicher und lebhafter gewirkt als je zuvor. Aus Davids Gesicht war die Anspannung gewichen, und es sah sehr zufrieden aus. Wright konnte den Grund für die Erleichterung, die aus diesen beiden jungen Gesichtern sprach, leicht erraten, denn er hatte am Morgen mit Holders Rechtsanwalt eine Unterredung gehabt, wobei dieser sich sehr klar und deutlich ausgedrückt hatte.

»Ein sehr großer Besitz – mit Nutznießung für die Ehefrau auf Lebenszeit. Sie wird trotz der Erbschaftssteuer eine reiche Frau sein«, und dann legte er eine gewichtige Pause ein, »es sei denn, daß sie wieder heiratet. Dann geht das Ganze an verschiedene Verwandte über, mit denen allen Holder Streitereien gehabt hat. Aber nicht an gemeinnützige Institutionen – nein –, dafür hat Holder noch nie etwas übrig gehabt. Aber, wie ich schon sagte, Mrs. Holder wird sehr wohlhabend sein, es sei denn ...«, und darauf erlaubte er sich ein kleines schelmisches Lächeln. Wright war klar, daß die Mühlen unterdessen gemahlen hatten und daß niemand in der ganzen Gemeinde erwartete, daß Verity hierbleiben würde. Jeder einzelne war froh, sie endlich glücklich zu wissen.

Kein Wunder, dachte der Inspektor, daß Verity und David den Eindruck erweckten, ein Vermögen gewonnen anstatt verloren zu haben.

Der Heiler war auch nicht anwesend. »Er sollte natürlich erscheinen«, sagte Wright etwas verärgert zu Ada Morton. »Er ist ein dummer, alter Narr, der die Dinge äußerst schwierig gestaltete und mir dann eine Menge unnützer Arbeit gemacht hat. Jetzt sollte er dafür wenigstens geradestehen. Zum Teufel noch einmal, übertriebene Eitelkeit ist schließlich kein Verbrechen, obwohl er mich damit sehr ermüdete und verwirrte. Eigentlich müßte ich auf seinem Erscheinen bestehen.«

»Tun Sie das nicht«, beschwor sie ihn, wobei sich ihre Augen beinahe mit Tränen füllten. »Lassen Sie dem armen, alten Mann doch seinen Dünkel. Wie Sie richtig sagen, er war ein Narr – und das weiß er jetzt auch. Sie haben ihm ja bereits Ihre Meinung gesagt, was ich Ihnen auch nicht verdenken kann. Aber sein Gewissen ist auf jeden Fall rein, und das sollte Ihnen doch genügen. Sie müssen daran denken, daß er anders als andere Menschen ist. Es wäre wirklich grausam für ihn, wenn er vor diesen jungen Leuten hier zugeben müßte, daß er es einfach nicht ertragen konnte, daß ihm jemand auf seine Schliche kam. Lassen Sie ihn in Ruhe. Die gerichtliche Untersuchung wird ihm noch peinlich genug sein.«

Wright hatte genickt und verzichtet. Er hatte auch die Taylors nicht in die Angelegenheit hineingezogen. Schließlich hatten sie auch nichts damit zu tun gehabt, und ihr Geheimnis ging niemanden etwas an. Sie würden ohnehin alles erfahren, denn die Zeitungen würden bald mit dieser Nachricht herausplatzen; er hatte bereits einigen besonders neugierigen Reportern ein Interview gewähren müssen.

Aber Pauline war anwesend. Sie saß – sehr blaß und aufrecht – auf einem harten Stuhl, vermutlich deshalb, so dachte Wright, weil Anthony versucht hatte, ihr einen bequemen Sessel einzureden. Sie sah immer noch ziemlich angegriffen aus, und die Platzwunde auf der Stirn war schwarz und häßlich. Doch sie schien sich von ihrem Schock erholt zu haben und Anthonys Besorgnis als wohltuend zu empfinden.

Anthony selbst, so überlegte der Inspektor grimmig, schien ebenfalls seine alte Form wiedergefunden zu haben. Jim hatte recht gehabt; eine dauerhafte charakterliche Veränderung war wohl bei ihm nicht möglich. Er hatte sehr munter Wright gegenüber Platz genommen und gebeten, sich einige Notizen machen zu dürfen, »für die beliebteste Radioserie des Jahres. Außerdem hoffe ich, Inspektor, daß Sie ein paar Worte über die Klugheit sprechen werden – als Warnung für Verrückte, damit sie ihre reizenden Nasen nicht in Dinge hineinstecken, die sie nichts angehen, und daß sie sich in Zukunft durch ihre klugen und vernünftigen Verlobten beraten lassen sollen«.

Pauline und Wright lächelten resignierend einander zu, und das Mädchen sagte: »Sie werden feststellen, Inspektor, daß unser gescheiter Junge wieder ganz er selbst ist. Voller witziger Sprüche und Angebereien, nur um zu beweisen, daß man eigentlich nichts ernst nehmen darf und daß er unverletzlich ist.« Nach diesen Worten brach dieses äußerst ungleiche Paar in Lachen aus und ließ anschließend den verwirrten Inspektor wieder in Ruhe fortfahren.

Jim und Ada Morton saßen nebeneinander. Über ihre beiden alten Pferde hinweg waren sie Freunde geworden, und Jim erzählte Ada die ganze Geschichte über Knight-at-Arms' gute Aussichten für das nächste Rennen. Sie hörte ihm mit gebührender Aufmerksamkeit zu, bis Jim, von Wrights Blick plötzlich eingeschüchtert, in Schweigen verfiel.

»Also«, begann der Inspektor, »wir sind hier nicht vollzählig versammelt. Mr. Milward hat sich entschuldigen lassen, und Mr. O'Connor ist bei seiner Arbeit. Was Mrs. Holder anbetrifft, so ist es nicht notwendig, daß sie diese unangenehme Geschichte noch einmal in jedem Detail zu hören bekommt. Sie ist daher mit Mr. Marshall fortgegangen. Alle übrigen Personen möchten jetzt die Fakten dieses Falles hören – hier sind sie . . .

Zu Beginn sei gesagt, daß die Frage nach dem Mörder Gary Holders äußerst erschwert wurde, da die Leiche nach seinem Tod in Mr. Marshalls Bootshaus verschleppt wurde – aus Gründen, die keiner von uns verstehen konnte. Es war jedoch bald klar erwiesen, daß sie auf einem Pferd transportiert worden war, und mein Freund, Jim Middleton, war in der Lage, anhand der Spuren dieses Pferd zu finden.«

»Stute«, warf Anthony ein, und Wright, der sich an Milwards Hartnäckigkeit in diesem unwesentlichen Punkt erinnerte, blickte ihn stirnrunzelnd an.

»Die Stute gehörte Mrs. Morton«, fuhr er etwas spitz fort. »Sie hatte einen Hahnentritt, wodurch die Spuren eindeutig erkennbar waren.«

»Einen Augenblick, Sir«, wandte der unverbesserliche Anthony ein und hob eine Hand hoch wie ein Schuljunge. »Das ist etwas seltsam. Könnte uns der Inspektor vielleicht klarmachen, was ein Hahnentritt ist?«

»Das kann er bestimmt nicht«, sagte Wright bissig, wobei ihm Pauline bereits wieder sehr leid tat. »Nachdem Sie unbedingt alles wissen müssen, Mr. Irving, können Sie sich anschließend das Tier auf Mrs. Mortons Weide selbst ansehen. Aber jetzt muß ich Sie leider bitten, mich fortfahren zu lassen. Vor mir liegt noch viel Arbeit, und Mr. Middleton möchte baldigst losfahren; also bitte keinerlei unnötige Unterbrechungen mehr.« Trotzdem brachte er ein liebenswürdiges Lächeln zustande, mit welchem es ihm gelang, Anthony sehr zu irritieren.

»Also, wir entdeckten Spuren in Mr. Milwards Hof. Wir fanden dort auch ein Stück Schnur, welches anscheinend von einem längeren Strick abgeschnitten worden war und als Zügel für Mrs. Mortons Zaumzeug dienen sollte. Es sah aus, als ob Milward mit dem Mord etwas zu tun gehabt hätte, aber wir konnten aus ihm einfach nichts herausbringen. Erst gestern abend gestand er, daß er tatsächlich die Leiche fortgeschleppt hatte, daß dies jedoch nicht mit dem Mord in Zusammenhang stand.«

»Die Leiche fortgeschleppt?« wiederholte Anthony. »So war das also. Aber wer hätte so etwas je vermutet?«

»Ich glaube, daß Mrs. Morton schon zu ziemlich früher Stunde Verdacht schöpfte«, sagte Wright mit einem knappen Lächeln auf den Lippen. »Und, da sie Milward kannte, ahnte sie sein Motiv. Aber darauf kommen wir später zurück. Zunächst zum Mord selbst. Miss Marshall konnte uns alles genau berichten, da Robert Walker, in der Annahme, daß sie nur mehr einige Minuten am Leben sein würde, genau das tat, was viele Mörder tun – nämlich sein Verbrechen frei und prahlerisch erzählen.«

»Es ist erstaunlich«, fuhr Wright fort und schweifte einen Augenblick vom Thema ab, »wie viele Menschen, die einen Mord begangen haben und sich völlig unverdächtig vorkommen, prahlerisch von ihrem Erfolg erzählen. Und genau das hat Walker getan. Miss Marshall hat es mir heute morgen erzählt.«

Dann fuhr Wright in seinem Bericht fort, wie man Alison Walkers drei Jahre alten Brief entdeckt und somit den Grund für Holders Ermordung herausgefunden hatte.

»Dann versteckte Walker die Leiche im Heustadel und bedeckte sie mit Heu. Wir konnten das alles überprüfen, da er sich seiner Sache so sicher war und sich nicht einmal die Mühe machte, das blutbefleckte Heu zu verbrennen. Er hatte natürlich beabsichtigt, die Leiche nach Einbruch der Dunkelheit zu den Felsklippen zu schleppen und sie dort ins offene Meer zu werfen. Doch auf dem

Weg dorthin ging sein Auto kaputt. Unterdessen erfuhr ich von den Leuten in seiner Garage, daß er sich mit dem Wagen sehr schlecht auskannte und immer wieder Schwierigkeiten hatte. Es hieß, daß sein Traktor auch nicht funktionierte. Aus diesem Grund konnte er die Leiche an jenem Abend nicht mehr fortschaffen. Er mußte sie also verstecken.«

»Du liebe Güte«, rief Jim aus, »was für ein Risiko. Ich meine, da sein Auto versagt hatte und die Mechaniker vermutlich hinfahren würden, um es zu reparieren, bestand doch die Wahrscheinlichkeit, daß man die Leiche entdecken würde.«

»Nein, dieses Risiko ging Walker nicht ein. Der Wagen war auf einer Anhöhe stehengeblieben, wo er auch die Leiche versteckte. Dann rollte er das Auto den Abhang hinunter, damit es sich nicht mehr in der Nähe der Leiche befände, wenn die Mechaniker kämen, und ging nach Hause. Ich muß hinzufügen, daß die Leiche sehr gut versteckt war und daß anscheinend niemand jemals dorthin fuhr. Er bekam also seinen Wagen am Montag wieder, fuhr hinaus, um die Leiche abzuholen, aber sie war verschwunden.«

Wright machte eine Pause, wodurch Anthony wieder einmal Gelegenheit hatte, auszurufen: »Wie verrückt von dem Kerl. Das ist alles unheimlich aufregend, Inspektor. Und wie sehr ich Ihren Erzählstil bewundere. Ich hatte mir die Polizisten immer so staubtrocken vorgestellt, aber . . .«

»Aber vielleicht lassen Sie mich jetzt fortfahren«, erwiderte Wright lächelnd. »Wie ich schon sagte, die Leiche war verschwunden; und genau hier lag mein Irrtum, denn ich hatte dummerweise nicht vermutet, daß noch eine zweite Person hier ihre Hand im Spiel gehabt hatte. Ich dachte, daß der Mörder selbst die Leiche an diesen ungewöhnlichen Ort geschafft hätte. Aber nein – es war Milward.«

»Sensationell!« rief Anthony begeistert aus. »Und hiermit endet diese Folge, doch hören Sie bitte heute in einer Woche eine weitere Fortsetzung von ›Die Leiche im Bootshaus‹.«

»So sei doch bitte still«, flehte Pauline ihn an. »Wir wissen ja alle, wie witzig du bist, aber wir möchten schließlich hören, warum um alles in der Welt der Heiler das getan hat.«

»Nur um sich zu rechtfertigen«, sagte Wright. »Seine Geschichte ist folgende: Er ging an jenem Abend auf Kräutersuche, wobei ich persönlich glaube, daß er nur herausfinden wollte, wo sich dieses Kupfer befindet. Sein Hund begleitete ihn, und er war es auch, der die Leiche entdeckte. Nun sah sich der Heiler einer Leiche gegenüber, von der er behauptet hatte, daß sie in der Nähe des Wassers läge. Jeder würde ihn also als Schwindler bezeichnen, und sein guter Ruf geht ihm doch über alles.«

»Den konnte er einfach nicht verlieren«, sagte Anthony in einem überraschend mitfühlenden Ton. »Wer könnte das schließlich? Der arme, alte Kerl, dem seine Höheren Mächte und Geister einfach alles bedeuten. Er hätte sich wirklich sehr lächerlich gemacht, und das wollte er nicht auf sich nehmen.«

»Pauline«, sagte Mrs. Morton gänzlich unerwarteterweise, »ich glaube, Ihre Wahl war doch nicht die schlechteste. Zumindest besitzt Ihr junger Mann Verständnis und Mitgefühl.«

»Vielen Dank, Mrs. Morton«, erwiderte Pauline etwas verlegen. »Irgendwie hatte ich das auch vermutet – ganz versteckt natürlich.«

»Ich bedanke mich für dieses Zeugnis, Mrs. Morton«, sagte Anthony beiläufig, wobei er über das unerwartete Lob etwas errötet war. »Aber ich wundere mich über euch beide, einfach unsere Radioserie zu unterbrechen. Das ist ja noch schlimmer als diese ewigen Reklamesendungen. Los, Inspektor. Wir möchten den Rest hören.«

»Den Rest können Sie sicherlich erraten. Wie Mr. Irving richtig sagte, wollte Milward sich nicht vor allen lächerlich machen und schleppte daher in der Nacht die Leiche fort. Zunächst fing er Mrs. Mortons altes Pferd ein, mit dem er machen kann, was er will.«

»Sie meinen – das Pferd und die Stute? Hat er gleich zwei benötigt?« fragte Anthony boshaft, worauf Jim lächelnd einflocht: »Verzeihen Sie, Inspektor, daß wir immer wieder von Sex reden, aber Sie wissen doch, wie verdorben die heutige Jugend ist. Also, er fing die Stute ein ...«

»Aber warum brachte er die Leiche ausgerechnet zu Davids Bootshaus?« fragte Pauline. »Er hätte sie doch überall in der Nähe der Bucht lassen können! Wozu denn die ganze Mühe, die Sumpfebene zu überqueren, nur um sie in den Schuppen zu legen?«

»Das war der merkwürdigste Teil an dieser Leistung«, sagte Wright. »Als ich ihm diese Frage stellte, war er richtig beleidigt. Nichts um alles in der Welt, sagte er, hätte ihn dazu bringen können, einen wehrlosen, toten Körper unter freiem Himmel der Gnade der Elemente oder dem umherziehenden Vieh auszusetzen. Laut unserem Freund Milward ist der menschliche Körper geheiligt und muß auch entsprechend behandelt werden. Undenkbar, Holder nicht unter ein schützendes Dach zu bringen.«

Es herrschte Totenstille, dann sagte Anthony leise: »Na schön, der alte Narr ist jetzt über die Runden. Aber er beschützte einen Toten auf Kosten des lebenden David – von der Polizei ganz zu schweigen.«

»Genau das tat er«, stimmte Wright grimmig zu, »und dann geriet plötzlich Miss Marshall in Todesgefahr, als sie den Mörder entdeckte.«

»Bitte nicht«, bat Anthony, »setzen Sie dem Mädchen doch keine derartigen Flausen in den Kopf. Sie kommt sich ohnehin schon wie Miss Marples vor. Denken Sie doch auch an mich.«

Wright blickte ihn abweisend an und fuhr fort: »Die Leiche hatte im Heu gelegen, und natürlich hing an seiner Kleidung noch etwas davon. Milward – dem es unendliche Mühe gekostet haben muß, den Toten auf die Mähre zu heben und diese dann dazu zu bewegen, die Bucht zu durchqueren – beachtete das Heu nicht. Ein Büschel fiel auf die Strecke. Ich hob es auf, glaubte aber irrtümlicherweise, daß es sich um einen Teil der Verpackung von Mr. Marshalls Lampe handle. Ein zweites Büschel fiel im Bootshaus auf den Boden, und dieses hob Miss Marshall auf – wie sie selbst sagt – und reinigte sich damit, nach einer unangenehmen Begegnung mit einer Spinne, die Hände. Dann warf sie es auf den Weg, als sie aus dem Schuppen lief. Es landete hinter einem Teestrauch – deshalb konnten wir es nicht finden, denn so schlecht, wie Sie annehmen, ist die Polizei nun auch wieder nicht, Miss Marshall«, und dabei lächelte er sie sehr freundlich an.

»Die Fortsetzung kennen Sie. Miss Marshall hob es auf, brachte es in Walkers Stadel und verglich es mit den dortigen Heubündeln. In diesem Augenblick entdeckte Walker sie und dachte, sie hätte die Blutspuren gesehen. Und genau zu diesem Zeitpunkt beschloß er, sie aus dem Wege zu schaffen, was ihm dank unseres Freundes, Mr. O'Connor, nicht gelungen ist, ganz im Gegenteil, ich habe den Eindruck, daß sie ein zwar nicht immer glückliches, aber zumindest sehr bewegtes Leben führen wird.«

»Für dieses etwas unterschwellige Kompliment sollten wir eigentlich aufstehen und uns verbeugen, Pauline«, sagte Anthony und wirkte augenblicklich sehr selbstgefällig. Aber Wright hatte noch nicht geendet.

»Es gibt noch einen winzigen Punkt. Miss Marshall, ich vergaß heute früh, Sie zu fragen, wie es denn Walker gelungen ist, Sie zum Einsteigen in seinen Wagen zu bewegen? Sie kannten ihn doch kaum, oder? Und Sie konnten ihn auch nicht ausstehen. Wieso haben Sie sich plötzlich entschlossen, mit ihm in seinem Wagen zu fahren?«

Pauline errötete und zögerte etwas. »Also . . .«, begann sie – und dann, »Anthony, das ist nicht für deine Ohren bestimmt. Sei ein Gentleman und geh hinaus.«

»Hinausgehen? Kommt überhaupt nicht in Frage. Nein, ich bleibe hier. Ich habe das Gefühl, daß jetzt noch einige Dinge ans Tageslicht kommen, und ich möchte auch das Allerschlimmste über meine künftige Frau wissen.«

»Also, wenn du mit solchen Dingen anfängst«, sagte Pauline hastig und bemühte sich, böse zu wirken. »Wenn du nicht das tust, was ich dir sage, dann sollst du die Wahrheit wissen. Dieser Mann sagte mir, du hättest einen Unfall gehabt, einen schrecklichen Sturz. Du wärest schon beinahe tot und wünschtest mich zu sehen.«

Einen Augenblick lang herrschte tiefes Schweigen, dann sagte Anthony: »Und hier, meine Damen und Herren, darf ich Sie bitten, sich zurückzuziehen und das glückliche Paar alleinzulassen.«

Wright lachte. »Wir nehmen diese Anspielung an«, sagte er und stand auf. »Komm jetzt, Jim. O'Connor ist eben gelandet, um wieder aufzuladen. Jetzt können wir vielleicht mit ihm reden. Immerhin ist er der Held in der ganzen Sache. Wir müssen ihm zumindest alles erzählen.«

Barney schüttelte beiden kräftig die Hände, ungeachtet der Tatsache, daß seine eigenen dick mit Dünger überzogen waren. Er hörte interessiert zu, als Wright ihm kurz die letzten Einzelheiten schilderte, die er noch nicht kannte. Als er geendet hatte, sagte er: »Sie wissen, daß Sie sich auf eine Menge Publicity in dieser Sache gefaßt machen müssen. Ihre Leistung war nämlich sensationell, und die Reporter werden sich auf Sie stürzen. Die Zeitungen schreiben bereits, wie leicht Sie dabei hätten den Tod finden können . . ., was auch stimmt. Jeder nennt Sie bereits ›Der Held des Mangroven-Mordes‹.«

Barney lachte und wirkte etwas verwirrt. Dann sagte er in vertraulichem Ton: »Inspektor, ich hätte noch eine Frage an Sie. Sie betrifft Ihre Spesenabrechnungen. In Ihren ›Wer-ist-der-Mörder‹-Berichten lese ich immer, daß Spesen keine Rolle spielen. Stimmt das?«

»Je nachdem«, antwortete der Inspektor trocken. »Aber warum interessiert Sie denn das?«

»Also, um die Wahrheit zu sagen«, sagte Barney und grinste verschämt, »es ist recht gut und schön, als glänzender Held gepriesen zu werden und meine häßliche Visage von diesen Fotografen knipsen zu lassen, aber was mich viel mehr interessieren würde – wer bezahlt denn den Dünger, den ich abwerfen mußte . . .?«